МАСТЕРА. СОВРЕМЕННАЯ ПРОЗА

Мастера. Современная проза

Джулиан Барнс

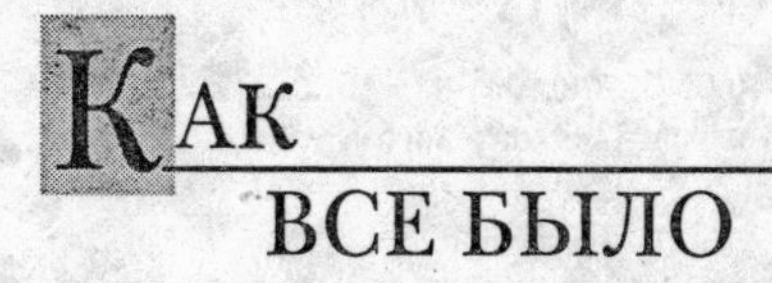

Как все было

РОМАН

Москва
2004

УДК 821.111
ББК 84 (4Вел)
Б24

Серия основана в 2000 году

Julian Barnes
TALKING IT OVER
1991

Составители серии А.В. Красовицкий и Н.А. Науменко

Перевод с английского И.М. Бернштейн

Серийное оформление А.А. Кудрявцева

Печатается с разрешения литературного агентства Intercontinental c/o Toymania LLC.

Подписано в печать 16.06.04. Формат 84×108 1/32.
Усл. печ. л. 13,44. Доп. тираж 5 000 экз. Заказ № 2426.

Барнс Д.

Б24 Как все было: Роман / Д. Барнс; Пер. с англ. И.М. Бернштейн. — М.: ООО «Издательство АСТ», 2004. — 252, [4] с. — (Мастера. Современная проза).

ISBN 5-17-016377-0

Перед вами «любовный треугольник» скромного банковского служащего, талантливого неудачника и средней руки художницы-реставратора…

Современная лондонская «комедия нравов»?..

Вудхаус? Вуди Аллен?

Нет, Джулиан Барнс!

Браки и разводы, ошибки и нелепости, сплетни, пересуды — и ПОТРЯСАЮЩАЯ, остроумная, смешная болтовня!

Не верите?

Прочитайте — и проверьте сами!

УДК 821.111
ББК 84 (4Вел)

Посвящается Пат

Врет, как очевидец.
Русская поговорка

1. Никто не пришел, не пришла, не пришли

СТЮАРТ: Меня зовут Стюарт, и я все прекрасно помню. Стюарт — это мое имя. А фамилия — Хьюз. Стюарт Хьюз, если полностью. Второго имени нет. Хьюз — фамилия моих родителей. Под этой фамилией они прожили в браке двадцать пять лет. А меня назвали Стюарт. Мне сначала это имя не особенно нравилось — в школе дразнили Тютя или Тюря, или еще как-то, — но теперь я к нему привык. Научился им пользоваться. Пользоваться собственным именем, ха-ха.

Я, к сожалению, не очень-то умею острить, мне много раз говорили. В общем, Стюарт Хьюз — по мне, годится. Я не хотел бы называться Сент-Джон Сент-Джон де Вир какой-нибудь там Пембрук. Фамилия моих родителей была Хьюз. Теперь они умерли, но их фамилию ношу я. И когда я умру, меня все равно будут звать Стюарт Хьюз. В нашем грандиозном мире не так-то много бесспорных фактов, но это — факт, и спорить тут не о чем.

Вы поняли, к чему я веду? Нет, конечно, откуда вам. Я же только начал говорить. Вы меня еще совсем не знаете. Давайте начнем по новой. Привет, я — Стюарт Хьюз, рад познакомиться. Пожмем друг другу руки? Вот и прекрасно.

Я просто хочу сказать, что все остальные здесь поменяли имя. Интересное наблюдение. Даже жутковатое.

И вот смотрите. Как правильно говорить: поменяли имя или поменяли имена? Это я нарочно так сказал, чтобы поддразнить Оливера. У нас с ним на эту тему был страшный скандал. Ну, не скандал, спор. Так сказать, диспут, расхождение во взглядах. Этот Оливер, он жуткий зануда. Он мой самый старинный друг, так что я имею право называть его жутким занудой. Джил, когда познакомилась с ним (Джил — это моя жена Джилиан), сказала:

— А знаешь, твой друг говорит, как энциклопедический словарь.

Мы сидели на пляже, приехали из Фринтона, и как только он это услыхал, сразу принялся за свои выкрутасы, у него они называются фантазмы, но это не мое слово. Я все равно не смогу изобразить, как он изощряется, это вам надо слышать самим, прицепится к какому-нибудь слову, и пошло-поехало. И тогда тоже:

— Какой же я словарь? Двуязычный? С алфавитным индексом на обрезе? — И так далее. А под конец спрашивает: — Кто же захочет меня приобрести? Неужели никто? Никому не нужен. Обложка в пыли. Меня распродадут по сниженной цене, я уже вижу. Дешевая распродажа!

Запрокинул голову и давай выть в голос и шлепать ладонями по песку. Настоящий телеспектакль. Рядом за щитом от ветра пожилая пара с радиоприемником, так они прямо испугались. А Джилиан только посмеялась.

Но это правда, что Оливер зануда. Не знаю, как вы относитесь к тому, когда говорят: «пара» и «испугались»? Наверно, вообще не обращаете внимание, велика ли важность. Но мы — Оливер, Джилиан и я — затеяли по этому поводу диспут. С чего началось, не помню. У нас у каждого была своя точка зрения. Сейчас попробую изложить наши взгляды. Лучше всего, наверно, в виде протокола прений, как в правлении банка.

ОЛИВЕР заявил, что парные и множественные слова требуют глагола во множественном числе, а с относительными и отрицательными местоимениями в прошедшем времени употребляется глагол в единственном числе и в мужском роде. Иначе получится: «Никто не пришла», «Кто-нибудь подумали бы» и так далее.

ДЖИЛИАН возразила, что нельзя из обобщенного высказывания исключать половину человеческого рода, ведь в пятидесяти процентах случаев эти «кто-нибудь» и «никто» женского пола, так что по справедливости и по логике надо говорить: «Кто-то сказал или сказала», «Никто не пришел и не пришла».

ОЛИВЕР заметил, что мы обсуждаем грамматику, а не сексуальную политику.

ДЖИЛИАН сказала, что эти вещи нельзя разделять, ведь грамматику писали грамматисты, а они почти все или даже все без исключения — мужчины, чего от них ожидать; и вообще так подсказывает здравый смысл.

ОЛИВЕР закатил глаза, закурил сигарету и объявил, что само выражение «здравый смысл» внутренне противоречиво, если бы человек издревле полагался — тут он будто бы смутился и поправился: — полагался или полагалась на здравый смысл, мы бы по сию пору обитали в глинобитных хижинах, питались всякой гадостью и слушали пластинки Дэла Шеннона*.

СТЮАРТ внес предложение: поскольку мужской род звучит неточно, или оскорбительно, или и то, и другое, а употреблять обе формы с союзом «или» громоздко и непривычно, напрашивается решение — пользоваться в таких слу-

---

* Шэннон Дэл (1934—1990) — американский эстрадный певец, в Англии пользовался особенной популярностью в 60-е годы. — *Здесь и далее примеч. пер.*

чаях множественным числом: «Кто-нибудь подумали», «Никто не пришли». Стюарт выдвинул это компромиссное предложение в полной уверенности, что все будут довольны, и был изумлен тем, что его единодушно отвергли остальные участники диспута.

ОЛИВЕР сказал, что такая, например, фраза: «Кто-то просунули голову в дверь» звучит так, как будто бы человека два, но у них на двоих одна голова, эдакая жертва страшных советских опытов над людьми. Он упомянул также уродов, которых в прежние времена показывали на ярмарках, бородатых женщин, овечьих зародышей с отклонениями и еще множество подобных феноменов, но был призван к порядку и лишен слова Председателем (= мною).

ДЖИЛИАН заявила, что формы множественного числа звучат так же громоздко и глупо, как и перечисление через союз «или», почему бы уважаемому собранию не быть последовательным до конца? Поскольку на протяжении многих веков от женщин требовали, говоря о людях вообще, пользоваться мужским родом, может быть, теперь внести в порядке компенсации, хоть и с опозданием, радикальные поправки, даже если они придутся кое-кому из мужского рода поперек горла?

СТЮАРТ продолжал настаивать на множественном числе, представляющем собой средний путь.

И на этом заседание было закрыто на неопределенный срок.

Я потом долго думал об этом разговоре. Три вполне разумных человека спорили по поводу нескольких мелких частностей в употреблении глаголов и местоимений. И не смогли прийти к согласию. И это притом еще, что мы друзья. А договориться не смогли. Что-то в этом меня тревожило.

А как я вообще вышел на эту тему? Ах да. Все вокруг поменяли имя. Действительно, так оно и есть. И заставляет задуматься. Джилиан, например. Она сменила фамилию, когда вышла за меня замуж. Девичья ее фамилия была Уайетт, а теперь она стала Хьюз. Я не льщу себя мыслью, что ей очень хотелось взять мою фамилию. Скорее она хотела избавиться от фамилии Уайетт. Ведь это фамилия ее отца, а с отцом у нее были плохие отношения. Он бросил ее мать, и та потом много лет вынуждена была носить фамилию человека, который ее оставил. Не очень-то приятно для миссис Уайетт, или мадам Уайетт, как ее зовут некоторые, потому что она родом француженка. Я так подозреваю, что, возможно, Джилиан хотела освободиться от фамилии Уайетт и этим прервать всякие связи с отцом (который, кстати сказать, даже не присутствовал на нашей свадьбе), показать мамаше, как та должна была поступить в свое время. Впрочем, мадам Уайетт не послушалась намека, если тут вправду был намек.

Что характерно, Оливер сказал, что тогда Джил должна после замужества называться миссис Джилиан Уайетт-или-Хьюз, раз уж ей так хочется быть до конца логичной, и грамматичной, и разумной, и справедливой, и чтобы без поллитра не выговорить. Вот такой он, Оливер.

Оливер. Его не так звали, когда мы познакомились. Мы с ним вместе учились в школе. Там он носил имя Найджел, или иногда Н.О., а бывало, что Расс, потому что вообще-то он Найджел Оливер Рассел. Но Оливером его не звал никто. По-моему, мы даже и не знали, что означает буква О в его имени. Может быть, он что-нибудь нам наврал про это. Но факт таков. Я в университет не пошел. А Найджел поступил. И уехал. А после первого семестра вернулся уже Оливером. Оливер Рассел. А букву «Н» он вообще выкинул из своего имени, даже из чековой книжки.

Вот видите, я все помню. Он отправился в свой банк и заставил их там напечатать новые чековые книжки и подпись изменил, вместо «Н. О. Рассел» стал подписываться «Оливер Рассел». Я удивился, что ему позволили. Я думал, для этого нужен специальный документ, оформленный нотариально или еще как-нибудь. Спрашивал у него, но он мне не объяснил. Сказал только, что пригрозил перевести свой «выбранный до нуля счетец» в другой банк.

Я не такой сообразительный, как Оливер. В школе я иногда получал более высокие отметки, чем он, но это — когда он не старался. Я лучше учился по математике, по физике и химии и где надо было что-то делать руками — он от одного взгляда на сверлильный станок в мастерской сразу притворялся, будто падает в обморок, — но уж если он в чем-то захочет меня переплюнуть, то переплюнет обязательно. Да и не меня одного, всякого. И он отлично ориентируется в обстановке. Когда на занятиях по военному делу была военная игра, Оливер всегда оказывался освобожденным. Вообще он здорово соображает, когда ему надо. И он мой лучший друг.

Оливер был у меня шафером на свадьбе. Не в буквальном смысле, свадьба происходила в мэрии, там шаферов не бывает. У нас даже спор возник по этому поводу, совершенно дурацкий; расскажу как-нибудь в другой раз.

Был чудесный июньский день, для свадьбы в самый раз. Небо с утра голубое, слабый ветерок. И нас шестеро: мы с Джил, Оливер, мадам Уайетт, моя сестра (теперь разведенная, но тоже поменяла фамилию на мужнюю — что я вам говорил?) и престарелая тетка, десятая вода на киселе, которую мадам Уайетт выкопала в последнюю минуту. Ее фамилии я не расслышал, но наверняка не девичья.

Регистратор, солидный мужчина, держался в меру официально. Кольцо, которое я купил, лежало, поблескивая, на фиолетовой бархатной подушечке, пока не подошло время надеть его на палец Джил. Я повторял слова брачного обета немного слишком громко, они отдавались от светлых дубовых стеновых панелей; а Джил, наоборот, говорила почти шепотом, мы с регистратором и то едва слышали. Джил и я были счастливы. Свидетели расписались в книге записей. Регистратор вручил Джил брачное свидетельство и сказал:

«Оно — ваше, миссис Хьюз, а этот молодой человек не имеет к нему никакого отношения». На фасаде мэрии были большие городские часы, под ними мы фотографировались. Первый снимок на пленке показывает 12 часов 13 минут, мы уже были женаты три минуты. А на последнем снимке — 12 часов 18 минут, мы женаты уже восемь минут. Некоторые кадры получились в несуразном ракурсе, это Оливер валял дурака. Потом мы все пошли в ресторан и ели лососину на гриле. С шампанским. Оливер произнес речь. Он сказал, что ему полагается пить за здоровье невестиной подружки, но поскольку таковой в наличии не имеется, он с полным правом провозглашает тост за Джил. Все засмеялись и захлопали, а Оливер принялся выражаться длинными учеными словами, и как скажет какое-нибудь непонятное ученое слово, мы кричали «ура». Мы сидели вроде как в такой задней комнатке, и один раз, когда он произнес особенно мудреное слово и мы особенно громко его приветствовали, к нам заглянул официант — узнать, не просим ли мы еще чего-нибудь, и тут же скрылся. Оливер закончил речь, сел, его стали одобрительно хлопать по спине, а я сказал: «Между прочим, сейчас кто-то сунули голову в дверь».

— Чего им надо было?

— Да нет же, — повторил я. — Кто-то сунули голову в дверь.

Он спросил:

— Ты что, спьяну?

Должно быть, он уже забыл. Видите? А я помню. Я все помню.

ДЖИЛИАН: Знаете что? По-моему, это никого не касается. Ей-богу. Я обыкновенное частное лицо. И сказать мне нечего. Теперь куда ни повернись, всюду полно людей, которые жаждут рассказать вам все о себе. Развернешь газету — там надрываются: «Выслушайте историю моей жизни!» Включишь телевизор — чуть не в каждой передаче кто-нибудь описывает свою жизнь, проблемы, разводы — как он или она рос или росла без отца, чем болел или болела, как страдал или страдала алкоголизмом, наркоманией, перенес или перенесла сексуальное насилие, банкротство, рак, или ампутацию, или психотерапию. Того оскопили, у этой отняли грудь, у кого-то вырезали аппендикс. Для чего это все рассказывать? Посмотрите на Меня! Выслушайте Меня! Неужели нельзя просто жить, как живется? Зачем обо всем непременно рассказывать?

Но из того, что у меня характер не исповедальный, вовсе не следует, что я беспамятная. Я помню, как мое венчальное кольцо лежало на толстой бархатной подушечке, как Оливер листал телефонную книгу в поисках смешных фамилий, помню, что я чувствовала. Но это все не для общественного пользования. Что я помню — мое дело.

ОЛИВЕР: Привет, я Оливер, Оливер Рассел. Сигарету хотите? Нет, конечно, я так и думал. Не против, если я закурю? Разумеется, я знаю, что это вредно для моего здоровья, оттого и люблю. Надо же, мы только-только познакомились, и вы уже наседаете на меня, как кровожадный защитник природы. Вам-то какое дело? Через пятьдесят лет меня уже не будет на свете, а вы будете бегать юркой ящеркой в массажных сандалиях, сосать йогурт через соломинку и пить коричневую болотную жижу. Нет, по мне лучше уж так.

Изложить вам мою теорию? Нам всем суждено умереть либо от рака, либо от инфаркта. Люди делятся на два основных типа: на тех, что закупоривают свои эмоции, и тех, что выпускают их со свистом наружу. Или, если угодно, на интровертов и экстравертов. Интроверты, как известно, держат все в себе — всю свою злость и самоотвращение, и эти сохраняемые внутри чувства, как опять же хорошо известно, порождают в их организме рак. Экстраверты же, наоборот, в открытую злятся на весь мир, перенося на других то отвращение, что испытывают к самим себе, и такие эмоциональные перегрузки вполне логично приводят к инфарктам. Либо то, либо это, третьего не дано. Так вот, лично я — экстраверт, и если казню себя курением, зато не бросаюсь на людей и в результате оказываюсь нормальным, уравновешенным человеком. Вот такая у меня теория. А кроме того, у меня никотиновая зависимость, я курю с удовольствием.

Я Оливер. Я помню все, что существенно. А по поводу памяти могу сказать следующее. Заметьте, что большинство людей, которым за сорок, стонут и воют, как электропила, что у них, мол, память испортилась, стала хуже, чем была, или хуже, чем хотелось бы. А чего тут удивляться, по правде-то говоря? Зачем они держат в памяти столько ненужного хлама? Представьте себе огромный мусорный контейнер, доверху наполненный всякой дребеденью, — тут и совершенно заурядные воспоминания детства, и пять миллионов спортивных результатов, и лица разных несимпатичных людей, и сюжеты телевизионных «мыльных опер», и сведения, как удалять с ковра пятна от красного вина, и как зовут их парламентского депутата, и так далее, и тому подобное. Какое нахальство! Неужели они воображают, будто для памяти ценен весь этот вздор? Представьте себе ее в виде дежурного по камере хранения на многолюдном вокзале, где вы оставили до востребования вашу жалкую поклажу. А есть ли из-за чего человека затруднять? И за такую мизерную плату! Да еще и спасиба не услышишь. Неудивительно, что там в окошке часто никого не дозовешься.

Я лично вверяю своей памяти только такие вещи, которые она будет хранить с сознанием важности возложенной на нее задачи. Например, я никогда не запоминаю телефонные номера. Свой номер еще с горем пополам помню, но если бы и пришлось поискать в телефонной книге против имени Оливера Рассела, тоже не велика беда. Некоторые люди, горькие выскочки в царстве мысли, твердят, что память-де надо упражнять, чтобы сохраняла подвижность и хорошую форму, как спортсмен. Ну да кто не знает, чем кончают спортсмены. Гребцы с раздутыми плечами едва доживают до средних лет, футболисты мучаются скрипучим, как старая дверь, артритом. Разрывы сухожилий, заживая, деревенеют, диски спекаются. Побывайте на встрече старых одноклубников, и вы увидите гериатрическую больничную палату. А ведь если бы они не перетруждали сухожилия...

Словом, я свою память стараюсь щадить и баловать и подкидываю ей, чтобы не соскучилась, только отдельные лакомые кусочки. Например, тот обед после свадьбы. Мы пили прекрасное молодое игристое шампанское, выбор Стюарта (марку, убейте, не помню; mis en bouteille par Les Vins de l'Oubli* и ели saumon sauvage grillé avec son coulis de tomates maison**. Я бы выбрал другое, но со мной не советовались. Нет, все было хорошо, может быть, чуть-чуть не хватало фантазии... Мадам Уайетт, с которой мы сидели рядом, была, судя по всему, вполне довольна, во всяком случае, семга ей уж точно понравилась. Но она старательно отодвигала розовые прозрачные кубики, окружавшие рыбу, а потом повернулась ко мне и спрашивает:

— Что бы это такое могло быть, по-вашему?

— Помидор, — удовлетворил я ее любопытство. — Со снятой кожицей, вырезанной сердцевиной, удаленными зернышками и нарезанный кубиками.

— Что за идея, Оливер, выделить и удалить все, что придает овощу его характер?

Здорово сказано, а? Я взял ее руку и поцеловал.

В то же время, боюсь, я не смогу вам сказать, был ли Стюарт на своей свадьбе в средне-темно-сером костюме или же в темно-темно-сером.

---

* розлив фирмы «Вина забвения» *(фр.)*.

** свежеразделанный лосось на гриле под фирменным томатным соусом *(фр.)*.

Понимаете меня?

Помню, какое в тот день было небо: облака вились и клубились, как узор на форзаце старой книги. Немного слишком ветрено. Входя в мэрию, все приглаживали волосы. Потом ждали десять минут у низкого столика, на котором лежали три лондонские телефонные книги и три экземпляра «Желтых страниц». Олли развлекал компанию, выбирая в справочнике подходящих специалистов, скажем, в рубрике «Бракоразводные дела» или «Продажа резиновых изделий». Но смех не разгорался. Потом нас впустили. Встретил нас маленький и тусклый прилизанный чиновник, на плечах — россыпи перхоти, будто пыльным мешком ударенный. Представление прошло, можно считать, с успехом. На лиловом бархатном ложе поблескивало кольцо, похожее на внутриматочное противозачаточное устройство. Стюарт прокричал свой текст, будто стоял перед военно-полевым судом и недостаточно громко и внятно произнесенное слово означало несколько дополнительных лет за решеткой. А бедняжка Джил пролепетала свои ответы еле слышно. По-моему, она плакала, но присматриваться я счел вульгарным. Потом мы снова вышли на крыльцо, где были сделаны снимки. У Стюарта, на мой вкус, был невозможно самодовольный вид. Конечно, он мой лучший друг и праздновалась его свадьба, но его просто распирало от самодовольства, поэтому я позаимствовал фотоаппарат и объявил, что надо сделать несколько художественных снимков для свадебного альбома. Я плясал вокруг новобрачных, и снимал из положения лежа, и поворачивал объектив на 45 градусов, и подходил так близко, что все поры видны, но на самом деле цель у меня была одна: запечатлеть на пленке Стюартов двойной подбородок. А человеку всего тридцать два года. Ну, может быть, двойной подбородок — слишком сильно сказано; просто обвисшие свиные брылья. Но фотообъектив в руках артиста способен придать им выпуклость и лоск.

Стюарт... Нет, погодите. Вы ведь с ним уже говорили, верно? Говорили, говорили, я вижу. Я почувствовал по легкому сомнению во взгляде, когда упомянул двойной подбородок. То есть вы не заметили? Ну, может быть, в полумраке, и освещение сзади... Да он еще, наверно, выдвинул нижнюю челюсть для эффекта. По моему мнению, такой подщечный мешок меньше бросался бы в глаза, если бы стрижка была подлиннее, но он никогда не дает жизненного пространства своей жесткой мышиной шевелюре. И это при круглой физиономии и глазках-пуговках, добродушно выглядывающих из далеко не модных очков. Я хочу сказать, он симпатяга малый, но нуждается в обработке, вы согласны?

Как вы сказали? Он был без очков? Не может быть. Я знаком с ним еще с тех времен, когда он был учителю по колено, и он всегда... ну, не знаю, разве что он тайно перешел на линзы и проверял их на вас. Ну хорошо. Возможно. Все возможно. Допускаю, что он хотел придать своему лицу более агрессивное выражение, чтобы у себя в офисе в Сити, где он глазеет на нервно дрожащий экранчик и тявкает в мобильничек насчет нового транша ускоренных фьючерсов, или как это все у них называется, чтобы в этой своей норке выглядеть хоть самую малость мужественнее, чем мы наблюдаем его в реальной жизни. Но в магазинах «Оптика», особенно торгующих оправами в старинном вкусе, он исправно поддерживает коммерцию с тех еще времен, когда мы учились в школе.

А что вы ухмыляетесь? Мы вместе учились... А-а, понимаю. Стюарт напел вам про то, что я изменил имя, верно? Это у него пунктик. Сам-то он Стюарт Хьюз, такое гладкое, скучное имя, гарантированная успешная карьера в торговле мягкой мебелью, где не требуется никакой квалификации, а только безупречные имя и фамилия, сэр, — он готов на них откликаться до гробовой доски. А Оливера когда-то звали Найджел. Mea culpa, mea maxima culpa*. Вернее, не

* Латинская формула покаяния: «моя вина, моя величайшая вина».

моя. Вернее, спасибо, мама. Как бы то ни было, невозможно же на протяжении целой жизни оставаться Найджелом, правда? Даже на протяжении целой книги невозможно. Некоторые имена очень скоро теряют пригодность. Например, вас назвали Робин. Вполне подходящее имя лет эдак до девяти. Но потом возникает необходимость что-то с ним сделать, вы согласны? Сменить его с соблюдением всех формальностей на Самсона, или там Голиафа, или еще на что-нибудь. А бывает и наоборот. Например, Уолтер. Нельзя быть Уолтером в детской коляске. На мой взгляд, имя Уолтер вообще можно носить только после 75 лет. Так что если вас хотят окрестить Уолтером, надо, чтобы перед ним стояло два других имени, одно на то время, пока вы в коляске, и одно на весь долгий срок, пока не доживете до Уолтера. Например, можно вас записать Робин Бартоломью Уолтер. Выглядит довольно нелепо, но может, и ничего.

Словом, я поменял Найджела на Оливера. Оливер всегда было моим вторым именем. Оливер Найджел Рассел — смотрите-ка, произношу и даже не краснею. Я уехал в университет под именем Найджел, а приехал после первого семестра Оливером. А что особенного? Все равно как уйти в армию, а на побывку домой явиться при усах. Не более чем знак инициации. Но старина Стюарт почему-то никак не может с этим смириться.

Вот Джилиан — хорошее имя. Подходит ей. И менять не надо.

И Оливер подходит мне, как вам кажется? Неплохо сочетается с моими жгуче-черными волосами, обаятельными желтыми зубами и тонкой талией, с моей неизменной заносчивостью и полотняным костюмом, на котором осталось невыводимое пятно от красного вина. Согласуется с тем, что у меня на счете не осталось ни гроша, и с тем, что я разбираюсь в живописи. И что кому-то хотелось бы съездить мне сапогом по морде. Например, тому питекантропу-управляющему, к которому я заявился в конце первого семестра. Такие типы, как он, чуть услышат, что учетная ставка в банке поднялась на десятую долю процента, и у них эрекция. Так вот, этот питекантроп, этот... Уолтер завел меня в свой неприличный закуток, уведомил меня, что мое желание заменить в чековой книжке «Н.О. Рассел» на «Оливер Рассел» он не рассматривает как вопрос первостепенной важности для политики банка на восьмидесятые годы, а затем напомнил, что в случае непоступления на мой счет суммы, достаточной, чтобы закрасить черную дыру овердрафта, я вообще не получу новой чековой книжки, назовись я хоть Санта Клаусом. В ответ я с ходу перестроился, умело подпустил подхалимажа, потом покрутил у него перед носом моим прославленным обаянием, и старый Уолт охнуть не успел, как очутился у моих ног на коленях, заклиная о пощаде. И я, так уж и быть, позволил ему подписать разрешение на перемену имени.

Знакомые, которые звали меня Найджел, все куда-то подевались. Кроме Стюарта, конечно. Попросите Стюарта, он вам расскажет про нашу школьную жизнь. Я, разумеется, не оскорблял мою память требованием хранить весь этот банальный хлам. А Стюарт, бывало, от нечего делать принимался перечислять в алфавитном порядке: «Адамс, Айткен, Аптед, Белл, Беллами...» (Фамилии я сейчас, естественно, выдумал.)

— Что это? — спрашивал я. — Твоя новая мантра?

Он хлопал глазами. Наверно, думал, что мантра — это такая модель автомобиля. «Олдсмобил Мантра».

— Да нет. Ты разве не помнишь? Это наш пятый «А». Старый Бифф Воукинс был у нас классным руководителем.

Но я не помню. Не желаю помнить. Воспоминание — это волевой акт. Так же, как и забвение. Мне кажется, я начисто искоренил из памяти мои первые восемнадцать лет, сделал из них безвредное пюре для детского питания. А каково было бы существовать под тяжестью всего этого? Первый велосипед, первые слезы, старый мишка с откусанным ухом. Это мало того что неэстетично, но еще и вредно. Если слишком хорошо помнить свое прошлое, начнешь еще, пожалуй, винить его за настоящее. Смотрите, что со мной делали, вот почему я такой, это не моя вина. Позвольте поправить вас: вина-то, вернее всего, как раз ваша. И увольте меня от подробностей.

Говорят, чем старее становишься, тем отчетливее вспоминаешь раннее детство. Одна из ловушек, поджидающих впереди, — месть старческим слабоумием. Кстати, я излагал вам мою теорию жизни? Жизнь подобна вторжению в Россию. Начало похода — блиц, блестят кивера, пляшут плюмажи, как переполошившийся курятник; лихой рывок вперед, воспетый в красноречивых донесениях, противник отступает; а затем долгий, унылый, изматывающий поход, сокращаются рационы, и в лицо летят первые снежинки. Противник сжигает Москву, и вы начинаете отход под натиском генерала Января, у которого ногти — ледяные сосульки. Горестная ретирада. Казачьи набеги. И кончается тем, что вы падаете, убитый из пушки мальчишкой-канониром при переправе через польскую речку, которой даже вообще нет на карте у вашего генерала.

Я не желаю стареть. Увольте меня от этого. Можете? Увы, даже вам это не под силу. Ну, так возьмите вот сигарету. Берите, берите, закуривайте. Не хотите, не надо, воля ваша. Дело вкуса.

2. Не одолжишь ли соверен?

СТЮАРТ: В каком-то смысле можно только удивляться, что «Эдвардиан» по-прежнему выходит, меня это скорее радует. Удивительно и что наша школа до сих пор существует. Когда в стране разделывались с классическими школами и вместо них устраивали единые средние, и местные школы второй ступени, и приготовительные колледжи, и всех смешивали со всеми, в то время как-то не нашлось, с кем слить школу Святого Эдварда, и нас не тронули. Так наша школа сохранилась, и вместе с ней сохранился и журнал выпускников. Первые годы после школы он меня не особенно занимал, но теперь, когда прошло — сколько? — наверно, лет пятнадцать, я встречаю много интересного среди того, что там пишут. Увидишь знакомую фамилию, и приходят разные воспоминания. Надо же, говоришь себе, вот уж никогда не думал, что Бейли будет управлять всеми операциями в Юго-Восточной Азии. Помню, его один раз спросили, какая главная культура экспортируется из Таиланда, а он ответил: транзисторные радиоприемники.

Оливер говорит, что он про школу ничего не помнит. Как он выражается, в этот колодец он может бросить камень и никогда не услышит всплеска. Я ему рассказываю, что интересного пишут в «Эдвардиане», но он только зевает и скучливым голосом переспрашивает: «Кто, кто?» Но я подозреваю, что он притворяется, а на самом деле ему интересно. Правда, своими воспоминаниями он не делится. Возможно, что в разговорах с посторонними людьми он делает вид, будто учился в более шикарной школе, вроде Итона. Это на него похоже. Я лично считаю, что какой ты есть, такой есть, и нечего прикидываться другим. А Оливер меня поправляет, он говорит, что человек таков, каким хочет казаться.

Мы довольно разные, Оливер и я, как вы уже, конечно, заметили. Многие даже удивляются, что мы дружим. Вслух не говорят, но я чувствую. Мол, мне здорово повезло, что у меня такой друг. Оливер производит на людей впечатление. У него хорошо подвешен язык, он бывал в дальних странах, владеет иностранными языками, разбирается в искусстве — и не как-нибудь, а всерьез, — и носит просторные костюмы, словно бы с чужого плеча, это мода такая, как утверждают знающие люди. У меня все не так. Я не всегда умею складно выразить то, что думаю, — кроме как на работе, понятное дело; я был в Европе и в Штатах, но в такие края, как Ниневия и Дальний Офир, не забирался; на искусство у меня почти совсем нет времени, хотя я, конечно, не против искусства (иной раз в машине послушаешь по радио хороший концерт; и во время отпуска, как все люди, могу прочесть книжку-другую); и я не уделяю особого внимания одежде, лишь бы прилично выглядеть на работе и удобно чувствовать себя дома. Но, по-моему, Оливеру нравится, что я такой, какой есть. Вздумай я подражать ему, все равно бы из этого ничего не вышло. Да, и потом, еще одна разница между нами: у меня есть кое-какие деньги, а у него вообще ничего, во всяком случае, ничего такого, что назвал бы деньгами человек, который деньгами занимается профессионально.

— Одолжи соверен, а?

Это были первые слова, которые он мне сказал. Мы с ним сидели в классе рядом. Нам было по пятнадцать. Мы уже две четверти проучились вместе, но друг с дружкой толком не общались, у каждого были свои приятели, и потом, в Сент-Эдвардсе учеников рассаживали по результатам экзаменов за прошедшую четверть, так что где уж мне было рассчитывать на место с ним рядом. Но, видно, я ту четверть окончил удачно, или он занимался спустя рукава, или и то, и другое, во всяком случае, нас посадили рядом, и Найджел, как он тогда себя называл, попросил у меня соверен.

— На что тебе?

— Какая колоссальная бестактность. Тебе-то какое дело?

— Ни один благоразумный финансист не выдаст кредита, если неизвестно его назначение, — ответил я, и на мой взгляд — вполне здраво, но Найджел почему-то рассмеялся. Бифф Воукинс за учительским столом поднял голову — был час самостоятельных занятий — и посмотрел на него вопросительно. Даже более чем вопросительно. Найджел еще сильнее расхохотался и сначала не мог выговорить ни слова в свое оправдание. А потом говорит:

— Прошу прощения, сэр. Я очень извиняюсь. Но Виктор Гюго иногда бывает так необыкновенно забавен.

И прямо зашелся от смеха. А я почувствовал себя ответственным за него.

После урока Найджел объяснил мне, что деньги ему нужны на покупку какой-то замечательной рубашки, которую он себе где-то присмотрел. Я поинтересовался ликвидным потенциалом товара на случай банкротства, что опять вызвало его смех. Но я сформулировал свои условия: пять простых процентов с капитала еженедельно и срок возврата — четыре недели, в противном случае процентная ставка удваивается. Он обозвал меня лихоимцем — я тогда впервые услышал это слово — возвратил мне через четыре недели один фунт и двадцать шиллингов, щеголял по выходным в новой рубахе, и с этого времени мы стали друзьями. Решили дружить, и дело с концом. В пятнадцать лет не обсуждают, дружить или не дружить, а просто становятся друзьями. Необратимый процесс. Некоторые удивлялись, и помню, мы тут немного подыгрывали. Найджел делал вид, будто относится ко мне свысока, а я притворялся, будто по глупости этого не замечаю; он стал еще больше умничать, а я прикидывался еще большим тупицей. Но мы-то знали, что это игра, мы были друзья.

И остались друзьями, даже несмотря на то, что он поступил в университет, а я нет, что он ездил в Ниневию и Дальний Офир, а я нет, что я получил постоянную работу в банке, а он перескакивал с одной временной работы на другую и кончил тем, что стал преподавать английский как иностранный в одной школе, что в переулке, как свернуть за угол с Эджуэр-роуд. Эта школа называется «имени Шекспира», там над входом неоновый британский флаг, он то зажигается, то гаснет, и Оливер говорит, что пошел туда работать из-за этого флага, ему нравится, как он все время мигает; но на самом деле он просто нуждается в заработке.

А потом появилась Джилиан, и нас стало трое.

Мы с Джил условились, что никому не расскажем, как мы познакомились. Говорим, что один мой сослуживец по фамилии Дженкинс повел меня после работы в винный погребок по соседству, и там оказалась его старая приятельница, а с нею ее знакомая. Это и была Джилиан, и мы с ней сразу вроде как приглянулись друг дружке и условились встретиться снова.

— Дженкинс? — переспросил Оливер, когда я ему изложил все это и притом немного волновался, хотя мне кажется, что волновался я потому, что рассказывал про Джилиан. — Это который из Арбитража?

Оливер любит делать вид, будто он в курсе моих дел, и время от времени авторитетным тоном ввернуть специальное словечко-другое. Я теперь пропускаю их мимо ушей.

— Да нет, — отвечаю. — Он тогда был у нас новенький. А теперь уже бывший. Недолго у нас проработал. Не потянул.

И это чистая правда. Я нарочно решил сослаться на Дженкинса, потому что его уволили, теперь иди его ищи.

— Что ж. По крайней мере он успел подкинуть тебе tranch de bonheur*.

— Чего, чего? — спросил я, строя из себя Тупицу Стю. А он самодовольно ухмыльнулся, изображая Умника Олли.

На самом-то деле я всегда плоховато умел знакомиться. Одним людям это от природы дается легко, а другим нет. У нас была совсем не такая семья, где полно разной родни и постоянно кто-нибудь да «забежит на огонек». К нам во все время, что я жил в родительском доме, никто на огонек не забегал. Родители мои умерли, когда мне было двадцать,

* «порция счастья» — французское выражение.

сестра перебралась в Ланкашир, поступила в медсестры и вышла замуж, на том и кончилась наша семья.

Я жил один в маленькой квартирке в Сток-Ньюингтоне, ездил на работу, иногда задерживался там допоздна и понемногу тосковал. Характер у меня нельзя сказать чтобы общительный. Если я знакомлюсь с кем-то, кто мне симпатичен, то не говорю этого и не показываю и особенно не расспрашиваю, а наоборот, замыкаюсь и помалкиваю, как будто сам понравиться даже не хочу и знаю, что никакого интереса не представляю. Ну и понятно, ко мне особого интереса и не испытывают. В другой раз я помню об этом, но вместо того, чтобы учиться на ошибках, замыкаюсь еще больше. Похоже, половина человечества — люди, уверенные в себе, другая половина — неуверенные, и непонятно, как перепрыгнуть из этой половины в ту. Чтобы быть уверенным в себе, надо иметь уверенность в себе — порочный круг.

В объявлении было сказано: ВЫ — МОЛОДОЙ РАБОТНИК УМСТВЕННОГО ТРУДА? ВАМ ОТ 25 ДО 35? ВЫ СЛИШКОМ МНОГО СИЛ ВКЛАДЫВАЕТЕ В РАБОТУ, И ИЗ-ЗА ЭТОГО У ВАС ПРОБЛЕМЫ С ДРУЖЕСКИМ ОБЩЕНИЕМ И ОТДЫХОМ? Хорошо составленное объявление. Не похоже на обычную тусовку, где подбирают себе пару на выходные дни. И без намека, что, мол, сам виноват, если тебе некуда податься после работы. Наоборот, как видишь, это обычная вещь, случается со всеми, даже с самыми приличными людьми, и единственно разумное, что тут можно предпринять, это просто заплатить 25 фунтов и явиться в некий лондонский отель, где тебе поднесут стаканчик хереса, а уж что из этого получится, посмотришь, даже если ничего, то все равно ничего унизительного в этом не будет.

Я думал, раздадут карточки с именами — прикалывать, как на конференциях; но они, наверно, хотели доказать нам, что уж собственное-то имя мы все-таки способны выговорить. Там имелся распорядитель, как бы за хозяина, он встречал каждого вновь прибывшего, наливал хереса и водил от группы к группе, представлял, но нас было так много, всех не упомнишь, так что волей-неволей приходилось называться самим. А может, он нарочно делал вид, что не помнит имен.

Я разговаривал с одним заикой, который учился на риэлтера, и тут распорядитель подводит к нам Джилиан. То, что мой собеседник заикался, придало мне, я думаю, храбрости. Нехорошо, конечно, но со мной это тоже много раз бывало: говоришь что-нибудь занудное, и вдруг человек, стоящий рядом, превращается в остроумца. Это я давно заметил. Элементарный закон выживания — найди кого-нибудь, кому хуже, чем тебе, и рядом с таким человеком ты расцветаешь.

Ну, может быть, «расцветаешь» — преувеличение, но я стравил Джилиан пару-тройку Оливеровых шуточек, мы потолковали про то, как стеснялись сюда прийти, тут выясняется, что она наполовину француженка, я что-то подходящее по этому поводу ввернул, риэлтер пытался рассказать нам про Германию, но мы не стали слушать, и я сам оглянуться не успел, как уже отодвинул его плечом, чтоб не лез, и говорю ей: «Слушайте, вы только-только пришли, я понимаю, но может, нам поехать куда-нибудь поужинать? Можно и не сегодня, если у вас вечер занят, а?» Говорю вам, я сам себя не узнавал.

— А вы думаете, тут позволяется так скоро уезжать?

— Отчего же нет?

— Разве мы не должны сначала со всеми перезнакомиться?

— Это не обязательно. Никто нас не заставляет.

— Тогда ладно.

Она улыбнулась мне и потупилась от смущения. Мне это понравилось. Мы поужинали вдвоем в итальянском ресторане. А через три недели возвратился Оливер из каких-то экзотических стран, и нас стало трое. Все лето мы повсюду бывали втроем. Как в том французском фильме, где они вместе ездят на велосипедах.

ДЖИЛИАН: Я не смущалась. Я нервничала, это да. Но не смущалась. Большая разница. Смущался Стюарт. Он застенчивый, это у него на лице было написано. Он стоял со стаканом хереса в руке, на висках бисеринки пота, видно, что человек не в своей тарелке и мучительно старается преодолеть смущение. Правда, там никто не был — или не была — в своей тарелке. Я еще, помню, подумала, что мы пришли сюда с целью купить себе кого-нибудь, но не знаем, как за это взяться, в нашем обществе не учат, как покупать людей.

Стюарт для начала попробовал рассказать несколько анекдотов. Получилось не очень удачно, так как он был скован, да и анекдоты оказались плоские. Затем упомянули Францию, он сказал что-то банальное, вроде того, что, мол, всегда можно узнать по запаху, что находишься во Франции, даже с завязанными глазами. Но главное — он старался, старался подействовать не только на меня, но и на себя самого, и это было очень трогательно. На самом деле очень трогательно.

Интересно, что сталось с тем заикой, который хотел рассказать про Германию? Надеюсь, он нашел себе кого-нибудь.

И что сталось с Дженкинсом?

ОЛИВЕР: Не говорите. Дайте мне самому догадаться. Сейчас наведу телепатию на мирную, взъершенную и слегка стеатопигую фигуру моего друга Стю. Стеатопигий? Это такой термин, означает — с оттопыренной задницей; готтентотский derrière*.

«Жюль и Джим». Правильно? Я попал в точку. Он одно время часто говорил про этот фильм, но только со мной. А

---

* зад *(фр.)*.

с Джилиан — никогда. Оскар Вернер, невысокий такой блондин, возможно даже — рискну сказать, — стеатопигий, Жанна Моро, и долговязый, темноволосый, элегантный — как бишь его? забыл фамилию — красавчик. Словом, подбор исполнителей не вызывает вопросов. Вопрос только в том, какой там сюжет. Вроде бы все едут вместе на велосипедах, переезжают по мосткам, всячески резвятся, так? Ну, вот. Но как характерно для Стюарта припомнить для сравнения именно этот фильм — неплохой, но далеко не центральный в истории послевоенного кинематографа. Стюарт, я должен вас заранее предупредить, принадлежит к тем людям, для которых моцартовский концерт К 467 — это «концерт Эльвиры Мадиган». А вершина классической музыки — это когда струнный оркестр изображает птичье пение, или бой часов, или забирающийся в гору пыхтящий паровозик. Какое милое простодушие, не правда ли?

Возможно, он прослушал курс лекций по французскому кино в расчете на то, что оно ему поможет знакомиться с девушками. В этом он был не силен. Иногда я ему помогал: устраивал двойные свидания, но каждый раз кончалось тем, что обе девушки дрались за вашего покорного слугу, а Стюарт куксился в углу, демонстрируя обаяние улитки. Бог ты мой, что это были за вечера! Боюсь, после них наш Стюарт проявлял склонность валить с больной головы на здоровую.

— Ты бы должен был больше мне помогать, — с чувством корил он меня.

— Я? Помогать тебе? Я нашел девушек, я познакомил с ними тебя, я организовал вечер по нарастающей, а ты сидел в сторонке и сверкал глазами, как карлик Хаген из «Гибели богов», прошу меня простить за интеллигентное сравнение.

— Я иногда думаю, что ты берешь меня с собой, только чтобы было кому платить по счету.

— Если бы я загребал монету на бирже, — напомнил я ему, — а ты был бы моим самым близким другом и без работы, и ты привел бы двух вот таких классных девиц, я бы почел за честь заплатить по счету.

— Прости, — согласился он. — Просто, по-моему, тебе не следовало говорить им, что я чувствую себя неуверенно в женском обществе.

— Ах, вот, оказывается, в чем дело! Теперь понятно. Но ведь общая сверхзадача была — чтобы все держались естественно и раскованно.

— А мне кажется, ты не хочешь, чтобы у меня была девушка, — мрачно заключил Стюарт.

Вот почему я так удивился, когда он откопал Джилиан. Кто бы мог в это поверить? И тем более кто бы мог поверить, что он подцепил ее в баре? Вообразите сцену: у стойки на табурете сидит Джилиан в атласной юбке с разрезом до бедра, Стюарт непринужденно поправляет узел галстука, подсчитывая на компьютере в своих часах виды на дальнейшее повышение курса иены, а бармен без слов знает, что «мистер Хьюз, сэр» желает сухой мадеры урожая 1918 года позднего сбора, и подает ее в рюмке специальной формы, обеспечивающей концентрацию запаха. Стюарт подсаживается на соседний табурет, испуская тонкий мускусный дух мужской сексуальности, Джилиан просить огонька прикурить сигарету, Стюарт вынимает из кармана своего мешковатого пиджака от Армани зажигалку «Данхилл» в черепаховом корпусе и...

Словом, ладно врать. Обратимся к реальности. Я имел случай выслушать его подлинный рассказ со всеми трепетными, придыхательными деталями и, честно признаться, он производит именно такое впечатление, какого и можно было ожидать. Некий скудоумный банковский служащий, неделю спустя умудрившийся вылететь с работы (а надо быть действительно скудоумным, чтобы тебя выгнали оттуда), однажды вечером после работы зашел со Стюартом в винный бар «Сквайрс». Я заставил Стюарта несколько раз повторить это: винный бар «Сквайрс».

— Как надо понимать? — затеял я перекрестный допрос. — Это заведение принадлежит лицу, считающему себя сквайром, или же там собираются сквайры вроде тебя, когда желают пропустить по стаканчику?

Стюарт подумал, потом сказал:

— Я тебя не понял.

— Тогда спрашиваю иначе: это множественное число или притяжательная форма?

— Не знаю.

— Но как же так? Должно же что-то подразумеваться. — Мы несколько мгновений смотрели друг другу в глаза. По-моему, Стюарт так и не уразумел, о чем я толкую. Он, кажется, заподозрил, что я просто не хочу слушать его оперу «Поль и Виргиния»* в современных костюмах. — Ну ладно, прости. Рассказывай дальше.

И вот, значит, сидят они, Скудоумец и Стю, в винном баре «Сквайрс», и вдруг, представьте себе, туда входит vieille flamme** скудоумца, а за нею не кто-нибудь, а наша Джилиан. Дальнейший ход событий в этом любовном квартете был бы вполне предсказуем, если бы только одним из его участников не выступал Стюарт, каковой Стюарт в подобных ситуациях ведет себя, как батон хлеба, еще не вынутый из обертки. Каким образом ему удалось на сей раз вырваться на свободу из сумрачной темницы незаметности? Я задал ему этот трудный вопрос, разумеется, в более тактичной форме, и бесценный его ответ храню в памяти до сих пор:

— Мы вроде как разговорились. И вроде как нашли общий язык.

Узнаю Стюарта. Кто это сказал? Тристан? Дон-Жуан? Казанова? Или очень нехороший маркиз? Нет, это слова моего друга и приятеля Стюарта Хьюза. «Мы вроде как разговорились. И вроде как нашли общий язык».

---

* Опера французского композитора Виктора Массэ на сюжет Бернардена де Сент-Пьера, постановка 1876 г.

** старинная пассия *(фр.)*.

Вы, кажется, опять смотрите на меня с осуждением? Можете ничего не говорить. Я знаю. Вы находите меня высокомерной дрянью, верно? Но вы неправы. Вы не уловили интонацию. Я это рассказываю в таком тоне, потому что Стюарт — мой друг. Мой лучший друг. И я его люблю, вот такого. Мы дружим давным-давно, с незапамятных лет, когда еще продавались пластинки моно; когда еще не был выведен фрукт киви; когда представитель Автомобильной ассоциации в полувоенной форме еще приветствовал на шоссе проезжих автомобилистов; когда за полтора медных гроша можно было купить пачку «Голд флейк» и еще оставалось на кувшинчик медового напитка. Вот какие мы с ним старинные друзья, со Стюартом. И кстати, не советую вам его недооценивать. Может, он не такой уж прыткий, может, турбина у него на верхнем этаже раскручивается не так быстро, как в моторе гоночного автомобиля. Но в конце концов он все соображает, все что требуется. И бывает, что раньше меня.

«Не мог бы я занять у тебя один фунт?» Мы сидели с ним на соседних скамейках в этой нашей школе, не помню, как ее называли (Стюарт помнит, спросите его). Я полагал, что элементарная вежливость требует завязать добрососедские отношения с этим мальчиком, который до сих пор не блистал способностями, а теперь вот как-то сумел временно подняться к вершинам. И можете себе представить? Вместо того чтобы немедленно раболепно раскошелиться, как поступил бы на его месте всякий уважающий себя плебей, за право подышать одним воздухом с высшими, он принялся выдвигать и обговаривать условия. Проценты, начисления, дивиденды, законы рынка, коэффициенты оборачиваемости, и так далее, и тому подобное. Чуть ли не убедил меня присоединиться к Общеевропейской Монетарной Системе, когда все, что мне было надо, это стрельнуть у него золотой. А потом еще поинтересовался, для чего мне эти деньги! Как будто это его касается. Как будто я сам знал. Я ушам своим не поверил и рассмеялся, так что старый геккон, который руководил классом, неодобрительно расфуфырил горжетку и посмотрел на меня с осуждением. Я как-то отбрехался, успокоил его и продолжил переговоры с моим округлым и финансово-цепким новым приятелем. Спустя несколько месяцев я ему долг вернул, хотя и пренебрег его дурацкими условиями, предостережениями и процентами, поскольку, честно говоря, ничего в них не понял, и с той поры мы с ним — закадычные друзья-приятели.

У него была подружка. Я имею в виду, до Джилиан. Еще в те времена, когда за полтора медных гроша, и т.д. И можете себе представить? — я знаю, он не против, чтобы это стало известно, — он с ней не спал! Вы поняли? Ничего такого. Отказывался вступать во владение ее узкими чреслами*. А когда после нескольких месяцев такого стахановского целомудрия отчаявшаяся девица позволила себе сунуться к нему с лаской, он ей сказал, что, видите ли, хочет сначала узнать ее получше. Она же тебе это как раз и предлагала, dummkopf**, сказал я ему. Но Стюарт и слушать не стал. Нет, он не из таких.

Конечно, не исключено, что он мне наврал, но на это потребовалось бы более богатое воображение. Кроме того, у меня есть и подтверждающие данные. Специалисты из военного ведомства выявили определенное соотношение между аппетитом и сексом. (Не верите? Тогда позвольте привести следующее неопровержимое доказательство. Один из самых главных человеческих феромонов, иначе говоря, сексуальных возбудителей, изобутиральдегид, в ряду углеродов стоит непосредственно после запаха... молодой фасоли! Вот так-то, amigo***.) Стюарт, как вы вскоре убедитесь,

---

* Фраза из романа И. Во «Возвращение в Брайдсхед».

** дурак *(нем.)*.

*** друг *(исп.)*.

если еще не убедились, убежден, что основной raison d'être* пищи состоит в том, чтобы скрывать от людских глаз уродливые узоры на дне тарелки. В то время как, скажем не хвастая, с молодым Олли мало кто сравнится в скорости очистки тарелок.

Ergo**, в смежной области человеческого поведения у меня тоже не бывало особых затруднений. «Воздержание» никогда не было моим девизом. Не исключаю, что моя репутация ходока по бабам помешала своевременному сексуальному развитию Стюарта. Тем более работа в английской школе имени Шекспира открывает тут богатые возможности. Взять хотя бы дополнительные занятия после уроков один на один и лицом к лицу. Стюарт, конечно, неоднократно звонил ко мне в будуар по телефону и убедился, что автоответчик у меня отзывается на пятнадцати иностранных языках. Но теперь у него по этой части все в порядке, у него же есть Джилиан.

Честно сказать, у меня как раз не было постоянной подруги, когда он вплыл белым лебедем в винный бар «Сквайрс» и выплыл оттуда об руку с Джилиан. У меня было дурное настроение, а в дурном настроении я всегда бываю насмешлив, так что я мог отпустить в разговоре пару-тройку злых и несправедливых шуток. Но за него я радовался. Как же иначе? Когда они впервые посетили вдвоем мое жилище, он вел себя ну совершенно как шаловливый щенок, вилял хвостом, играл добытой косточкой, так и хотелось почесать его за ушком.

Я позаботился о том, чтобы моя квартира все-таки имела не такой уж пугающий вид. Набросил на тахту коричневое африканское покрывало, поставил на проигрыватель 3-й акт «Орфея», зажег индийскую ароматическую палочку. И тем ограничился. Эффект: bienvenue chez Ollie***, так

---

* смысл существования *(фр.)*.

** Следовательно *(лат.)*.

*** добро пожаловать к Олли *(фр.)*.

мне казалось. Конечно, можно было пойти дальше — приколоть к стене афишу боя быков, чтобы Стюарт чувствовал себя как дома, — но по-моему, не стоит совсем уж затушевывать свою индивидуальность, а то гости не будут знать, с кем разговаривают. Услышав звонок в дверь, я закурил сигарету «Галуаз» и пошел навстречу своей погибели. Или Стюартовой погибели, видно будет.

По крайней мере Джил не спросила, почему у меня задернуты шторы в дневное время. Объяснения, которые я каждый раз даю по этому поводу, становятся все более вычурными, на что только не ссылаюсь, начиная от редкой глазной болезни и кончая данью уважения к раннему Одену*. Впрочем, Стюарт, наверно, ее предупредил.

— Здравствуй, — сказала она. — Стюарт много о тебе рассказывал.

Я изящно поклонился, точно Наталья Макарова в «Ромео и Джульетте», — чтобы разрядить обстановку.

— Боже мой! — воскликнул я и бросился на марокканское покрывало. — Неужели он проболтался про мое боевое ранение? Ай-ай-ай, Стюарт! Я, конечно, понимаю, что не всякий является потомком албанского царя Зога, но зачем было так уж прямо все выбалтывать?

Стюарт тронул ее за локоть — до сих пор я не замечал за ним таких мягких жестов — и тихо сказал:

— Я же предупреждал, что нельзя верить ни одному его слову.

Она кивнула, и я вдруг почувствовал, что меня превосходят числом. Это было странно. Всего только двое против одного, обычно мне требуется гораздо больше народу, чтобы почувствовать численное превосходство противника.

Сейчас я попытаюсь припомнить, как она тогда выглядела. Я не удосужился заложить в бюро забытых вещей своей памяти точный рисунок ее лица и манер, но думаю, что она была в светлой рубашке цветом где-то между шал-

* Уистен Хью Оден (1907—1973) — известный английский поэт.

феем и приворотным зельем навыпуск поверх серых «вареных» джинсов, на ногах зеленые носки и крайне неэстетичные кроссовки. Каштановые волосы, зачесанные назад и заколотые над ушами, свободно падали сзади; отсутствие косметики придавало лицу бледность, на фоне которой по-особенному звучали широко распахнутые карие глаза; маленький рот и бодро вздернутый нос расположены довольно низко в удлиненном овале лица, чем подчеркивается надменная выпуклость высокого лба. Уши, я обратил внимание, почти без мочек — генетическая черта, получающая сейчас все большее распространение, разве что Дарвин мог бы объяснить почему.

Да, вот такой, мне кажется, я ее увидел.

Признаюсь, я не из тех гостеприимцев, которые считают, что переходить в разговоре на личности можно только после долгих обходных маневров. В отличие от чибиса я не увожу собеседника от гнезда, заводя речи на такие животрепещущие темы, как политические события в Восточной Европе, очередной африканский переворот, шансы на выживание китов или зловещая область низкого атмосферного давления, нависающая над нами со стороны Гренландии. Налив Джилиан и ее кавалеру по кружке китайского чая «Формоза Улонг», я без дальних слов стал задавать ей вопросы: сколько ей лет, чем она занимается и живы ли еще ее родители.

Она отнеслась к этому вполне благодушно, хотя Стюарт задергался, как носовая перегородка кролика. Выяснилось, что ей двадцать восемь; что родители (мать — француженка, отец — англичанин) несколько лет как разошлись, отец дал деру с какой-то крошкой; и что она — в прислугах у изящных искусств, обновляет потускневшие краски минувшего. Как вы сказали? Да нет, просто реставрирует живопись.

Перед их уходом я не утерпел, отвел Джилиан в сторону и сделал ей бесценное замечание, что джинсы-варенки с кроссовками — это катастрофа, просто удивительно, что она среди бела дня прошла по улицам до моего дома и не была пригвождена к позорному столбу.

— А скажи-ка, — проговорила она в ответ, — ты не...

— Да?

— Ты не красишь губы?

3. В то лето я блистал

СТЮАРТ: Только, пожалуйста, не судите Оливера так строго. Его иногда заносит, но по существу он человек добрый и сердечный. Многие его не любят, некоторые даже терпеть не могут, но вы узнайте его с лучшей стороны. Девушки у него нет, денег, можно сказать, ни гроша, да еще работа, от которой с души воротит. Почти весь его сарказм — это просто бравада, и если я мирюсь с его насмешками, неужели вы не можете? Постарайтесь отнестись к нему снисходительнее. Ну, я прошу. Я счастлив. Не расстраивайте меня.

Когда нам было по шестнадцать, мы с ним отправились автостопом в Шотландию. На ночь останавливались в молодежных общежитиях. Я готов был голосовать любой проезжающей машине, но Оливер выставлял большой палец, только если машина отвечала его тонкому вкусу, а на те, что ему не нравились, смотрел волком. Так что нам с автостопом не особенно везло. Но все-таки до Шотландии мы в конце концов добрались. Там почти все время лил дождь. Когда нас в дневное время выставляли из общежития, мы разгуливали по улицам или отсиживались под крышей на автобусных станциях. У нас обоих были ветровки с капюшонами, но Оливер свой на голову не натягивал, говорил, что не хочет быть похожим на монаха и тем поддерживать христианство. Поэтому он промокал сильнее, чем я.

Раз мы целый день просидели в телефонной будке — это было где-то в окрестностях Питлохри, мне помнится, — играли в морской бой. Это такая игра, когда чертят сетку на клетчатой бумаге, и у каждого игрока есть один линкор (четыре клеточки), два крейсера (по три клеточки), три эсминца (по две клеточки) и так далее. И надо потопить весь флот противника. Один из нас должен был сидеть на полу будки, другой стоял, облокотясь на полку для телефонной книги. Я просидел на полу до полудня, а после полудня была моя очередь стоять у полки. Днем мы поели размокших овсяных лепешек, купленных в деревенском магазине. Целый день мы играли в морской бой, и ни одной живой душе не понадобилось позвонить по телефону. Кто выиграл, не помню. А к вечеру распогодилось, и мы пешком вернулись в общежитие. Я стянул с головы капюшон, у меня волосы оказались сухие, а у Оливера — хоть выжми. Выглянуло солнце. Оливер держал меня под руку. Он поклонился женщине, вышедшей покопаться в палисадничке, и сказал: «Взгляните, мадам, вот идет сухой монах и мокрый грешник». Она удивилась, а мы пошли дальше, под руку и шаг в шаг.

Спустя две-три недели после нашего знакомства я привел Джилиан в гости к Оливеру. Сначала мне пришлось ее немного подготовить, потому что мало знать меня, чтобы составить представление о моем лучшем друге, Оливер может произвести на постороннего человека неблагоприятное впечатление. Я объяснил, что у Оливера есть некоторые странные вкусы и привычки, но если не обращать на них внимания, то легко доберешься до настоящего Оливера. Предупредил, что окна у него могут оказаться зашторены и в квартире будет пахнуть ароматическими палочками. Но если она постарается держаться так, как будто не находит в этом ничего необыкновенного, все получится хорошо. Она так и держалась, как будто не видит ничего такого, и мне показалось, что Оливеру это скорее не понравилось. По совести говоря, Оливер ведь любит ошарашить человека. Ему приятно на свои выкрутасы получать отклик.

— Он вовсе оказался не такой чудак, как ты описывал, приятель твой, — сказала Джилиан, когда мы вышли.

— Ну и хорошо.

Я не стал ей объяснять, что Оливер, вопреки обыкновению, вел себя удивительным паинькой.

— Он мне понравился. Смешной. И собой довольно недурен. Он что, красится?

— Никогда не замечал.

— Просто освещение, наверно, такое.

Позже, вечером, когда мы сидели за ужином на свежем воздухе, я, приняв вторую кружку горького, уж не знаю, что на меня нашло, расхрабрился и сам задал вопрос:

— А ты красишь губы?

Мы разговаривали совсем о другом, и я брякнул это просто так, ни с того ни с сего, но у меня было такое чувство, как будто на самом деле мы говорим об Оливере, и меня обрадовало, что она тоже ответила так, как будто мы не переставали говорить об Оливере, хотя в промежутке перебрано было много разных других тем.

— Нет. Разве ты не видишь?

— Я в этих делах плохо разбираюсь.

Перед ней на тарелке лежал недоеденный цыпленок и стоял недопитый стакан белого вина. А посредине стола горела толстая красная свеча, пламя ее потрескивало в лужице растопленного воска, рядом со свечой — пластмассовая голубая фиалка. При свете этой свечи я впервые по-настоящему вгляделся в ее лицо. Она... Ну, вы ведь ее видели. Заметили у нее на левой щеке пятнышко веснушек? Заметили? Ну, все равно. В тот вечер волосы у нее были зачесаны от ушей вверх и заколоты двумя черепаховыми заколками, глаза казались темными-темными, и я просто не мог отвести взгляд. Смотрю, смотрю в лучах тающей свечи, и не могу наглядеться.

— И я тоже, — наконец проговорил я.

— Чего — тоже? — на этот раз она не подхватила прерванную нить разговора.

— Тоже не крашу губы.

— Ну и хорошо. А на твой взгляд, ничего, что я ношу варенки и кроссовки?

— По мне, можешь носить все, что тебе вздумается.

— Неосмотрительное высказывание.

— У меня неосмотрительное настроение.

Позже я довез ее до дома, где она снимала квартиру на пару с подругой, и стоял, облокотясь о ржавую чугунную загородку, пока она искала в сумочке ключ. Она позволила мне поцеловать себя. Я поцеловал ее очень бережно, отстранился, посмотрел на нее и опять очень бережно поцеловал.

Она сказала шепотом:

— Если не красишь губы, можно не опасаться, что останется след.

Я ее обнял. Обхватил руками и слегка прижал. Но целовать еще раз не стал, потому что боялся расплакаться. Я ее обнял и сразу подтолкнул в дверь, потому что чувствовал, что еще немного, и я вправду расплачусь. Я остался стоять на крыльце один, крепко зажмурясь, и медленно, глубоко дышал.

Мы рассказали друг дружке про наши семьи. Мой отец умер от инфаркта несколько лет назад. Мать вроде бы держалась молодцом, даже как будто бы вполне бодро. А потом у нее оказался рак, тотальный.

А у Джилиан мать была француженка, то есть не была, а есть. Отец — преподаватель. Он отправился на год в Лион на стажировку и привез оттуда мадам Уайетт. Когда Джилиан исполнилось тринадцать лет, ее отец сбежал с бывшей ученицей, только год как окончившей школу. Ему было сорок два, а ей семнадцать, и ходили слухи, что у них завязался роман, еще когда он был ее учителем, то есть когда ей было пятнадцать, и что будто бы она забеременела. Мог бы произойти страшный скандал, если бы нашлось кому его устраивать. Но они просто снялись с места и исчезли. Мадам Уайетт, наверно, пришлось очень несладко. Словно муж умер и одновременно сбежал с другой.

— А как это подействовало на тебя?

Джилиан посмотрела так, словно я задал глупый вопрос.

— Было больно. Но мы выжили.

— Тринадцать лет. Ранимый возраст, мне кажется.

— И два года — ранимый, и пять лет. И десять. И пятнадцать.

— Просто я читал, что...

— В сорок, наверно, было бы не так болезненно, — продолжала она твердым, звенящим голосом, какого я у нее раньше не слышал. — Если бы он подождал удирать, пока мне исполнится сорок, было бы, наверно, лучше. Надо бы установить такое правило.

А я подумал: не хочу, чтобы что-то такое случилось с тобой еще когда-нибудь. Мы держались за руки и молчали. Из четырех родителей у нас на двоих остался один. Двое умерли, один в бегах.

— Хорошо бы жизнь была похожа на банк, — сказал я. — Там тоже, конечно, не все ясно устроено. Кое-где такие хитрости понакручены. Но можно все-таки в конце концов разобраться, если постараешься как следует. Или если сам не разобрался, есть кто-то, кто разберется, пусть хотя бы задним числом, когда уже поздно. А в жизни, мне кажется, беда та, что даже когда уже поздно, ты все равно, бывает, так ничего и не уразумел. — Я заметил, что она смотрит на меня как-то пристально. — Извини за мрачность.

— Мрачность тебе дозволяется. При условии, что большую часть времени ты веселый.

— Слушаюсь.

Нам действительно было весело в то лето. И присутствие Оливера еще добавляло веселье, это точно. Школа английского языка имени Шекспира на два месяца отключила свою неоновую вывеску, и Оливеру было некуда податься. Он старался не показывать виду, но я-то знал. Мы повсюду бывали вместе. Заходили выпить в кабаки, бросали монеты в игровые автоматы, танцевали в дискотеках, смотрели какие-то фильмы, дурачились, если взбредало в голову. У нас с Джилиан начиналась любовь, казалось бы, нам лучше оставаться наедине, смотреть в глаза друг другу, держаться за руки, спать вместе. Все это с нами, конечно, происходило, но, кроме того, мы много времени проводили с Оливером. И не думайте, пожалуйста, ничего такого — нам не нужен был свидетель, чтобы завидовал нашей любви, просто нам с ним было легко.

Раз мы поехали на побережье. На пляже к северу от Фринтона наелись мороженого с карамелью, взяли напрокат шезлонги, и Оливер распорядился, чтобы каждый крупными буквами написал на песке свое имя и фамилию и встал у своей надписи, и так мы сфотографировали друг друга. А потом смотрели, как прилив смывает наши подписи, и огорчались — конечно, валяли дурака, убивались и причитали, но только потому, что в глубине души нам и вправду было грустно видеть, как тают на песке наши имена. Вот тогда Джилиан и сказала, что Оливер разговаривает точно словарь, а он устроил целое представление, и мы покатывались со смеху.

Оливер тоже был не такой, как всегда. Обычно, когда мы оказывались в обществе девушек, он обязательно боролся за первенство, даже, может быть, сам того не желая. Но сейчас ему не за что было состязаться, он ничего не мог ни выиграть, ни проиграть, и от этого все становилось проще. Мы все трое чувствовали, что переживаем особенное время, первое и последнее в жизни лето рождения нашей с Джилиан любви, не просто лето любви, а именно ее рождения. То лето было единственное в своем роде, и мы все это ощущали.

ДЖИЛИАН: После университета я пошла на курсы подготовки социальных работников. Меня не очень надолго хватило. Но я запомнила, что сказала преподавательница на одном занятии. «Вы должны раз и навсегда усвоить, — говорила она, — жизнь каждого человека уникальна и в то же время вполне заурядна».

Беда в том, что когда говоришь о себе, как вот Стюарт говорит, те, кто слушают, склонны делать неверные выводы. Например, когда слышат, что мой отец сбежал с ученицей, обязательно смотрят на меня со значением, подразумевая одно из двух или сразу и то, и другое. Во-первых, если твой папаша сбежал с девчонкой только чуть постарше тебя, небось на самом-то деле он хотел бы сбежать с тобой, а? А во-вторых, общеизвестно, что девушки, которых бросил отец, часто возмещают эту утрату тем, что заводят романы с мужчинами старшего возраста. Как у тебя с этим?

А я бы ответила, что, во-первых, свидетель по этому делу в суд не доставлен и не допрошен; а во-вторых, то, что «общеизвестно», совсем не обязательно верно в отношении меня лично. Жизнь каждого человека заурядна и в то же время уникальна, можно ведь и так перевернуть.

Не знаю, почему Стюарт и Оливер на это согласились. Опять, наверно, у них игра какая-то. Вроде того, как Стюарт притворяется, будто слыхом не слыхивал ни о каком Пикассо, а Оливер притворяется, будто ничего не смыслит в механизмах, изобретенных позже прялки «Дженни». Мне, например, не надо никаких игр, никакого притворства. Нет уж, спасибо. Игры — это для детей, а я, как мне иногда кажется, лишилась детства в слишком раннем возрасте.

Единственное могу сказать, что я не совсем согласна с тем, как Стюарт описывает то лето с Оливером. Да, мы действительно много времени проводили вдвоем, с глазу на глаз, начали спать вместе, и все такое, но у нас хватало ума понимать, что, даже когда рождается любовь, нельзя жить только друг другом. Хотя, на мой взгляд, отсюда вовсе не следовало, что мы обязаны всюду бывать в обществе Оливера. Конечно, я к нему хорошо относилась — невозможно знать Оливера и не любить его, — но уж очень он хотел всегда играть первую скрипку. Чуть ли не диктовал нам, как мы должны себя вести. Не подумайте, что я жалуюсь. Просто вношу некоторые уточнения.

Вот почему не стоит устраивать такие обсуждения. Тому, кого обсуждают, всегда кажется что-нибудь не так.

Я познакомилась со Стюартом. Влюбилась. Вышла замуж. О чем тут рассуждать?

ОЛИВЕР: В то лето я блистал. Почему мы все время говорим «то лето»? Ведь прошел всего год. Оно было подобно беспрерывно тянущейся чистой ноте, одной прозрачной, верно найденной краске. Таким оно осталось в памяти, и так мы все трое его воспринимали тогда, сами того не сознавая, il me semble*. И все лето я блистал.

К тому времени, когда школа имени Шекспира замкнула на летние каникулы свои ворота, дела там приняли довольно тусклый оборот. Виной тому некое недоразумение, по поводу которого я не счел нужным объясняться с самодовольным Хозяином и его Миледи; им все равно, я считал, не понять. Я столкнулся с одной чертой, одной глубоко скрытой слабостью моих иностранных студентов: они, оказывается, неважно владеют английским языком. Это и послужило причиной возникшего недоразумения. Ну, то есть девица приветливо улыбается, горячо кивает, и безмозглый болван Олли, бедняга, принимает эти внеш-

* мне кажется *(фр.)*.

ние поведенческие особенности за проявление ответной приязни. И это (вполне естественно, на мой взгляд) привело к ошибке, прискорбной, разумеется, но злосчастного преподавателя никак нельзя за нее винить. А что я якобы ее не пускал, когда она вздумала покинуть мое жилище, и остался глух к ее слезным мольбам — как мог я, страстный поклонник оперного жанра, не отреагировать на потоки пролитых слез? — то это смехотворное преувеличение. Принципал, бездушный кусок лавы из давно остывшего вулкана, потребовал, чтобы я прекратил практику консультаций на дому, и, с сальной ухмылкой подвесив в воздухе темное выражение «сексуальное домогательство», дал мне понять, что за время летних каникул, возможно, вообще пересмотрит условия и сроки своего со мной рабочего соглашения. Я ему ответил, что по мне так его условия и сроки он может использовать ректально и желательно без анестезии, а уж тут он и вовсе осатанел и выразил готовность передать вопрос на высокоавторитетное рассмотрение Суда Ее Величества при содействии квартального по фамилии Плод или по крайней мере в какую-то там комиссию, уполномоченную совать нос в разногласия между хозяином и работником. Я ответил, что, разумеется, это его неотъемлемое право, но потом задумался и припомнил, о чем меня спрашивала Роза на прошлой неделе. Считается ли это в порядке вещей, согласно английскому обычаю, чтобы пожилой джентльмен, проверяющий ваши отметки за семестр, приглашая вас сесть, похлопал ладонью по дивану, а когда вы сели, не убрал руку? Я уведомил принципала, какой ответ я дал Розе: я объяснил ей, что это вопрос не столько английских обычаев, сколько простой физиологии — дряхлость и старческое бессилие подчас приводят к иссушению бицепса и трицепса, в результате чего разрывается передающая цепь между командным пунктом в мозгу и приглашающим средним пальцем руки. И лишь позже, рассказывал я трепещущему принципалу, я спохватился, что за прошедшие двенадцать месяцев с аналогичным вопросом ко мне обращались и некоторые другие ученицы. Которые именно, я сейчас не припомню, но если всех этих учащихся девиц собрать в непринужденной обстановке, скажем, выстроить шеренгой в полицейском участке — наверняка можно будет потом использовать это дело как материал для урока в курсе «Британия 80-х годов». Физиономия принципала уже горела ярче неоновой вывески над порталом его академии, и мы взирали один на другого, выпучив глаза совсем не по-братски. Я понимал, что, по-видимому, потерял работу, но совершенно уверен в этом не был. Мой слон запер его ферзя; его слон запер моего ферзя. Что это будет: вооруженный мир или полное взаимоуничтожение?

Все вышерассказанное надлежит принять во внимание при оценке моего блеска в то лето. Как я уже сказал, я не беспокоил Стю и Джил своей карьерной заминкой. Вопреки пословице, опыт подсказывает мне, что беда, если ею поделиться с другом, не уполовинится, а наоборот, только распространится по всему свету мощными передатчиками сплетен. Эй, вы там, кто хочет нахаркать с высокой колокольни на страдальца Олли?

Теперь оглядываясь, я думаю, что, может быть, от моего уныния было даже лучше. Они предоставили мне место в первом ряду среди зрителей на вершине их счастья, это не позволяло моему дурному настроению вырваться наружу. И можно ли лучше отблагодарить их за это, чем показать им, что семечко их радости проросло и дало всход, пустило корень и расцвело во мне? Выплясывая вокруг них, я не подпускал к ним садовых вредителей. Я их опрыскивал от тли, присыпал порошком против гусениц, поливал раствором от слизняков.

А играть роль Купидона, да будет вам известно, это не то что просто порхать туда-сюда над Аркадией и ощущать щекотку в промежности, когда влюбленные наконец поцелуются. Тут приходится иметь дело с расписаниями поездов и схемами уличного движения, с киноафишами и ресторанными меню, с деньгами и планами на завтра. Надо быть одновременно и бодрячком-заводилой, и гибким психологом. Тут требуется двойное умение отсутствовать, присутствуя, и быть на месте, отсутствуя. Не говорите мне, что толстощекий прислужник любви даром получает свои песеты.

Я сейчас познакомлю вас с одной моей теорией. Вы знаете, что папаша Джилиан улизнул из семьи с некой нереидой, когда его дочь была всего десяти, или двенадцати, или пятнадцати, или скольких там лет от роду — словом, в возрасте, который ошибочно именуется «впечатлительным», как будто ко всем другим возрастам это определение не относится. А я во фрейдистских притонах слышал, что психологическая травма, нанесенная подобным родительским предательством, часто побуждает дочь по достижении зрелости искать заместителя для сбежавшего архетипа. Иначе говоря, они выбирают в любовники мужчин старшего возраста, что, вообще-то говоря, всегда казалось мне в некотором роде патологией. Начать с того, приглядывались ли вы когда-нибудь к старым мужчинам, пользующимся успехом у молодых женщин? Как они вышагивают, вздергивая зад, загорелые до боже мой, запонки играют всеми цветами радуги, от пиджака благоухает химчисткой. Пальцами щелк, будто мир — официант и всегда к их услугам. Нагло требуют, им ведь полагается... Омерзительно. Прошу прощения, это у меня пунктик. Представлю себе старческие руки в печеночных пятнах, облапившие молодую, сочную грудь, и — pronto! — сразу тянет блевать. И еще другое лежит за пределами моего понимания: почему, если тебя бросил отец, надо спать с его заместителем, дарить la fleur de l'âge выстроившимся в очередь старым рукощупам? Э, нет, толкуют учебники, тут ты упускаешь существо дела: молодая женщина ищет защиты и опоры, которых ее так грубо лишили; ей нужен отец, который ее не бросит. Ну допустим; но я утверждаю другое: если тебя укусил бродячий пес и рана нагноилась, разве разумно и дальше водить компанию с бродячими псами? По-моему, нет. Заведи кошку, купи австралийского попугайчика; но не связывайся больше с бродячими псами. А что делает она? Продолжает водиться с бездомными собаками. Тут, приходится признать, мы имеем дело с темными закоулками женской души, в которых неплохо бы навести ясность чистящим порошком Разума. Кроме того, это омерзительно.

Но какое отношение, быть может, спросите вы, имеет эта моя теория к обсуждаемому вопросу? Согласен, мой стеатопигий приятель — не ровесник вышеупомянутого среброкудрого Дон Жуана, что уехал на закат с очаровательной толстушкой старшего школьного возраста, притороченной на крыше автомобиля, то есть папаши Джилиан. Однако, присмотревшись, можно заметить, что Стюарт, возможно, в данное время и не старец, однако мало чем от такового отличается. Судите сами. Он является обладателем двух средне-темно-серых костюмов и двух темно-темно-серых костюмов. Он служит в банке, где исправно выполняет что уж там от него требуется, и начальственные личности, которые носят кальсоны в полоску, уж конечно, не оставят его своими заботами, покуда он не покинет пост по старости. Он делает взносы в пенсионный фонд, он застраховал свою жизнь. У него свой наполовину выкупленный дом плюс еще дополнительная ссуда. У него умеренные аппетиты и, прошу прощения за подробности, несколько пониженная сексуальность. И если что и мешает ему быть на ура принятым в тайный орден «тех, кому за пятьдесят», то лишь одно малосущественное обстоятельство: на самом деле ему только тридцать два. Джилиан это чувствует и понимает, что именно это ей и нужно. Брак со

Стюартом отнюдь не сулит ей богемных фейерверков. Джилиан просто-напросто взяла себе в мужья самого молодого из пожилых мужчин, какого ей удалось подыскать.

Но правильно ли было бы с моей стороны производить среди них разъяснительную работу на данную тему, пока они украдкой обжимались на пляже, предполагая, что я ничего не замечаю? Друзья существуют не для этого. К тому же я был рад за Стюарта, ему ведь, несмотря на гладкий и округлый derrière, нечасто приходилось кататься на нем, как сыр в масле. Он держался за ручку Джилиан с таким торжествующим видом, можно было подумать, что все предыдущие девицы требовали, чтобы он надевал кухонные рукавицы. Рядом с нею он до некоторой степени освобождался от своей природной неуклюжести. Даже танцевать стал лучше. Обычно он выше корявой припрыжки подняться не мог, но в то лето выплясывал довольно лихо. Я же, в тех случаях, когда имя Джилиан украшало мою бальную программку, всячески себя осаживал, чтобы не дать повода для огорчительного сравнения. Быть может, даже выказывал на паркете несвойственную мне беспомощность? Не исключаю. Как на чей взгляд.

Вот так мы жили в то лето. Печалям места не было. Во Фринтоне мы добрых два часа кряду провозились у игрального автомата, опускали монетки, дергали ручку, и хоть бы раз нам выпало три приза кряду. Огорчались мы из-за этого? Мне запомнился, однако, один пронзительно печальный миг. Мы сидели на пляже, и кто-то из нас, возможно даже я как неизменный затейник, предложил, чтобы каждый написал крупными буквами на песке свое имя, и потом чтобы один кто-нибудь вылез на дорожку над пляжем и сфотографировал подпись вместе с подписавшимся. Занятие, которое было старо еще во времена Беовульфа, я знаю, но постоянно новых забав не насочиняешься. Когда подошла моя очередь позировать, Джилиан поднялась на дорожку вместе со Стюартом, может быть, хотела ему показать, как управляться с автонастройкой, не знаю. Дело было к вечеру, с Северного моря дул самодовольный восточный ветер, низкое солнце уже не припекало, купающиеся почти все разошлись. Я стоял один на всем пляже возле выписанного витиеватым курсивом слова «Оливер» (они-то, конечно, писали печатными буквами), задрал голову, посмотрел на них, Стюарт скомандовал: «Сыр!»)*. Джилиан крикнула: «Горгонзола!», Стю крикнул: «Камамбер!», Джилиан: «Дольчелатте!», и я вдруг ни с того ни сего разрыдался. Смотрю на них снизу и плачу навзрыд. А тут еще к моим слезам подмешался блеск заходящего солнца, я совсем ослеп, вижу только цветную промывку в глазах. Мне казалось, я так буду плакать всю жизнь. Стю крикнул: «Уэнслидейл!», а я завыл в голос, как шакал, как жалкий бездомный пес. Сел на песок, стер пяткой последнюю букву в «Оливере» и сижу. Наконец они спустились и спасли меня.

А потом я снова развеселился, и они развеселились. Люди, когда влюбляются, приобретают такую способность мгновенно переходить от слез к смеху, вы не замечали? И не в том только дело, что им ничто не может причинить вреда (о, это старинное приятное заблуждение), но ничто не может причинить вреда и тем, кто им дорог. Frère** Олли? Разрыдался на пляже? Расплакался, когда его фотографировали? Да нет, пустяки, отзовите людей в белых халатах, уберите «скорую помощь», обитую изнутри войлоком, у нас свое средство первой медицинской помощи. Называется — любовь. Бывает в разной упаковке и в любой форме: и бинт, и лейкопластырь, и вата, и марля, и мазь. И даже обезболивающий спрей. Давайте испробуем на Олли. Видите, он стоял и упал и башку себе сломал? Побрызгаем:

---

* Англ. слово cheese (сыр) произносят во всем мире, когда хотят, чтобы на фотографии вышел слегка улыбающийся рот.

** Брат *(фр.)*.

пш-ш-ш, вж-ж-ж, ну вот, так-то лучше, дружище Олли, вставай.

Я встал. Поднялся на ноги и снова развеселился. Веселенький Оллинька, мы его подлатали, вот что может сделать любовь. Еще разок вспрыснем, Олли? Напоследок, для поднятия тонуса?

В тот вечер они отвезли меня домой в принадлежавшем Джилиан невыносимо затрапезном авто. Вот уж точно не «лагонда». Я вылез из машины, и они вылезли тоже. Я чмокнул Джилиан в щечку и взъерошил бобрик Стюарта, а он ободряюще-заботливо мне улыбнулся. Затем я легко, как Нуриев, вспорхнул по ступеням крыльца и ускользнул в дверь, одним мановением руки отперев оба замка. А у себя бросился на свою все понимающую кровать и залился слезами.

4. Теперь

СТЮАРТ: Сейчас — теперь. Сейчас — сегодня. Мы уже месяц женаты. Я люблю Джилиан. Я счастлив, да, счастлив. Наконец для меня все устроилось хорошо. Сейчас — теперь.

ДЖИЛИАН: Я вышла замуж. Отчасти я не верила, что это когда-нибудь будет, отчасти этого не одобряла, а отчасти, сказать по правде, побаивалась. Но я полюбила. Стюарт хороший, добрый, и он меня любит. Теперь я замужем.

ОЛИВЕР: О черт. Черт, черт, черт, ЧЕРТ. Я влюбился в Джилли, мне только теперь стало это ясно. Я люблю Джилли. Я удивлен, потрясен, обескуражен, ошарашен. А также перепуган до сотрясения мозжечка. Что теперь будет?

5. Все начинается здесь

СТЮАРТ: Все начинается здесь. Я не перестаю это себе твердить. Все начинается отсюда.

В школе я числился в середнячках. О том, чтобы мне после школы пойти в университет, разговору не было. Я окончил заочные курсы по экономике и коммерческому праву и был принят в банк на общую стажировку. Сейчас работаю в отделе валютообменных операций. Что это за банк, лучше говорить не буду, а то, может быть, начальство это не одобрит. Но банк известный. Мне дали ясно понять, что птицей высокого полета я не стану, но каждое учреждение нуждается в сотрудниках, которые особенно высоко не метят, ну и меня это вполне устраивает. Родители мои были из тех, которые, что ни делай, всегда немного разочарованы, словно ты в чем-то их отчасти подвел. Из-за этого, я думаю, сестра моя переехала жить на Север. Но, с другой стороны, их тоже можно понять. Я нельзя сказать чтобы оправдал их ожидания. Я и сам был собой не особенно доволен. Я уже объяснял, что чувствую себя скованно с теми, кто мне нравится, не умею расположить к себе, показать себя с выгодной стороны. Собственно говоря, у меня всю жизнь было так. Я никогда не мог добиться, чтобы меня ценили по заслугам. Но появилась Джилиан, и все начинается отсюда.

Оливер, наверно, вам намекнул, что я, когда женился, был девственником, и, конечно, эту свою гипотезу про меня изложил в самых замысловатых выражениях. Так вот, это неправда. Я Оливеру рассказываю не все. Вы бы ему тоже все не стали рассказывать. Он, когда в хорошем настроении, может ненароком выболтать любой секрет, а в мрачном иной раз бывает совершенно безжалостен. Так что во все обстоятельства своей жизни его посвящать не стоит. Изредка мы ездили с ним на свидания двое надвое, но из таких парных свиданий никогда ничего хорошего не получалось. Начать с того, что девиц всегда приводил Оливер, а деньги платил я, хотя, естественно, я должен был загодя сунуть ему его половину, чтобы они не знали, кто расплачивается на самом деле. Раз как-то он даже распорядился, чтобы я отдал ему всю наличность, хотел создать впечатление, что это он один платит за всех. Мы шли в ресторан, и Оливер начинал командовать.

— Нет, это блюдо ни в коем случае заказывать нельзя. У тебя же на закуску грибы со сметаной, — бывало скажет. Или: фенхель и перно. Или еще что-то с еще чем-нибудь. Вам не кажется вообще, что мир стал чересчур интересоваться едой? Она ведь скоро выходит вон с другого конца. Ее не сбережешь, не накопишь. Не то что деньги.

— Но я люблю грибы со сметаной.

— Тогда заказывай их на главное, а закуску из баклажанов.

— А я не люблю баклажаны.

— Слыхал, Стю? Ей мерзок баклажан блестящий. Ну ничего, попробуем сегодня переманить ее в нашу веру.

И все в таком духе. Потом начинаются переговоры с официантом насчет вина. На этой стадии я обычно не выдерживал и выходил в туалет. Оливер начинал с того, что обращался к сидящим за столом:

— Не рискнуть ли нам ce soir* на австралийское шардонэ?

И получив от нас принципиальное согласие, принимается доставать душу из бедного официанта:

— Как на ваш взгляд выставочный запас? Достаточный возраст розлива? Я люблю шардонэ жирное, маслянистое, но не чересчур, если вы меня понимаете. А как насчет дубового привкуса? Я лично нахожу, что в колониях перебарщивают с дубовым привкусом, вы не согласны?

---

* сегодня вечером *(фр.)*.

Официант обычно поддакивает, угадав в Оливере клиента, который, несмотря на всю эту словесность, на самом деле в его советах не нуждается, надо просто понемногу выбирать леску, как при ловле рыбы. В конце концов заказ на вино сделан. Но это еще не конец моих терзаний. Необходимо еще, чтобы Оливер одобрил вино, которое сам же выбрал. Было время, он сначала отхлебывал, полоскал рот, закатывал глаза и на несколько секунд погружался в медитацию. Но потом прочитал где-то, что пробуют вино перед тем, как разливать, не для того, чтобы проверить, нравится ли оно вам на вкус, а чтобы убедиться, что оно не отдает пробкой. Если вам не нравится вкус вина — ваша проблема, вы ведь его сами выбрали. Человек понимающий только плеснет чуть-чуть в бокал, поболтает, принюхается и уже знает, не испорчено ли заказанное им вино. Оливер принял это к сведению и теперь ограничивался тем, что несколько раз звучно втянет носом воздух, потом кивнет, и все дела. Но иногда, если ему казалось, что кто-то из девиц недопонял смысл его священнодействия, он все же пускался в многословные объяснения.

Должен признаться, что вино, которое заказывал Оливер, все-таки обычно оказывалось большой дрянью. Возможно даже, что оно и вправду отдавало пробкой.

Теперь-то какая разница? И какая разница, был ли я девственником, когда познакомился с Джилиан? Не был, как я уже сказал, хотя не обманываю себя, эта сфера, куда я не допускал Оливера, вовсе не состояла у меня из одних триумфов. По-всякому бывало, в целом средне, что бы это слово, «средне», ни означало в данном контексте. Иной раз вроде славно, иной раз не без напряга, а бывало и так, что в самый ответственный момент приходилось напоминать самому себе, что не следует отвлекаться. Словом, средне. Но потом появилась Джилиан, и все начинается отсюда. Вот теперь.

Люблю это слово: теперь. Сейчас — теперь. Больше уже не «тогда». «Тогда» ушло. Не важно, что я не оправдал ожидания родителей. И свои собственные ожидания. Не важно, что я не умел располагать к себе людей. Это все было тогда, а тогда уже ушло. Сейчас теперь.

Я не говорю, что вдруг преобразился. Я не лягушка, которую поцеловала принцесса, или как это там в сказке. Я не сделался в одночасье невероятным остряком и красавцем — вы бы заметили, правда? — или выдающейся личностью в окружении многолюдной семьи, которая примет Джилиан в свой круг. (Интересно, существуют ли на самом деле такие семьи? По телевидению постоянно показывают богатые дома, а в них полно чудаковатых старых тетушек, и милых ребятишек, и разных занятных взрослых мужчин и женщин, они переживают подъемы и спады, но всегда сплоченно выступают на защиту «интересов семьи», что бы под этим ни подразумевалось. На мой взгляд, в жизни все не так. Кого ни возьми из моих знакомых, у всех родительские семьи небольшие и неполные, причина — иногда смерть, иногда развод, а чаще просто несогласие и скука. И ни у кого из тех, кого я знаю, нет чувства «семьи». Есть мама, которую любят, и папаша, которого терпеть не могут, или наоборот, а чудаковатые старые тетки, с которыми я знаком, чудаковаты по большей части тем, что втайне пьют, воняют, как немытые собаки, или страдают, оказывается, болезнью Альцгеймера или чем-то еще в этом роде.) Нет, со мной произошло другое: я остался каким был, да только теперь это вовсе не плохо — быть таким, какой я есть. Принцесса поцеловала лягушонка, но он не обернулся прекрасным принцем, а остался самим собой, и это вовсе не плохо, потому что принцессе этот лягушонок нравится. Может быть, если бы я обернулся прекрасным принцем, Джилиан мне, то есть ему, указала бы на дверь. Такая она, Джилиан, не любит принцев.

Честно признаться, я немного трусил, когда шел знакомиться с ее матерью. С утра надраил ботинки до фантастического блеска. К теще (я уже так о ней думал), да еще к теще-француженке, брошенной мужем-англичанином, дочь приводит англичанина, за которого собирается замуж. Помнится, я представлял себе, что она окажет мне совершенно ледяной прием и будет сидеть на золотом пуфике спиной к зеркалу в золоченой раме или же, наоборот, окажется краснолицей и тучной, повернется мне навстречу от плиты, держа в руке деревянную ложку, и наградит смачным поцелуем с запахом чеснока и бульона. Второй вариант мне был в общем и целом предпочтительнее, но, само собой, вышло не так и не этак. А вы говорите: семья. Миссис, вернее — мадам Уайетт была в лаковых туфлях и в хорошем коричневом костюме с золотой брошью. Держалась любезно, но не более сердечно, чем того требовала вежливость; покосилась на джинсы Джилиан, однако от замечаний воздержалась. Мы пили чай и в застольной беседе говорили обо всем, кроме двух обстоятельств, представлявших интерес для меня, а именно: что я люблю ее дочь и что ее муж сбежал от нее со школьницей. Мадам Уайетт не спросила меня, ни какие у меня перспективы на службе, ни сколько я зарабатываю, ни спим ли мы уже с ее дочерью, а я как раз этих вопросов от нее ждал. Она производила — производит — впечатление, что называется, интересной женщины, хотя в этом выражении мне слышится что-то неуместно снисходительное. (Что оно значит? Что она для ее возраста на удивление привлекательна — если прилично оценивать с этой точки зрения женщину в ее годах? Но ведь кому-то она может еще понравиться, мало ли, возможно, даже нравится сейчас, чего я ей искренне желаю.) Иначе говоря, у нее правильные черты лица и модно подстриженные, судя по всему, подкрашенные, изящно уложенные волосы, а держится она так, как будто было время, когда на нее все оборачивались, и она хочет, чтобы вы имели это в виду и сейчас. Я разглядывал ее, пока мы сидели за чайным столом. Не только из вежливого внимания, но и чтобы представить себе, какой будет в старости Джилиан. Говорят, это решающий момент — первое знакомство с матерью вашей жены. Вы либо броситесь удирать со всех ног, либо с облегчением откинетесь на спинку стула: ну, если она будет такой, меня это более чем устраивает. (И будущая теща, должно быть, угадывает мысли жениха. Если нужно, она даже может нарочно принять безобразный вид, чтобы отпугнуть его.) Но я, глядя на мадам Уайетт, не испытал ни того, ни другого. Я смотрел на твердый подбородок, на выпуклый лоб, на очерк рта матери и видел за ним рот дочери, который я целовал и не мог нацеловаться. Но замечая сходство (тот же лоб, так же посажены глаза), понимая, что на посторонний взгляд они вправду походят на мать и дочь, я все равно не верил, не представлял себе, что Джилиан превратится в мадам Уайетт. Не могло этого быть по той простой причине, что Джилиан вообще никогда не превратится ни в кого другого. Конечно, она будет меняться, я не настолько глуп и не так влюблен, чтобы не понимать этого. Она изменится, но останется собой, она станет иной версией самой себя. И я буду свидетелем этого.

— Ну как? — спросил я, когда мы ехали в машине назад. — Я выдержал экзамен?

— Тебя никто и не экзаменовал.

— Нет? — Я был даже отчасти разочарован.

— Она действует по-другому.

— Как же?

Джилиан переключила скорость, поджала губы, такие похожие и при этом совсем не похожие на материнские, и ответила:

— Ждет.

Сначала мне это совсем не понравилось. Но потом я подумал: а что? И я тоже могу подождать. Подождать, пока мадам Уайетт разглядит меня получше и поймет, что нашла во мне Джилиан. Я могу подождать ее одобрения. Подождать, пока она поймет, отчего Джилиан со мной счастлива.

— Ты счастлива? — спросил я.

— Угу. — Не отрывая глаз от уличного движения, она сняла на минутку руку с рычага скоростей, погладила меня по колену, а потом переключила скорость. — Счастлива.

И знаете что? У нас будут дети. Нет, я не имею в виду, что она беременна, хотя я бы лично не против. Это я на дальнюю перспективу. Честно сказать, мы еще этот вопрос не обсуждали; но я пару раз видел ее с детьми — она, похоже, прямо от природы умеет с ними ладить. Настраиваться на одну с ними волну. Ее нисколько не удивляет, как они себя ведут, как на что реагируют. Для нее это совершенно нормальные вещи. Я вообще к детям отношусь неплохо, но пока еще толком в них не разобрался. Они для меня загадка. Почему они придают такое огромное значение каким-то пустякам, а то, что гораздо важнее, им безразлично? Налетит такой с разгону на угол телевизора, думаешь: ну все, череп проломил, а он отскакивает мячиком, и как ни в чем не бывало. Зато через минуту может легонько шлепнуться на попку, где у него проложено, наверно, штук пятнадцать памперсов, и давай реветь в три ручья. В чем тут дело? Почему так непропорционально?

Но все равно я хочу, чтобы у нас с Джилиан были дети. Это же естественно. И она, конечно, тоже захочет, когда придет время. Женщины знают, когда подходит время, верно ведь? Я уже дал им обещание, детишкам, которые у нас будут. Я постараюсь вас понять и принять такими, какие вы есть. И буду вас поддерживать, какое бы дело вы себе ни выбрали.

ДЖИЛИАН: Кажется, все-таки есть одно, что меня в Стюарте беспокоит. Иногда я сижу работаю у себя в студии — это только одно название что студия, а на самом деле комнатка двенадцать футов на двенадцать, но все равно — по радио играет музыка, и я отключаюсь, вроде как работаю на автопилоте. И вдруг меня пронзает мысль: только бы он во мне не разочаровался. Странная, наверно, мысль, когда ты всего месяц как замужем, но факт. Так я чувствую.

Я обычно никому не рассказываю, но раньше я проходила подготовку в социальные работники. На эту тему люди тоже склонны рассуждать примитивно, вслух или хотя бы про себя. Само собой очевидно, что я пыталась делать для моих подопечных то, чего не смогла сделать для родителей, — помочь наладить их жизнь, их взаимоотношения. Это совершенно ясно всем, правда? Всем, кроме меня.

Но даже если и пыталась, все равно ничего не выходило. Я проработала полтора года, а потом сдалась и ушла. За это время я повидала немало людей, жизнь которых не удалась. Большей частью это пострадавшие, перенесшие крах — эмоциональный, финансовый, социальный, — иногда сами виноваты, но чаще семья, родители, мужья; люди сознают себя жертвами и живут с этим сознанием неотступно.

Но были и другие, разочарованные, павшие духом. Эти еще хуже, еще безнадежнее. Начинали жизнь с самыми радужными ожиданиями, а потом доверялись какому-нибудь психопату, фантазеру, связывали свою судьбу с пьяницей, который вдобавок их избивал. И год за годом не отступались, продолжали верить вопреки очевидности, стоять на своем, когда это уже безумие. А потом вдруг, в один прекрасный день, — сдавались. Что может сделать для таких людей Джилиан Уайетт, социальный работник двадцати двух лет? Уверяю вас, профессиональные навыки и жизнерадостные улыбки тут бессильны.

Люди, у которых сломлен дух. Видеть это было выше моих сил. Вот откуда позже, когда я стала любить Стюарта, пришла ко мне эта мысль: только бы он во мне не разочаровался. Раньше у меня ни с кем не возникало такого опасения. Я не беспокоилась, что будет потом, как все сложится в будущем, что обо мне подумают, оглядываясь назад.

Послушайте, я не хочу играть в эту... игру. Но и сидеть в углу, заткнув себе рот платком, тоже бессмысленно. Уж лучше я расскажу, что знаю и как понимаю.

До знакомства со Стюартом у меня были романы. Был эпизод, когда я почти влюбилась, несколько раз мне делали предложение; с другой стороны, как-то у меня никого и ничего не было целый год — неохота было возиться. Некоторые мои мужчины мне «в отцы годились», как говорится, но были и молодые. Ну и что же из этого следует? Люди услышат что-то краем уха и сразу принимаются строить теории. Получается, будто я вышла за Стюарта, так как считаю, что он меня не подведет, как подвел отец? Ничего подобного. Я вышла за него, потому что я его полюбила. Потому что я его люблю, уважаю и мне с ним хорошо. Сначала он мне не особенно нравился, так себе. И это еще тоже ничего не значит. Сразу определить, по сердцу тебе человек или нет, нелегко.

Мы сидели в той гостинице и держали в руках большие бокалы с хересом. Что там было, скотоводческая ярмарка? Нет, разумные, рассудительные люди предпринимали серьезный шаг в своей жизни. И оказалось, что для нас этот шаг оправдался, нам повезло. Но это было не только везение. Сидеть и дуться на белый свет — плохой способ заводить новые знакомства.

Я считаю, в жизни надо выяснить, к чему у тебя способности, а что тебе не по зубам, решить, чего хочешь, и стремиться к этому, но только потом не раскаиваться. Господи, ну прямо проповедь получилась. Словами все не выразить, правда?

Может быть, поэтому я люблю свою работу. В ней не приходится пользоваться словами. Я сижу в своей комнатке под крышей, орудую тампонами и растворителями, кистями и красками. Только я и картина, и можно еще включить музыку по радио. Даже телефона нет. Я не особенно люблю, чтобы Стюарт сюда понимался. Разрушаются чары.

Бывает, картина, над которой работаешь, тебе отвечает. Тогда прямо дух захватывает: смываешь верхний слой краски и видишь, что под ним что-то есть. Бывает, хотя и редко. Но от этого только интереснее. Например, в XIX веке в огромных количествах писали обнаженную женскую грудь. И вот чистишь портрет предположительно знатной итальянки, и постепенно проявляется сосущий младенец. У тебя на глазах знатная дама превратилась в Мадонну. Словно ты первая за много лет, кому она доверила свою тайну.

Месяц назад я работала над лесной сценой и обнаружила кем-то записанного вепря. Картина сразу переменилась. Была мирная кавалькада, спокойно едущая по зеленому лесу, почти увеселительная прогулка, но когда показался зверь, стало ясно, что изначально это была сцена охоты. Добрых сто лет дикий вепрь прятался от глаз позади пышного и вообще-то не слишком убедительно написанного куста. И вот теперь, у меня в студии, все без дальних слов стало опять таким, каким было задумано. Стоило всего только снять верхний красочный слой.

ОЛИВЕР: О черт.

Всему виной ее лицо. Она стояла у выхода из мэрии, а позади нее муниципальные куранты отсчитывали первые ослепительные мгновения супружеского счастья. На ней был льняной костюм цвета шпината со сметаной, юбка чуть выше колена. Всем известно, что лен легко мнется и сразу теряет вид, как робкая любовь; но Джилиан выглядела совершенно как новенькая. Волосы она зачесала с одной стороны назад и стояла с улыбкой на губах, адресованной вообще всему человечеству. Она вовсе не держалась за стеатопигого Стю, хотя руку ему под локоть просунула, это правда. Она лучилась, светилась, она была вся здесь и одновременно где-то в дразнящей дали, запряталась в этот публичный миг куда-то вглубь себя. Только я один это заметил, остальные думали, что она просто счастлива. Но я-то видел. Я подошел к ней, чмокнул в щеку и пробормотал поздравления в ее единственное открытое ухо без мочки. Она ответила, но словно бы не мне, а в пустоту, и тогда я помахал рукой у ее лица, как стрелочник, дающий отмашку несущемуся экспрессу, она на минуту очнулась, засмеялась и возвратилась в тайный мир своего замужества.

— У тебя вид ослепительный, — сказал я, но она не отозвалась. Не знаю, может быть, ответь она мне, и все сложилось бы иначе. Но она промолчала, и потому я продолжал на нее смотреть. Она была вся нежно-зеленая с каштановым, а под горлом — искристый изумруд; я шарил взглядом по ее лицу, от крутой выпуклости лба до ложбинки на чуть раздвоенном подбородке; щеки ее, часто такие бледные, были как бы припудрены румяным золотом зари, хотя была ли то пудра внешняя, хранящаяся в сумочке, или же глубинная, наложенная упоением, я не мог или не хотел угадать; ртом владела непроходящая полуулыбка; глаза были ее лучезарным приданым. Я обшарил взглядом все ее лицо, все до малейшей черточки, понимаете?

Мне было невыносимо, что вот она, здесь, и в то же время не здесь; как я для нее присутствую и одновременно не присутствую. Помните рассуждения философов, что мы существуем лишь постольку, поскольку кто-то или что-то помимо нас самих воспринимает нас существующими? Перед мерцающим взором новобрачной, то видящим, то невидящим, старина Олли обмирал от экзистенциальной угрозы своему существованию. Сейчас она моргнет, и меня не станет. Поэтому-то, наверно, я и заделался напоследок изобретательным фоторепортером, схватил аппарат и стал жизнерадостно скакать и метаться в поисках подходящего ракурса, чтобы наглядно выставить эмбриональный второй подбородок Стюарта в наиболее комичном виде. Замещающая деятельность. Полное отчаяние, как вы сами видите, ужас перед забвением. Никто, разумеется, не догадался.

Я был и виноват, и не виноват. Понимаете, я хотел, чтобы венчание состоялось в церкви и чтобы я был шафером. Они тогда не поняли, мне и самому тоже было непонятно. Мы все были люди нецерковные, и среди родственников нет фундаменталистов, чье религиозное чувство следовало уважить. Отсутствие при бракосочетании фигуры в белом кружевном облачении не привело бы к смертной казни через лишение наследства. Но Олли, похоже, обладал провидческим даром. Я заявил, что хочу быть шафером и чтобы они венчались в церкви. Я спорил, настаивал. Даже скандалил. Произносил разоблачительные гамлетовские монологи. Естественно, я был пьян, если уж хотите знать.

— Послушай, Оливер, — наконец сказал мне Стюарт. — Ты что-то перепутал. Это наша свадьба, и мы уже пригласили тебя в свидетели.

Но я ссылался на действенную силу древнего обряда, напоминал им старинные венчальные песнопения, золотую невнятицу священных текстов.

— Право же, — убеждал я, — обратитесь к священнику!

Наконец мордашка Стюарта окаменела, насколько при такой пухлости это физически возможно.

— Оливер, — произнес он, вопреки торжественности момента уморительно впадая в купеческий жаргон: — Мы позвали тебя быть свидетелем, и это наше последнее слово.

— Вы еще пожалеете! — кричу я, точно центральноевропейский индустриальный магнат, которому связала руки Антимонопольная комиссия. — Вы еще об этом пожалеете!

А под провидческим даром я имел в виду следующее. При церковном венчании она явилась бы в белом платье с кружевами и рюшами, со шлейфом и под длинной вуалью. Я посмотрел бы на нее на паперти и увидел обыкновенную, сошедшую с конвейера штампованную невесту. И тогда, может быть, ничего бы этого не случилось.

Но на самом деле причиной было ее лицо. Тогда я этого не понимал. Думал, я просто немного перевозбудился, как и все. Но я пропал, погиб, затонул. Произошла немыслимая перемена Я пал, как Люцифер. Рухнул (это для тебя, Стю), как фондовая биржа в 1929 году. Я пропал еще в том смысле, что преобразился, переродился. Знаете рассказ про человека, который проснулся утром, и оказывается, он превратился в жука? А я был жуком, который проснулся и обнаружил, что может стать человеком.

Органы восприятия этого тогда не уловили. Сидя со всеми за свадебным столом, я еще пошло верил, что сор, шуршащий у меня под ногами, — это всего лишь фольга с шампанских бутылок. (Я вынужден был взять лично на себя откупоривание бутылок простенькой марки, которых Стюарт заказал целый ящик. В наши дни никто не умеет открывать шампанское, даже официанты. В первую голову официанты. Главное, не устаю объяснять я, это не выстрелить пробкой в потолок и позволить извергнуться из горлышка жизнерадостному языку пены; нет, цель в том, чтобы извлечь пробку беззвучно, будто монахиня пукнула. Придерживайте пробку и медленно поворачивайте бутылку, вот и весь секрет. Сколько раз я должен повторять? Никаких театральных взмахов белоснежной салфеткой, не давить на пробку большими пальцами, не целить в люстру, а просто придерживать пробку и поворачивать бутылку.) Но нет, в тот день у меня вокруг лодыжек шуршали, точно перекати-поле, не смятые обрывки бутылочных оберток, а сошедшая кожа моего прежнего существа, мой сброшенный хитиновый покров, мое бывшее бурое жучье одеяние.

Первой моей реакцией на то непонятное, что со мной произошло, была паника. И она еще усилилась, когда я сообразил, что не знаю, куда они отправляются проводить свой lune de miel. Кстати, до чего нелепо, что в разных языках используется одно и то же выражение: «медовый месяц». Казалось бы, кому-то одному надо было пошарить вокруг и подыскать что-нибудь новенькое, а не довольствоваться чужими словесными обносками. Хотя, наверно, в этом все дело: слова те же самые, потому что тот же самый обычай (английский медовый месяц, кстати сказать, если вы не сечете в этимологии, только недавно приобрел значение свадебного путешествия с непременными покупками беспошлинных товаров и многократным цветным фотографированием одних и тех же сцен). Доктор Джонсон в своем местами забавном Словаре вовсе не стремился, однако, потешить читателя, когда давал слову HONEYMOON такое определение: первый месяц после свадьбы, свободный от всего, кроме нежностей и удовольствий. Вольтер, персонаж гораздо более человечный, порой выставлявший, как рассказывают, гостям vin ordinaire*, в то время как сам попивал превосходное бургундское, заметил в одной из своих философских повестей, что вслед за медовым месяцем наступает месяц полынный.

Понимаете, я вдруг почувствовал, что это выше моих сил — не знать, где они будут находиться предстоящие три с половиной недели (хотя задним числом я сомневаюсь, чтобы меня так уж волновало местонахождение жениха). И потому, когда в конце обеда Стюарт, покачиваясь, воздвигся над столом и уведомил присутствующих — откуда берется в такие минуты исповедальная потребность? — что намерен удалиться и «отлить» (и что за выражениями они пользуются у себя в банке? у которого из заведующих позаимствовал этот оборот мой приятель?), я тоже соскользнул со стула, ни слова не сказав, расшвырял ногами обрывки прежней жизни, прикинувшиеся фольгой от шампанского, и последовал за ним в мужской туалет.

И вот мы с ним стоим бок о бок над фарфоровыми чашами и оба упорно смотрим прямо перед собой, не опус-

---

* дешевое вино *(фр.)*.

кая головы перед мексиканским расстрельным взводом, как полагается гордым бриттам, и ни на миг не покосясь на хозяйство соседа. Стоим, два соперника, еще не ведая о своем соперничестве, держимся каждый за свой membrum virile* — может, дать жениху пару наставлений, как им действовать? — и поливаем почти чистым, неразбавленным шампанским, хоть снова заливай в бутылку, сиреневые кубики освежителя воздуха. (Что изменилось бы в моей жизни, если бы я стал богат? Мысли мои вращаются вокруг двух роскошеств: иметь бы кого-нибудь, кто бы каждое утро мыл мне голову, и мочиться на крошенный лед.)

Мы изливали столько жидкости, сколько и выпить-то не могли. Стюарт смущенно кашлянул, словно говоря: «Не знаю, как ты, а я не дошел и до половины». Мне показалось, что это удобный момент для вопроса о запланированном месте предстоящих брачных игр, но ответом мне послужила лишь ухмылка искоса да звук льющейся струи.

— Нет, правда, — попробовал я настоять, омывая кончики пальцев, пока Стюарт без нужды скреб себе череп грязным пластиковым гребешком, — куда вы едете? Мало ли, вдруг понадобится связаться.

— Государственная тайна. Даже Джили пока не знает. Я только сказал, чтобы захватила легкие платья.

Он продолжал ухмыляться, можно было понять, что от меня требуется участие в детской «угадайке». Я перечислил несколько названий в его вкусе — Флорида, Бали, Крит, Западная Турция, — и всякий раз он с самодовольным видом отрицательно качал головой. Я перебрал все Диснейленды мира и самые знаменитые заасфальтированные острова пряностей, снисходительно упомянул Марбелью, одобрительно назвал Занзибар, попытал удачи с Санторини — все невпопад.

— Слушай, ведь может что-то случиться... — убеждал я его.

---

* член *(лат.)*.

— Запечатанный конверт с адресом оставлен у мадам Уайетт, — таинственно отвечал он, прижав палец к ноздре, как заправский заграничный резидент.

— Ну, что за мещанство! — негодовал я. Но он остался тверд.

К столу я вернулся мрачный и лишь по прошествии нескольких минут заставил себя снова приступить к обязанностям развлекателя свадебных гостей.

Через день после их отъезда я позвонил мадам Уайетт, и что бы вы думали? Старая vache* отказалась дать адрес! Утверждала, что якобы не вскрывала конверт. Я объяснил, что скучаю, что хочу позвонить им. И это была правда, я соскучился. Но даже если бы я заплакал в телефонную трубку, мадам Дракон это бы не разжалобило.

К тому времени, когда они возвратились (да, это был Крит, я тогда угадал, но он и виду не показал, двуличный негодяй), я уже понял, что влюбился. Я получил от них открытку из Ираклиона, вычислил день, когда они должны прилететь, обзвонил все авиалинии и приехал в Гатвик встречать. Когда на табло против их рейса, брякнув, появилась надпись: БАГАЖ В ЗАЛЕ ПРИЛЕТА, у меня в желудке разом ударили в колокола все звонари, и этот лязг удалось заглушить только двумя рюмками крепкого в буфете. Я встал у ограждения, вокруг меня дышала в предвкушении пестрая толпа встречающих.

Я увидел их раньше, чем они заметили меня. Стюарт, конечно, умудрился выбрать тележку с заедающим колесом. Он вырвался из-под нежного таможенного догляда и двинулся через вестибюль, описывая уморительные загогулины под хвалебный смех идущей рядом Джилиан и вторящий ей визг злосчастного колесика. Я напялил на голову позаимствованную шоферскую фуражку, поднял на палке дощечку с кое-как намалеванной надписью: «м-р и м-с

---

* корова *(фр.)*.

Стюарт Хьюз», набрал полную грудь воздуха и приготовился к сумятице, в которую теперь превратится моя жизнь. Глядя на Джилиан, пока она еще не увидела меня, я сказал себе шепотом: «Все начинается здесь».

6. Избави нас от Альцгеймера

СТЮАРТ: Знаете, это в самом деле довольно ужасно. Мне все время жалко Оливера. Я не говорю, что мне не за что его жалеть, причин у меня теперь предостаточно, — но мне от этого очень не по себе. Мне бы следовало испытывать к нему другие чувства. А я жалею. Вы, наверно, видели такие часы с кукушкой, у которых механизм устроен так, что, когда кукушка прокукует время, открывается дверца и выходит человечек, предсказывающий погоду, если он веселый и нарядный, значит, будет хорошая погода, если мрачный, в плаще и под зонтом, — плохая. Выйти может только один из двоих, и не просто потому, что двойной погоды, одновременно и плохой, и хорошей, не бывает; дело в том, что два человечка соединены между собой железкой, и если появляется один, второму, на другом конце, приходится отсиживаться внутри. Так было и у нас с Оливером. Мне всегда доставалось сидеть в темноте, под зонтом и в плаще. Но теперь наступила моя очередь выйти на солнце, а Оливеру, похоже, какое-то время придется поскучать.

Тогда, в аэропорте, вид у него был жуткий, и по-моему, наше появление ему веселья не прибавило. Мы провели на Кипре три сказочные недели — чудесная погода, отличная гостиница, купались, привыкали друг к дружке, — так что, хотя рейс и задержался, в Гатвик мы прилетели в замечательном настроении. Пока я ждал на кругу, Джили сходила за тележкой, а тут и чемоданы приехали. Я их установил, но оказалось, что одно колесико у тележки не крутится. Из-за этого она вихлялась и верещала, точно старалась привлечь внимание таможенников, мол, ребята, хорошенько перетряхните багаж этого парня. Так по крайней мере мне казалось, когда мы проходили зеленым коридором. Мы тогда уже вместе везли эту дурацкую тележку, одной Джилиан не под силу было сладить с ее вихлянием.

Ничего удивительного, что мы не узнали Оливера сразу в зале прилета. О своем приезде мы никому не сообщали, и нам вообще, честно сказать, ни до кого не было дела, кроме друг друга, и когда из толпы шоферов, встречающих разные рейсы, выступил один и сунул нам под нос какой-то плакат, я его, не глядя, слегка оттолкнул. От него сильно разило вином, я еще подумал, что фирма, которая посылает пьяных водителей набирать клиентов, долго не просуществует. А оказалось, это Оливер. На голове — шоферская фуражка, в руках — плакат с нашими именами. Я притворился, будто рад ему, но на самом деле сразу подумал о том, что мы с Джил не будем ехать одни в поезде до «Виктории». К нам присоединится Оливер. Не добрая мысль, верно? Поняли теперь, что я говорил насчет жалости?

Выглядел он ужасно. Похудел, лицо бледное, осунувшееся, волосы, всегда так аккуратно причесанные, всклокочены. Стоит, ждет. А потом, когда мы его узнали, бросился нас обоих обнимать и целовать. Совсем на него не похоже. Вид не столько приветственный, сколько жалкий. И вином от него действительно пахло. По какому поводу? Он объяснил, что наш самолет задерживался, и ему пришлось отсиживаться в буфете, а потом еще приплел что-то про некую даму, «возжелавшую напоить возницу Фаэтона», как он выразился, но как-то неубедительно это прозвучало, ни Джил, ни я не поверили ни единому слову. И еще одна странность: он даже не справился, как мы провели медовый месяц. Спохватился уже потом, много позже. А снача-

3*

ла пустился разглагольствовать про то, как мать Джилиан ни за что не соглашалась сообщить ему, где мы находимся. Я даже подумал, что, может быть, не стоит пускать его за баранку в таком состоянии.

Позднее я выяснил, в чем дело. Оказывается, Оливер потерял работу, можете себе представить? Допрыгался до того, что его выгнали из английской школы имени Шекспира. Ну, это уж надо было уметь. Не знаю, что Оливер рассказывал вам про школу имени Шекспира, но поверьте мне, это сомнительное учреждение. Задумаешься, как они ухитрились раздобыть лицензию, и оторопь берет. Был я там один раз. Хорошее старинное — викторианское, что ли, — здание в бывшем чистом квартале, у входа пузатые колонны, ограда на тротуаре, вниз, в полуподвал, ведут ступени. Но теперь весь этот район пришел в запустение. Телефонные будки сплошь исписаны телефонными номерами проституток, улицы не подметаются, наверно, с 1968 года, на чердаках до сих пор гнездятся последыши-хиппи, крутят свою полоумную музыку. Словом, ясно, что за район. Да еще директор школы похож на серийного убийцу. И из такого учебного заведения Оливер умудрился вылететь.

Он не хотел об этом говорить, буркнул только, что ушел по собственному желанию из-за принципиального несогласия с расписанием на будущий год. Едва только он это сказал, как я сразу ему не поверил. Не потому, что этого не могло быть — наоборот, на Оливера это вполне похоже, — но я уже перестал верить почти всему, что бы он ни говорил. Ужасно, правда? Ведь он мой самый старинный друг. Да еще я его жалел. Год или два назад я бы ему поверил, и правда вышла бы наружу только через несколько месяцев. Но тут я инстинктивно подумал: э, нет, Олли, ты не сам ушел, тебя выперли. Наверно, причина в том, что я теперь стал счастливее, женат, твердо знаю, на каком я свете, и мне все стало гораздо яснее, чем раньше.

Поэтому, когда мы с Олли в следующий раз остались с глазу на глаз, я ему спокойно говорю:

— Слушай, почему бы тебе не сказать мне все как есть? Ты ведь ушел не по собственному желанию?

Он тихо понурил голову, совсем не похоже на прежнего Оливера, и признался, что это правда, его выгнали с работы. Я спросил, за что, а он сокрушенно вздохнул, горько ухмыльнулся, посмотрел мне прямо в глаза и ответил:

— За сексуальные домогательства.

Выяснилось, что он давал у себя дома частные дополнительные уроки одной ученице из Испании, что ли, или из Португалии, и ему казалось, что она к нему неравнодушна; как-то раз, выпив пару банок «Особого», он полез целоваться, думая, что она просто застенчивая, ну и, одним словом, это старая, как мир, пренеприятная история. Оказалось, что девица — не просто набожная католичка, которая думает только о том, чтобы получше выучить английский, но вдобавок еще дочь индустриального магната, имеющего связи в посольстве... Дочка пожаловалась папаше, последовал телефонный звонок, и Оливера вышвырнули в канаву со всеми пожитками в двух дешевых чемоданах и даже без выходного пособия. Он рассказывал все тише и тише, и я верил каждому слову. Он опять свесил голову, а под конец я понял, что он плачет. Договорив, он поднял на меня глаза, весь в слезах, и сказал: «Одолжи мне соверен, Стю».

Совсем как тогда в школе. Бедный старина Оливер. На этот раз я просто выписал ему порядочный чек и сказал, чтобы не беспокоился отдавать.

— Но я отдам. Я не могу иначе.

— Хорошо, поговорим об этом в другой раз.

Он отер с лица слезы, снова взял в руки чек, и под его мокрым большим пальцем размазалась моя подпись. Господи, мне было так его жалко.

Понимаете, теперь моя обязанность — заботиться о нем. Это как бы в уплату за то, что он защищал меня в школе. Тогда, давным-давно, мы только несколько месяцев как подружились (и он еще назанимал у меня денег), я признался ему, что ко мне пристает один хулиган по фамилии Дадли. Джеф Дадли. Недавно в журнале старых выпускников «Эдвардиан» я прочитал, что он получил назначение торговым атташе в одной из центрально-американских стран. Теперь это, кажется, значит, что он там шпионит. Вполне возможно. В школе он был первый враль, вор, вымогатель, шантажист и главарь банды. Школа была сравнительно цивилизованная, поэтому в банду Дадли входили только двое: он сам и «Пятка» Скофилд.

Мое положение было бы надежнее, если бы я лучше играл в футбол или был умнее. И старшего брата-заступника у меня тоже не было, была только младшая сестра. Да еще я носил очки и явно не владел приемами джиу-джитсу. Словом, Дадли остановил выбор на мне. Обычная вещь: деньги, побегушки, бессмысленные унижения. Сначала я не говорил Оливеру, боялся, что он станет меня презирать. Но он не стал; наоборот, он разделался с ними обоими, не прошло и двух недель. Для начала он велел им от меня отстать, но они только посмеялись и спросили, а если не отстанут, что будет тогда? Он кратко ответил: «Ряд необъяснимых несчастий». Школьники вообще-то так не говорят. Эти двое только презрительнее рассмеялись и ждали, что Оливер вызовет их на бой по всем правилам. Но Оливер никогда не играл по правилам. И действительно, с ними стали случаться необъяснимые несчастья, никак вроде бы с Оливером не связанные. В столе у Дадли воспитатель обнаружил пять пачек сигарет (и за одну-то пачку тогда полагалась лупцовка). В школьной топке для сжигания мусора оказалась полусгоревшая спортивная форма Скофилда. Однажды среди бела дня у обоих моих мучителей исчезли седла с велосипедов, так что им пришлось ехать домой обедать «в положении крайне неудобном и чреватом опасностью», как выразился Оливер. Вскоре Дадли подстерег Оливера после школы — возможно, с целью назначить в полдень позади велосипедного сарая поединок с кастетами, но Оливер, не откладывая, заехал ему ребром ладони по горлу. «Еще одно необъяснимое несчастье», — произнес он над Дадли, который, давясь, корчился на земле. И тогда они от меня все-таки отстали. Я выразил Оливеру благодарность и даже предложил в знак признательности реструктуризацию долга, но он только отмахнулся. Вот такой он, Оливер.

А что сталось потом с «Пяткой» Скофилдом? И откуда у него было такое прозвище? Я только помню, что оно никак не связано с его реальными пятками.

ДЖИЛИАН: Невозможно ведь точно назвать день и час, когда именно человек влюбился, правда? В самом деле, нет определенного мгновения, когда вдруг умолкает музыка и вы впервые смотрите в глаза друг другу или что там при этом происходит. Не знаю, может быть, у кого как, но у меня нет. Одна подруга рассказывала мне, что влюбилась в парня, когда проснулась утром и оказалось, что он не храпит. Не бог весть что, верно? Но похоже на правду.

Наверно, задним числом, оглядываясь назад, выбираешь какое-то одно мгновение из многих и потом уже его придерживаешься. Maman всегда говорила, что влюбилась в моего отца, глядя, как он изящно и аккуратно уминал пальцами табак в трубке. Я ей и верила, и не верила, но она повторяла это с убеждением. А ответ должен быть у каждого — я влюбилась тогда-то потому-то. Общественная потребность. Не скажешь ведь: «Ох, не помню», или: «Само собой как-то постепенно получилось». Невозможно так сказать, вы согласны?

Мы со Стюартом встречались какое-то время. Он мне нравился — не такой, как другие, не навязчивый, разве только навязчиво старался сделать приятное, но и это было довольно трогательно, хотелось сказать ему: не суетись ты так, не спеши, все хорошо, не волнуйся. Не в физическом смысле не спеши, физически было скорее наоборот, ему надо было сначала нацеловаться.

Я сейчас вам кое-что расскажу. Однажды он предложил, что приготовит для меня ужин. Я говорю, очень хорошо, давай. Пришла к нему около половины девятого — в квартире приятно пахнет жарящимся мясом, на столе свечи горят, хотя еще не стемнело, и стоит ваза с этими индийскими кусочками, закуской, на кофейном столике цветы. Стюарт в брюках от рабочего костюма, но рубашка свежая, и фартук поверх всего. А лицо словно поделенное надвое: нижняя часть улыбается и выражает радость от встречи, а верхняя озабочена ужином.

— Я редко готовлю, — сказал он. — Но мне хотелось приготовить еду для тебя.

На ужин была баранья лопатка с мороженным горошком и картофель вокруг жаркого. Я сказала, что люблю картошку.

— Картофелины сначала слегка отваривают, — без тени улыбки объявил он, — потом наносят вилкой такие бороздки, и образуется хрустящая корочка.

Наверно, он видел, что так делала его мать. К ужину была бутылка хорошего вина, и он, наливая, всякий раз старался закрывать пальцем наклейку с ценой, которую забыл содрать. Видно было, что он очень этим смущен. Не хотел, чтобы я видела цену. Понимаете, что я хочу сказать? Он старался.

Он не позволил, чтобы я помогла убрать со стола. Вышел на кухню и вынес яблочный пирог. Вечер был весенний, теплый, а еда зимняя. Но не важно. Я съела кусок пирога, а потом он поставил кипятить воду для кофе и вышел в уборную. Я собрала тарелки из-под десерта и отнесла в кухню. Смотрю, на кухонном столе бумажка прислонена к судкам для специй. И знаете, что это было? Расписание:

6.00 почистить картошку
6.10 раскатать тесто
6.20 включить духовку
6.20 ванна

И дальше все так же подробно...

8.00 откупорить вино
8.15 проверить, подрумянился ли картофель
8.20 поставить воду для горошка
8.25 зажечь свечи
8.30 придет Дж.!!

Я быстренько вернулась к столу и села, дрожа. Кроме всего, мне было стыдно, что я прочла его расписание, Стюарт, наверно, подумал бы, что я шпионю. Но меня оно ужасно растрогало, с каждым пунктом все больше. 8.25 зажечь свечи. Ты не волнуйся, Стюарт, мысленно сказала я ему, можно было бы и при мне зажечь, ничего страшного. И самая последняя строка: 8.30 придет Дж.!! Эти два восклицательных знака пронзили мое сердце.

Он вернулся из уборной, и я с трудом удержалась, чтобы не признаться и не сказать ему, что это вовсе не глупости, не психопатство, не нервы и всякая чушь, а просто очень внимательно и трогательно с его стороны. Ничего этого я, конечно, не сказала, но, должно быть, по мне както было видно, и он почувствовал и потом держался уже раскованнее. Мы долго сидели рядышком на диване, я бы и ночевать осталась, если бы он попросил, но он не попросил, и это тоже было трогательно.

Стюарт без конца беспокоится. Ему непременно хочется, чтобы все было как надо. Не только у него самого и у нас с ним. Сейчас вот он страшно волнуется из-за Оливера. Не знаю, что там у него случилось. Вернее, знаю. Он приставал к какой-то несчастной ученице в Шекспировской школе, и его выгнали с работы. Это я прочла между строк из того, что мне рассказал Стюарт. Сам Стюарт против очевидности склонялся к версии Оливера. Настолько против очевидности, что мы с ним даже чуть было не поссорились. Стюарт говорил, что девица, должно быть, соблазняла Оливера, кокетничала с ним, а я спорила, что она, наверно, робкая и страшно перепугалась приставаний учителя. Но потом мы оба все-таки спохватились, что в глаза не видели этой девицы и понятия не имеем, что там на самом деле у них произошло. Мы просто строили предположения. Но и в предположениях Оливер выглядел, на мой вкус, не слишком симпатично. Я не сочувствую близким отношениям между учителями и ученицам — по вполне понятным причинам. Стюарт сказал, что дал Оливеру денег, это мне показалось совершенно излишним, хотя я, разумеется, промолчала. В конце концов, Оливер — вполне здоровый молодой мужчина, да еще с университетским дипломом, и уж как-нибудь да найдет себе другую работу. Зачем давать ему наши деньги?

Хотя, конечно, тогда он был совсем какой-то раздрызганный. Особенно ужасно получилось в аэропорте. Мы были со Стюартом одни в толпе. Мне еще подумалось, когда мы дожидались наших чемоданов, что так будет теперь до конца жизни: мы и чужие люди вокруг, и надо все делать правильно — идти по указателям, взять вещи, потом к таможенникам, и нигде никому нет дела, кто мы и откуда, только мы двое должны поддерживать друг друга... Звучит сентиментально, я согласна, но такое у меня было тогда ощущение. Выходим из таможни, оба смеемся от радости, что вернулись домой, и вдруг на нас бросается какой-то пьяный в шоферской фуражке. Он чуть не выбил мне глаз картонкой на палке да еще наступил на ногу. И представляете себе? Это Оливер. Страшный, как смерть. Ему, по-видимому, казалось, что он поступает очень остроумно, но ничего остроумного в этом не было. Это было жалкое зрелище. У таких людей, как Олли, всегда так: когда они в ударе, с ними весело и забавно, а уж если не задалось, то хоть плачь. Никакой середины.

Ну, мы, конечно, опомнились, взяли себя в руки, притворились, будто очень рады его видеть. Он вез нас в Лондон, гнал как бешеный и всю дорогу плел что-то несусветное, не закрывая рта. Я в конце концов перестала слушать, откинулась на спинку и закрыла глаза. Очнулась, когда машина резко затормозила возле нашего дома, и тут Оливер спросил каким-то странным голосом: «A propos de bottes*, как прошел ваш lune de miel?»

ОЛИВЕР: Сигарету не хотите? Ах, вы же не курите, вы мне уже говорили. Ваше осуждение полыхает неоновыми буквами. И брови сведены сурово, как у свекрови из «Кати Кабановой»**. Но могу вам сообщить забавную новость. Я читал сегодня утром в газете, что у курящего человека меньше вероятности заболеть болезнью Альцгеймера, чем у некурящего. Здорово, да? Просто блеск. Так что давайте закурим по одной, покоптим легкие и защитим мозг. Ведь жизнь, она, знаете ли, вся изукрашена противоречиями. Только-только все разложишь по полочкам, наведешь ясность, как р-раз, появляется шут с поросячьим пузырем и бум тебе по носу.

Я, между прочим, не дурак. Я понял в аэропорту, что Джилиан и Стюарт мне вовсе не рады. Я чувствую, когда совершаю piccolo faux pas***. Олли, старина, сказал я себе, твое щенячье братание здесь неуместно. Немедленно от-

---

* Некстати говоря *(фр.)*.

** Опера Л. Яначека (1921 г.) на сюжет драмы А. Островского «Гроза».

*** маленькая *(итал.)* оплошность *(фр.)*.

пусти эту парочку, перестань вылизывать их физиономии. Но это вовсе не было братание и, конечно, далеко не щенячье. Я приехал их встречать, потому что я влюбился в Джилиан. А все прочее было кривляние.

Странная это была поездка из Гатвика в Лондон. Даже не просто странная, а совершенно sui generis*. Джилиан села сзади и вскоре уснула. Всякий раз, взглядывая в зеркало — а я, если хочу, веду машину с величайшей осторожностью, — я видел истомленную новобрачную со смеженными веками и разметанными волосами. Шея ее лежала выгнутая наверху спинки, и от этого рот казался поднят для поцелуя. Я все время посматривал в зеркало, но, как вы понимаете, не на машины. Я разглядывал ее лицо, ее спящее лицо.

А рядом со мной сидел пухленький, мирный, сексуально выпотрошенный Стюарт, такой дьявольски ублаготворенный, и притворялся, будто рад, что я их встречал. А сам, наверно, прикидывал, как бы ему получить обратно деньги за неиспользованные билеты от Гатвика до Виктории. Стюарт, имейте в виду, бывает жутким крохобором. Отправляясь за границу, он и в аэропорт всегда едет с обратным билетом из тех соображений, что a) на этом можно выиграть три миллисекунды времени; b) о том, что может не возвратиться; он даже мысли не допускает; и c) вдруг за эти две недели подскочат цены? А Оливер всегда покупает билет только в одну сторону. Разве можно предсказать заранее, не повстречается ли тебе на пути королева бразильского карнавала? И какой смысл беспокоиться из-за того, что через субботу в Гатвике у касс может оказаться очередь? Я как-то читал в газете про одного человека, который бросился под поезд метро. На дознании объявили, что он, по-видимому, не намеревался кончать с собой, ведь у него в кармане лежал обратный билет. Прошу меня простить, ваша

* в своем роде (*лат.*).

честь, мало ли какие тут могут быть объяснения. Возможно, он купил обратный билет, чтобы у близких зародилось сомнение и облегчило их горе. Другая возможность — что это был Стюарт. Стюарт, если бы решил подарить машинисту шесть недель отпуска из-за перенесенного потрясения, или сколько там в таких случаях полагается, обязательно бы приобрел обратный билет. Он рассудил бы так: а если я все-таки не покончу с собой? Вдруг передумаю в последнюю минуту? Только представьте себе, какие очереди у билетных автоматов на «Тотнем-корт роуд»! Нет, уж лучше я куплю обратный билет, на всякий случай.

Вы считаете, что я несправедлив? Послушайте, у меня в последнее время такое творится в голове, в пору принимать валерьянку. Мозг готов лопнуть от перевозбуждения. Я сначала слегка скуксился. Вообразите только: предмет моей страстной любви уютно дремлет на заднем сиденье, а дородный муж, мой самый близкий друг, три недели ублажавший ее под жарким солнцем Эллады, сидит рядом со мной, зажав между щиколотками сумку с беспошлинными напитками, я остался без работы, и все попутные машины сигналят и проносятся мимо, будто состязаются по «Формуле-1». Как по-вашему, могу я сохранять спокойствие? Могу быть справедливым?

В этих условиях я, как повелось, принялся валять дурака и зубоскалить неизвестно о чем, Стюарт у меня всю дорогу давился от смеха, чтобы только не разбудить прекрасную Джилиан. А я то и дело со всей силой сжимал баранку, потому что на самом-то деле меня так и подмывало прекратить все это смехачество, съехать на обочину, повернуться лицом к моему пассажиру и сказать: «Да, кстати, Стюарт, я влюбился в твою жену».

Так прямо и сказать? Мне страшно, страшно до ужаса, до жути, до полного опупения. Что-то в этом духе я должен буду объявить, и довольно скоро. Но как я ему скажу? Как я скажу ей?

Вы думаете, что знаете людей, да? Ну так вот, представьте себе, что у вас есть друг, ваш лучший друг, и в тот день, когда он женится, вы влюбляетесь в его жену. Как ваш друг на это посмотрит? Благоприятных возможностей тут не много. На то, что он ответит: «Да, я вполне понимаю твою точку зрения», если честно, то рассчитывать не приходится. Скорее выхватит автомат Калашникова. И минимальный приговор: ссылка. Олли-Гулаг будет мне имя. Но я не согласен на ссылку. Вы понимаете? В ссылку я не пойду.

Должно произойти совсем другое. Джилиан должна будет понять, что любит меня. Стюарт тоже должен будет понять, что она любит меня. Стюарт должен сойти со сцены. А Оливер — выйти на сцену. Никто не будет страдать. Джилиан и Оливер станут жить-поживать и горя не знать, а Стюарт останется их лучшим другом. Вот как все должно быть. Насколько высоко вы расцениваете мои шансы? Высоко, как слоновье око*? (Эта культурная аллюзия предназначается для тебя, Стю.)

Только, пожалуйста, не глядите на меня с укоризной. Думаете, мне не довольно этого достанется в предстоящие недели, месяцы и годы? Дайте дух перевести. Поставьте себя на мое место. Вы что, отречетесь от своей любви, тактично улизнете с глаз долой и пойдете в козопасы, чтобы все дни напролет играть на пастушьей свирели утешительно-печальную музыку, пока ваше стадо равнодушно пережевывает сочную растительность? Так не поступают. И сроду никогда не поступали. Знаете, если вы удалитесь и пойдете в козопасы, значит, вы ее просто не любили. Или любили меньше, чем этот свой мелодраматический жест. Или чем коз. Возможно, притворялись, будто влюблены, из карьерных соображений, чтобы для разнообразия немного попастись на лоне природы. Но ее вы не любили.

---

* слова из мюзикла «Оклахома».

На этом месте мы с вами застряли. Застряли, и все. Это уж точно. Мы застряли втроем в машине на шоссе, и один из нас (тот, кто за рулем, то есть я) надавил локтем на кнопку центрального замка. Мы оказались заперты и должны сидеть, покуда не найдется выход. И вы тоже тут сидите. Извините меня, но дверцы не открываются, вам не выйти. Мы застряли тут все вместе. Ну, как теперь насчет сигареты? Я лично курю и не удивлюсь, если и Стюарт тоже вскоре закурит. Берите, берите, закуривайте. Чтобы не пристала болезнь Альцгеймера.

7. Забавная вещь

СТЮАРТ: Забавная вещь. Я шел сегодня утром на работу. Кажется, я еще не объяснил, что от нас до остановки можно дойти двумя путями. Один — вдоль по Сент-Мэри-Виллас и Барроклаф-роуд, мимо старых городских бань, мимо магазина «Сделай сам» и оптового центра москательных товаров; другой наискось через Леннокс-гарденс, повернуть по улице, все время забываю название, выйти на Рамзи-роуд, мимо магазинов и прямо на Хай-стрит. Я хронометрировал — разница не больше двадцати секунд. Поэтому иногда я хожу так, а иногда эдак. Выходя из дому, с ходу решаю, вроде как бросаю монетку, каким путем пойти. Это я просто так рассказываю, бытовая подробность.

Так вот, в то утро я пошел через Леннокс-гарденс, по улице без названия и свернул на Рамзи-роуд. Иду и смотрю по сторонам. Это тоже у меня стало иначе с тех пор, как мы с Джил вместе. Я стал многое замечать, чего не видел раньше. Знаете, как можно идти в Лондоне по улице, не поднимая глаз над крышами автобусов. Видишь встречных людей, и магазины, и движение на мостовой, а вверх, по-настоящему вверх, никогда не посмотришь. Понимаю, вы скажете: мол, если ротозейничать и глазеть в небо, то вляпаешься в собачье дерьмо или налетишь на фонарный столб. Нет, но я серьезно. Немного подыми голову — и обязательно что-нибудь заметишь, какую-нибудь необычную крышу или украшение, оставшееся от прошлого века. Или наоборот, взгляни пониже. Как-то на днях в обеденное время я шел по Фаррингдон-роуд и вдруг увидел одну вещь, мимо которой проходил, наверно, сто раз. В стену на уровне колена вмазана желтая мемориальная доска и на ней черными буквами надпись:

Это здание
было полностью разрушено
при налете цеппелинов
во время Мировой войны
8-го сентября1915 года.
Восстановлено в 1917 г.
Джон Филлипс
производитель работ.

Меня это заинтересовало. Почему доску прилепили так низко? Или, может быть, ее позднее переместили? Проверьте сами, если охота: дом номер 61, рядом с магазином, где продают подзорные трубы.

Я что хочу сказать, я стал гораздо внимательнее смотреть вокруг себя. И мимо того цветочного магазина на Рамзи-роуд я проходил, наверно, тысячу раз — и ни разу на него не взглянул, тем более не заглянул через витрину внутрь. А на этот раз заглянул. И что же я там увидел? Чем был так неожиданно вознагражден утром в четверг в 8 часов 25 минут? Я увидел Оливера. Смотрю и глазам своим не верю. Уж кого-кого, а Оливера я не ожидал встретить в наших краях. Его сюда силой не затащишь. Он всегда отшучивается, что ему, чтобы приехать на этот конец города, потребуется виза и переводчик. Но вот он сам, собственной персоной, ходит по магазину в сопровождении продавщицы, и она подбирает ему большой букет цветов.

Я попробовал постучать по стеклу, но ни он, ни она не услышали. Тогда я взял и зашел. Они уже оба стояли у прилавка, продавщица подсчитывала сумму, а Оливер держал в руке бумажник.

Я окликнул:

— Оливер.

Он обернулся и посмотрел на меня с изумленным видом. Даже покраснел немного. Мне стало не по себе — я первый раз в жизни видел, чтобы Оливер краснел, — и я решил обратить все в шутку.

— Так вот на что ты тратишь деньги, которые я тебе одолжил? — говорю. И знаете что? Тут он в самом деле страшно покраснел. Стал красный как рак. Даже уши запылали. Конечно, если подумать, это было довольно жестоко с моей стороны, сказануть такое. Но все-таки странная реакция, ей-богу. Видно, он в скверном состоянии.

— Pas devant, — наконец выговорил он и кивнул на продавщицу. — Pas devant les enfants*.

Девушка переводила взгляд с него на меня и обратно. Выражение лица у нее было недоуменное. Я подумал, чем вгонять Оливера в краску, лучше я уйду, и пробормотал, что, мол, тороплюсь на работу. Но он сказал: «Нет, нет», — и схватил меня за рукав. Я оглянулся, но больше он ничего не прибавил. Держась за мой рукав, он стал свободной рукой вытряхивать содержимое бумажника, деньги посыпались на прилавок.

— Живее, живее, — торопил он продавщицу.

Она подсчитала общую сумму (больше двадцати фунтов, я заметил ненароком), взяла выпавшие деньги, дала

---

* Не при детях *(фр.)*.

сдачу, завернула букет и сунула ему под мышку. Он подобрал бумажник свободной рукой и потащил меня к двери.

— Розе, — проговорил он, как только мы очутились на тротуаре. И отпустил мой рукав, будто сделал признание и больше ему каяться не в чем.

— Розе? — переспросил я. Он кивнул, отводя глаза. Роза была та самая девица из школы имени Шекспира, из-за которой его выгнали. — Это для нее?

— Она тут поблизости живет. Папаша ее выставил. Вина, как обычно, на Олли.

— Оливер, — я вдруг ощутил себя гораздо старше, чем он, — разумно ли это?

Что, черт возьми, тут происходит? Что может подумать девушка?

— А что в жизни разумно, — отозвался он, по-прежнему глядя в сторону. — Пока дождешься случая поступить разумно, борода отрастет. Стая павианов могут лупить по пишущим машинкам миллион лет, и не напечатают ничего разумного.

— Но... ты собрался к ней в такой ранний час.

Он было взглянул на меня и снова потупился.

— Я тут с вечера.

— Как же так, Оливер, — сказал я, стараясь добиться ясности и в то же время выдерживая шутливый тон. — По-моему, цветы даме принято дарить, приходя, а не когда уже попрощался и ушел.

Но получилось, видимо, опять невпопад. Оливер так сдавил рукой букет, что удивительно, как не переломал все стебли.

— Ужас что вышло, — выговорил он наконец. — Засыпался ночью. Все равно как запихивать улитку в счетчик на автостоянке.

Я подумал, что с меня довольно подробностей, но Оливер опять вцепился в мой рукав и не отпускал.

— Человеческое тело может так предательски подвести в ответственный момент. А представители латинской расы, естественно, меньше нашего привыкли к нервным срывам первой ночи. И поэтому им не хватает снисходительности.

Получалось довольно неловко с шести разных точек зрения. Прежде всего, я опаздывал на работу. И потом, чего-чего, а подобных излияний от Оливера я уж никак не ожидал. Но наверно, если потерял работу и пострадало твое чувство собственного достоинства... и он еще, похоже, выпил много лишнего, а перебор в этом деле тоже, говорят, не содействует. Бедняга Олли, из-под него действительно разом все четыре колеса отвалились.

Я совершенно не знал, как быть, что ему сказать. Посоветовать обратиться к врачу, прямо вот сейчас, стоя на улице, — не место и не время для такого разговора. Наконец Оливер отпустил мой рукав.

— Удачного тебе дня в конторе, дружище, — сказал он и понуро побрел прочь.

В то утро в поезде я не читал газету. А стоял и думал об Оливере. Человек нарывался на беду — явился к той девице, из-за которой вылетел с работы, а там еще... ну, не знаю. Оливер и женщины — это дело темное, гораздо более темное, чем он любит изображать. Но на этот раз он действительно ухнул в яму. Из-под него отвалились все четыре колеса.

ОЛИВЕР: Уф-ф-ф! Ф-ф-у-у! Уау! Зовите меня Великий Эскапист. Зовите меня Гарри Гудини. Слава тебе, Талия, муза комедии! Не слышу оваций. Разве я не заслужил сигарету «Голуаз»? Мои легкие алчут никотина. После всего, что было, вы не можете мне в этом отказать.

Да, да, конечно, я испытываю некоторые угрызения совести, но что бы вы сделали на моем месте? Вы бы никогда не оказались на моем месте, я понимаю. Но я-то оказался, в этом главная и очевидная разница между нами.

Но все-таки разве я не заслужил перо в шляпу? Я его себе присуждаю. Как, например, вам понравился прием хватания за рукав в духе Старого моряка? Он отлично сработал, правда ведь? Я всегда говорю: если хочешь перехитрить англичанина, тронь его, когда он этого не хочет. Положи ладонь на рукав и угости прочувствованной исповедью. Они этого не переносят, бритты. Они будут ежиться, мяться и проглотят все, что им ни наговори. «Все равно как запихивать улитку в счетчик на автостоянке». Видели бы вы лицо Стюарта после того, как я от него ушел. Камея «Нежная забота».

Я не злорадствую, ну, может быть, самую малость. Главным образом я испытываю облегчение, у меня всегда так. И наверно, мне не надо бы вам все это рассказывать, если я хочу, чтобы вы и дальше ко мне хорошо относились. (А вы хорошо ко мне относитесь? Трудно сказать. А нуждаюсь ли я в этом? О да, да, очень!) Но для меня слишком важно то, что сейчас происходит, тут уж не до игр — не до игр с вами, во всяком случае. Я обречен продолжать то, что делаю, и только надеюсь не вызвать по ходу дела ваше окончательное осуждение. Обещайте, что не отвернетесь от меня, — если уж вы откажете мне в понимании, тогда я, хочу не хочу, перестану существовать. Не уничтожайте бедного Олли! Пощадите его, и он еще, быть может, позабавит вас.

Прошу прощения, я опять немного зарвался. Итак. Итак, сейчас я нахожусь в районе, который называется Стоук-Ньюингтон. Это terra incognita*, где, по словам Стюарта, цены на недвижимость должны в ближайшее время поползти вверх, но покамест здесь обитают люди с головами, растущими ниже плеч. А что за причина мне здесь находиться? Причина та, что мне надо сделать некое вполне простое дело. А именно, посетить жену одного человека — одного человека! моего лучшего друга! — которого я

* неведомая земля *(лат.)*.

только что оставил топающим на станцию метро; я должен явиться к его молодой жене и сообщить ей, что я ее люблю. Отсюда и пук бело-голубой растительности у меня под мышкой, некомпетентно завернутый и уже окропивший мои панталоны, словно в результате неосторожности в процессе мочеиспускания. И в самую точку: когда дверной колокольчик в магазине оповестил о прибытии почтенного банкира, я ей-богу думал, что обмочусь.

Я немного побродил по улицам, пока подсохнут брюки, и репетировал на ходу, что сказать, когда Джилиан откроет мне дверь. Спрятать ли букет за спину, а потом выхватить и протянуть, как фокусник? Или положить на крыльцо, а самому сгинуть, прежде чем она ответит на звонок? Может, тут будет уместна серенада? — Deh vieni alla finestra...*

Так я прохаживался среди жалких туземных хижин, где ютятся закинутые на окраину рабы коммерции, и ждал, покуда полуденный жар выпарит влагу из брючной ткани: 60% шелк, 40% вискоза. Я и себя самого довольно часто ощущаю на шестьдесят процентов из шелка, на сорок из вискозы, если уж на то пошло. С виду шелковистый, а мнется. В то время как Стюарт — стопроцентный хэ-бэ, тканный вручную, — несминаемый, легко стирается, сохнет без выжимания, пятна не остаются. Мы со Стю выкроены из разных материй. На моей, например, если я не потороплюсь, скоро на месте следов от влаги появятся пятна пота. Бог мой, как я нервничал! Сейчас бы кружку валерьяновой настойки — или большой стакан коктейля «Манхэттен». Или валерьянки, или чистого спирту. Либо то, либо это. Нет, что мне на самом деле было сейчас нужно, это горсть бета-блокаторов. Слышали про них? Один из их синонимов — пропранолол. Изобретен для нервных пианистов, которые боятся выйти на эстраду. Прекращает дрожь, не снижая качества исполнения. Как вы

---

* «О, подойди к окошку...» *(итал.)* — серенада Дон Жуана из оперы Моцарта «Дон Жуан», акт 2.

думаете, может, он и в сексе помогает? Не исключено, что Стюарт теперь раздобудет мне эти таблетки, узнав про мою «белую ночь» у Розы. Как раз в его духе — лечить химией разбитое сердце. Мне-то они нужны, чтобы вручить мое сердце, пламенеющее, но целое, молодой женщине, которая сейчас откроет дверь дома номер 68. Не затаился ли где-нибудь в соседней подворотне темнокожий торговец наркотиками, ухмыляющийся и щедрый? Сто миллиграммов пропранолола, приятель, да поживей, вот тебе мой кошелек и мой «ролекс», бери все... э, нет, это мои цветы. Можешь взять все, кроме цветов.

Но теперь они уже и не мои, а ее. Когда засиял le moment suprême*, или, переводя на стюартизмы, когда приспел решительный момент, все прошло как по маслу. Вы, возможно, находите Олли барочно-вычурным, но уверяю вас, это только с фасада. А попробуйте проникнуть внутрь, постойте там минуту с путеводителем в руке, и вы обнаружите неоклассическое спокойствие, мудрую, уравновешенную безмятежность. Вы — в часовне Santa Maria della Presentazione**, или le Zitelle***, как предпочитают ее именовать в туристских брошюрах. Джудекка****, Венеция, Палладио. О, вы, экскурсанты по моей душе. Вот я какой в глубине моего существа. А буйные излишества — это снаружи, для привлечения толп.

Словом, кончилось все так: я позвонил у двери и стою дожидаюсь, держа перед собой цветочный сноп на вытянутых руках — не хотелось выглядеть обыкновенным посыльным. Я ведь на самом деле был скромный, хрупкий проситель, покровительствуемый лишь богиней Флорой. Джилиан отперла дверь. Вот оно. Миг настал.

— Я тебя люблю, — сказал я.

---

* высший миг *(фр.)*.

** Введение Святой Марии во храм *(ит.)*.

*** «Девушки» на венецианском диалекте.

**** Островок у входа в Венецианский залив.

В ее безмятежном взгляде зародилась тревога. Чтобы вернуть ей спокойствие, я вручил букет и мирно повторил:

— Я тебя люблю.

После чего удалился.

Я исполнил это! Исполнил! Я вне себя от счастья. Мне радостно, мне жутко, у меня поджилки трясутся, и в зобу, черт подери, перехватило дыханье.

МИШЕЛЬ (16): У нас бывают такие покупатели, сдохнуть. В этом вся трудность — не в цветах, а в людях, которые их покупают.

Взять, например, сегодня утром. Если бы он молчал, другое дело. Он вошел, я сразу подумала: с таким пошла бы на «грязные» танцы в любой вечер на неделе. Стильный такой, волосы черные чуть не до плеч, блестят, костюм тоже из блестящей материи. Немного похож на Джимми Уайта с телевидения, знаете его? К прилавку не подходит, только кивнул мне и прямо к цветам, высматривает, приглядывается, видно, что знаток. А у нас с Линзи такая игра: мы ставим им отметки в днях недели. Если не очень нравится, мы говорим: «Этот — на вторник». В смысле, если пригласит, можно уделить ему из всей недели один вечер. А высший бал — «Семь дней в неделю». То есть для него, если позовет, — хоть каждый вечер. Ну так вот, этот парень рассматривает ирисы, я заполняю ведомость по налогу на добавленную стоимость, а сама поглядываю на него краем глаза и думаю: «Ты — с понедельника по пятницу».

Потом он подозвал меня, и мы с ним прошлись по всему магазину, он указывал, какие ему набирать цветы, и все — только голубые и белые, больше никаких. Показываю ему красивые розовые левкои, но он весь передернулся и скривил губы: «Бр-р-р-р!» Подумаешь что за фигура. Вроде тех парней, что приходят купить одну розу, а вид такой, как будто событие мирового значения. Мне кто-нибудь подарил бы одну красную розу, я бы ему сказала: «А где остальные четыре? Роздал другим знакомым девушкам?»

Подошли мы к прилавку, и тут он наклоняется и нахально так цап меня за подбородок. «Ты что такая хмурая, красавица?» — спрашивает. Я хватаю цветочные ножницы, я ведь одна на весь магазин, и если он еще раз ко мне прикоснется, уйдет из магазина, лишившись кое-чего, с чем пришел. Но в эту минуту звякает дверь, и входит еще один, в пиджаке, видно, что зануда-служащий. Смотрю, мой чудак жутко смутился, потому что этот, в пиджаке, оказывается, его знакомый, увидел в окно, как он пристает к продавщице, совсем не в его стиле, и он вдруг весь страшно покраснел, даже уши, я уши заметила.

Он бросил мне деньги, велел поторопиться, не терпится ему скорей-скорей увести того, второго, из магазина. А мне что, я не спеша так заворачиваю ему цветы в целлофановую обертку, а потом еще говорю, ах, мол, я неверно подсчитала налог на добавленную стоимость. А про себя думаю, ну зачем тебе было разговоры заводить? Был парень с понедельника по пятницу. А теперь обыкновенное барахло.

Я люблю цветы. Но долго здесь работать не собираюсь. И Линзи тоже не собирается. Мы здешних покупателей ну просто не перевариваем.

ДЖИЛИАН: Сегодня утром произошла какая-то странная вещь. Очень странная И не прекратилась после того, как произошла. А продолжалась еще и днем, и вечером.

Где-то примерно без четверти девять я сидела у себя перед мольбертом и делала предварительные пробы на маленькой картине на доске — церковь в Сити. На заднем плане по радио тихо играли какую-то композицию одного из тех Бахов, которые — не Бах. Вдруг звонок. Не успела я отложить тампон, звонок повторился. Я подумала, дети, только дети так настойчиво звонят. Наверно, набиваются помыть машину. А может быть, проверяют, есть ли кто дома, чтобы потом обойти вокруг и взломать замок задней двери.

Я спустилась в прихожую, с какой-то даже досадой отперла дверь, и что я вижу? За дверью — огромная охапка цветов в целлофановой обертке, голубые и белые. Я решила, что это Стюарт, что это он прислал. И даже когда разглядела за цветами Оливера, все равно я думала, что, вероятно, Стюарт поручил Оливеру передать.

— Оливер! — сказала я. — Вот так неожиданность. Заходи.

Но он не двигается, стоит и пытается что-то сказать. Бледный как смерть, руки с букетом вытянул перед собой, будто поднос. Шевелит губами, что-то говорит, не разберу что. Так в кино показывают умирающего — он что-то, для него очень важное, невнятно бормочет, но никто уже не может разобрать. Я вижу, Оливер в ужасном состоянии. С цветов натекло ему на брюки, в лице — ни кровинки, он весь дрожит, пытается что-то выговорить, но губы не разлипаются.

Я подумала, возьму у него цветы, может, ему легче станет. Осторожно снимаю букет у него с рук, концами стеблей от себя — просто по привычке, потому что на мне рабочий халат, с ним от воды ничего бы не сделалось.

— Оливер, — говорю, — что с тобой? Может, зайдешь?

Но он стоит как стоял, вытянув перед собой руки, точно дворецкий-робот, только без подноса. И вдруг громко и отчетливо произносит:

— Я тебя люблю.

Вот прямо так. Я, конечно, рассмеялась. Из уст Оливера, да еще в 8.45 утра... Я рассмеялась, но не презрительно, не обидно, а просто как будто это шутка, которую я поняла только наполовину.

Но вторую половину он мне не растолковал, а повернулся и бросился бежать. Правда, правда, со всех ног. Он убежал, а я осталась с его букетом в руках. Делать было нечего, пришлось внести цветы в дом и поставить в воду. Их было огромное количество, я наполнила три вазы и еще две пивные кружки Стюарта. А потом вернулась к работе.

Кончила пробы и принялась расчищать небо, я всегда начинаю с неба. Для этого особенной сосредоточенности не требуется, и я все утро снова и снова возвращалась к мысли о том, как Оливер стоял на пороге и не мог выговорить ни слова, а потом вдруг чуть ли не во всю глотку прокричал, что там ему вздумалось. Он явно сейчас в очень раздраженном состоянии.

Наверно, именно потому, что он, как мы знали, последнее время был постоянно на взводе — вспомнить хотя бы его странное появление тогда в аэропорту, — потому я так долго и обдумывала, что все это значит? Думала и никак не могла сосредоточиться на своей работе. Воображала разговор, который будет у нас со Стюартом, когда он вечером вернется:

— Смотри-ка, сколько цветов!

— Угу.

— У нас появился новый воздыхатель? Нет, правда, какая масса цветов.

— Это Оливер принес.

— Оливер? Когда?

— Минут через десять после твоего ухода. Вы с ним только-только разминулись.

— Но почему? С чего это он подарил нам цветы?

— Это он не нам подарил, а мне. Он сказал, что влюблен в меня.

Нет, такой разговор невозможен. Невозможно ничего даже отдаленно похожего на такой разговор. И значит, от этих цветов следует избавиться. Первая мысль была засунуть их в мусорное ведро. Но если Стюарт тоже вздумает туда что-то выбросить? Что бы вы подумали, окажись ваше мусорное ведро до отказа забито абсолютно свежими цветами? Тогда может быть, перейти через улицу и выбросить их в контейнер для мусора? Но это выглядело бы довольно странно. Мы еще не обзавелись здесь друзьями среди соседей, но с некоторыми уже здороваемся, и честно признаться, я бы не хотела, чтобы кто-нибудь из них видел, как я отправляю в мусорный контейнер эдакую груду цветов.

И тогда я принялась запихивать их в размельчитель отходов. Брала пук за пуком цветы Оливера, совала лепестками вперед в дробилку, и за несколько минут от его подарка осталась только жидкая каша, которую смывала струя холодной воды и уносила в сточную трубу. Из сливного отверстия сначала еще шел сильный цветочный запах, но постепенно и он выдохся. А целлофановую обертку я скомкала и затолкала в коробку из-под хлопьев, которую мы опорожнили накануне. Две пивные кружки и три вазы я вымыла, насухо вытерла и расставила на обычные места, как будто ничего и не было.

Я не сомневалась, что поступила как надо. Не исключено, что у Оливера что-то вроде нервного расстройства, а если так, он будет нуждаться в нашей поддержке — и Стюарта, и моей. Когда-нибудь потом я расскажу Стюарту про эти цветы и как я ими распорядилась, и мы весело посмеемся, все трое вместе с Оливером.

После этого я вернулась к картине и работала над ней, пока не подошло время готовить ужин. Сама не знаю почему, но перед приходом Стюарта — он всегда возвращается в половине седьмого — я налила себе бокал вина. И хорошо сделала. Стюарт сказал, что весь день хотел мне позвонить, но не стал, чтобы не отвлекать от работы. Оказывается, по пути к метро он встретил Оливера в цветочном магазине тут у нас за углом. Оливер, по его словам, страшно смутился, и еще бы ему не смутиться, ведь он покупал букет цветов, чтобы помириться с девицей, у которой ночевал, но ничего не смог. Мало того, это была та самая испаноязычная девица, из-за которой его уволили из школы имени Шекспира. Отец вроде бы выставил ее из дому, и она теперь живет где-то неподалеку от нас. Накануне она пригласила Оливера в гости, но все получилось совсем не так, как он надеялся. Вот что поведал ему Оливер, сказал Стюарт.

Наверно, я реагировала на этот рассказ не так, как ожидал Стюарт. Ему, должно быть, показалось, что я невнимательно слушала. Я отхлебывала налитое в бокал вино, собирала ужин, а в какой-то момент между делом отошла к книжной полке и сняла оставшийся там цветочный лепесток. Голубой. Положила в рот, пожевала и проглотила.

Я в совершенной растерянности. Это еще мягко говоря.

8. Ладно, Булонь так Булонь

ОЛИВЕР: У меня есть мечта. У меня-а-а-а е-е-есть мечта-а-а-а. Вернее, не так. У меня есть план. Преображение Оливера. Блудный сын прекращает пировать с блудницами. Покупаю гребной тренажер, велоэргометр, дорожку для бега и боксерскую грушу. Вернее, нет. Но я предприму нечто равноценное. Я задумал фундаментальный поворот на 180 градусов, как уже было объявлено. Вы хотели бы иметь пенсию в сорок пять лет? По какому типу вы лысеете? Вам стыдно за то, что вы неважно владеете английским языком? Я получу эту пенсию, у меня на макушке счастливый завиток, а за мой английский мне уж как-нибудь не стыдно. Тем меньше поводов стесняться. Но в остальном я принял тридцатидневный план полного преображения. И пусть только кто-нибудь попробует мне помешать.

Я слишком долго валял дурака, это прискорбная истина. Немножко, пожалуй, можно, при условии если под конец уразумеешь, что всю жизнь выступать в роли Пето*

---

* Самый незначительный персонаж в хронике Шекспира «Генрих IV».

несерьезно. Откажись от нее, Олли. Возьми себя в руки. Настал решающий момент.

Прежде всего бросаю курить. Поправка: я уже бросил курить. Видите, как серьезны мои намерения? Я столько лет выражал себя или по крайней мере украшал себя ароматными плюмажами табачного дыма. С первых обывательски-трусливых сигарет «Посольские» в незапамятно давние времена, через обязательное, шикарное, как шлепанцы с монограммой, «Балканское собрание», через кривляние с ментолом и грубо, нищенски урезанным содержанием никотина, через подлинные самокрутки Латинского квартала (с ароматическими добавками или без) и их фабричные эквиваленты (эти стахановские поленья с неискоренимым резиновым привкусом, от которого некуда деваться), и все это завершилось надежным, ровным плоскогорьем современных «Голуаз» и «Уинстон», и к ним изредка — острая приправа из маленьких шведских штучек, названных, как все дворняги, — «Принц». Уфф! И от всего этого я теперь отрекаюсь. То есть уже отрекся, минуту назад. У нее я даже не спрашивал. Просто я думаю, что она этого захочет.

Во-вторых, я поступлю на работу. Это мне проще простого. Убегая из паршивой школы английского языка имени Шекспира, я прихватил с собой стопку их хамски шовинистской гербовой бумаги и теперь располагаю всевозможными рекомендательными документами, превозносящими мои таланты в расчете на вкусы самых разных потенциальных работодателей. Почему я оставил прежнее место? Увы, умерла моя матушка, и я вынужден был заняться поисками подходящего приюта для престарелых, чтобы поместить там бедного папашу. А если отыщется кто-то настолько бессердечный, что захочет в этой версии удостовериться, я к такому работать так и так не пойду. Моя матушка уже много лет умирает, это мне очень помогает в жизни, и бедный папочка часто нуждается в смене гериатрических подходов. Как он мечтает любоваться зеленым лесным прибоем! Как любит вспоминать те давние времена, когда голландский жук-древоточец еще не погубил рощи английского вяза, когда подножия холмов Англии еще не заросли колючим остролистом. Через окно в своей комнате мой старик смотрит в прошлое. Тук-тук-тук! — стучит в лесу верный топор древнего лесника, вырезая на узловатом стволе рунический знак в виде клина, чтобы предостеречь других лесников, что здесь произрастает ядовитый мухомор. А вон бурый мишка-медведь резвится на мшистой поляне... Ничего этого никогда не было, а мой отец, если хотите знать, — порядочная сволочь. Напомните мне, я вам как-нибудь в другой раз про него расскажу.

А в-третьих, я намерен вернуть Стюарту долг. Я не Гульельмо-Предатель*. Честность и простодушие будут впредь моим знаменем. Шутовская маска для сокрытия разбитого сердца мне больше не надобна — долой ее. Раскланиваясь, я вежливо приподниму на прощание пантофли с бубенчиками — если пантофли приподнимают. Иными словами, я прекращаю валять дурака.

СТЮАРТ: Я вот что думаю. Надо как-то помочь Оливеру. Это наш долг. Он бы сделал для нас то же самое, окажись мы в беде. Так было жаль его тогда, в цветочном магазине. У него нет работы. И нет уверенности в себе — а ведь Оливер с самых ранних лет всегда был в себе уверен. Он ни перед кем не пасовал, даже перед своим папашей. Это, я думаю, и лежит в основе всего. Если тебе пятнадцать лет и у тебя такой отец, а ты умеешь дать ему отпор, то тебе весь мир не страшен. Но сейчас Оливеру страшно. А все эта ужасная история с испаноязычной девицей. У прежнего Оливера ничего такого не могло приключиться, а даже если

---

* Персонаж оперы Моцарта «Так поступают все женщины».

бы и приключилось, он бы наплевал и как-нибудь да вывернулся. Придумал бы какую-нибудь шутку, обернул бы все в свою пользу. Но чего уж точно бы он не сделал, так это не пошел бы и не купил ей наутро колоссальный букет, да еще потом попался бы на месте преступления. Он словно бы попросил: пожалуйста, никому не рассказывай, не раструби на весь свет, а то меня могут обидеть. В прежние времена никогда с ним такого не бывало. И как он жалостно тогда сказал: я засыпался сегодня ночью! Так школьники говорят. У него действительно все четыре колеса отвалились, уж поверьте мне. Мы должны постараться ему помочь.

ДЖИЛИАН: Не знаю, что и думать. У меня дурные предчувствия. Вчера вечером Стюарт вернулся вечером с работы, как всегда бодрый, жизнерадостный, поцеловал меня, обнял за плечи и усадил, словно собрался сообщить что-то важное. И спрашивает:

— Что, если нам поехать немного отдохнуть?

Я улыбнулась.

— Конечно, неплохо бы, но мы ведь только вернулись из свадебного путешествия.

— Ну, когда это было. Целых четыре недели назад. Вернее, даже пять. Поехали?

— М-м.

— Возьмем, может, с собою Оливера. Ему надо немного встряхнуться.

Я сначала ничего не ответила. Сейчас объясню почему. У меня была подруга — она и есть, но мы временно потеряли связь, — по имени Алисон. Мы учились вместе в Бристоле. Родные у нее жили в Сассексе в сельской местности, хорошая семья, нормальная, благополучная, любящая. Ее отец от них не убегал. Алисон вышла замуж сразу, как окончила университет, в двадцать один год. И знаете, что сказала ей мать вечером накануне свадьбы? Сказала совершенно всерьез, будто передавала совет, который у них в семье переходит от матери к дочери с незапамятных времен: «Полностью откровенной с ними быть не стоит».

Мы тогда вместе посмеялись. Но слова эти застряли у меня в памяти. Материнский совет дочерям, как управлять мужьями. Ценные истины, наследуемые по женской линии на протяжении столетий. И к чему же сводится эта накопленная мудрость? «Полностью откровенной с ними быть не стоит». На меня это нагоняло тоску. Я думала: «Ну нет, когда я выйду замуж, если выйду, у меня все будет честно и в открытую. Никаких хитростей, расчетов, недомолвок». И вот теперь начинаются недомолвки. Выходит, это неизбежно. Что же получается? По-вашему, иначе брак невозможен?

А что еще я могла сделать? Если честно, то я должна была рассказать Стюарту о том, как Оливер появился на пороге и как я распорядилась его цветами. Но тогда надо было бы рассказать и о том, что назавтра он позвонил по телефону и спросил, понравились ли мне цветы. Я ответила, что выбросила их, и в трубке стало тихо, а когда я в конце концов произнесла: «Алло, ты слушаешь?» — он только сказал в ответ: «Я тебя люблю», — и отключился. Надо было все это рассказать Стюарту?

Конечно, нет. Я просто обратила в шутку его предложение о поездке: «Значит, тебе со мной уже стало скучно?» Как и следовало ожидать, Стюарт понял все наоборот. Он решил, что я обиделась, забеспокоился, принялся уверять, что очень меня любит, а это было совсем не то, что я хотела в ту минуту услышать, хотя, с другой стороны, я, конечно, хочу это слышать всегда.

Я обратила все в шутку. Я ни о чем не умалчиваю, я просто обращаю все в шутку. Уже?

СТЮАРТ: По-моему, Джилиан обиделась на мое предложение поехать куда-нибудь нам втроем. Я хотел ей объяснить, но она вроде как оборвала меня. Ничего такого не сказала, но, как всегда в таких случаях, отвернулась и чем-то занялась и чуть-чуть против обычного помедлила с ответом. Смешно, но мне уже кажется, что эта ее манера мне знакома всю жизнь.

Тем самым поездка отменяется. Вернее не отменяется, а изменяется. Только мы вдвоем, и всего лишь на уик-энд. Рано утром в пятницу мы едем на машине в Дувр и переправляемся во Францию. Понедельник — нерабочий день, так что у нас в распоряжении четыре дня. Отыщем где-нибудь маленькую гостиницу, полюбуемся красками ранней осени, побродим по рынку, накупим косиц чеснока, которые потом заплесневеют, прежде чем мы успеем их употребить. Не надо строить никаких планов — а я как раз люблю планировать все заранее, или, вернее, начинаю беспокоиться, если что-то не продумано и не спланировано. Наверно, сказывается влияние Джил в том, что я теперь все-таки могу вдруг предложить: «Давай поедем просто так?» Это ведь недалеко и ненадолго, и вероятность того, что во всех гостиницах северной Франции не окажется ни одного свободного номера, крайне мала, так что мне в общем-то и не из-за чего беспокоиться. Но все равно для меня это что-то новое. Я учусь беззаботности. Это — шутка, между прочим.

Оливер, похоже, расстроился, когда я ему сказал. Это показывает, какой он сейчас ранимый. Мы встретились, зашли выпить. Я рассказал ему, что мы собираемся во Францию на уик-энд. У него лицо сразу вытянулось, будто мы его покидаем. Мне хотелось утешить его, что, мол, это ненадолго и вообще, но ведь такие вещи не говорятся между друзьями, верно?

Он сначала ничего не сказал, потом спросил, где мы остановимся.

— Не знаю. Найдем где-нибудь.

Он сразу оживился и стал обычным Оливером. Приложил мне ладонь ко лбу, как будто у меня жар.

— Ты не болен? На тебя совсем не похоже. Откуда этот новый дух безрассудства? Поспеши в аптеку, юноша, и купи валерьянки.

Несколько минут он так надо мной подтрунивал. Расспрашивал, на каком пароме мы поплывем, в Кале или Булонь, куда отправимся из порта, когда будем обратно, и так далее. Мне тогда не показалось это странным, но после, задним числом, я обратил внимание, что он даже не пожелал нам счастливого пути.

Прощаясь, я пообещал привезти ему беспошлинных сигарет.

— Не трудись, — ответил он.

— Ты чего? Какой это труд?

— Не трудись, — повторил он чуть ли не злорадно.

ОЛИВЕР: Господи, я так перепугался. Мы встретились в пивной, в этакой тусклой норе, где это косматое существо Оливер любит забиваться в старинный уголок у камина, оформленный в манере Нормана Шоу*, и попивать эль, как с доисторических времен попивали его крестьянские предки. Я ненавижу пивные, особенно с тех пор, как бросил курить (отречение, коего совершенно не заметил наш друг Стюарт). Да, и еще я ненавижу слово «тусклый». Пожалуй, перестану им пользоваться на некоторое время. Мигните мне, если обмолвлюсь, ладно?

И вот сидим мы с ним в этом кошмарном заведении, где «стаканчик белого» еще ядовитее, чем крестьянский эль, и выбор шотландского питья оставляет желать лучшего, а чужой никотин проникает мне в печенки (дыхните в меня табачным дымом, ну пожалуйста, — я продам родину за «Силк кат», предам друзей за «Уинстона»), и тут вдруг Стюарт с подлым, довольным выражением на лице сообщает:

---

* Английский художник и архитектор (1832—1912).

— А знаешь, мы уезжаем.

— Ты что говоришь?

— Отплываем в пятницу утром. Из Дувра. Первым паромом. «И в облаке пыли скроемся с глаз».

Признаюсь, я жутко испугался. Решил, что он увозит ее навсегда. Мне представилось, как они уезжают все дальше и дальше — Страсбург, Вена, Бухарест, Стамбул, без остановок, без оглядки. Ветер треплет ее свежезавитые локоны в машине с опущенным верхом — по пути на восток, прочь от Олли... Потом я все-таки кое-как реставрировал свой обрушившийся шутейный фасад, но внутри бушевала паника. Он может ее увезти, думал я, вполне может, он способен причинить мне боль, это косматое существо, даже не заметившее, что я бросил курить. Он теперь обрел силу бессознательной жестокости, и дал ему эту силу я.

Но оказалось, разумеется, что он задумал всего лишь «прошвырнуться на уик-энд», говоря словами этого счастливчика, этого существа, которое летом погружается в спячку. А также осенью. И вообще на протяжении почти всей жизни. И это он, косматый Стюарт, вдруг обрел власть причинять боль.

Он пообещал прислать мне открытку. Представляете? Цветную открытку, черт бы ее побрал.

ДЖИЛИАН: Разговор происходил так.

— Можно мне как-нибудь поехать с тобой по магазинам?

— По магазинам? Конечно. Что ты хочешь купить?

— Я хочу купить что-нибудь для тебя.

— Для меня?

— Одежду.

— Тебе не нравится, как я одеваюсь, Оливер? — Я постаралась выдержать шутливый тон.

— Я хочу одеть тебя.

Я подумала, что надо реагировать немедленно, пока разговор не зашел слишком далеко.

— Оливер, — проговорила я тоном его матери (или по крайней мере моей), — Оливер, не говори глупости. У тебя даже работы нет.

— О да, я знаю, заплатить я не смогу, — саркастически подтвердил он. — У меня нет денег, не то что у Стюарта. — Затем пауза, и уже другим голосом: — Я просто хочу тебя одеть, вот и все. Хочу помочь. Поехать с тобой по магазинам.

— Это очень мило с твоей стороны, Оливер, — сказала я. И снова поторопилась поставить шутливую точку: — Буду иметь в виду.

Он сказал:

— Я тебя люблю.

И я повесила трубку.

Так и надо с ним. Я решила говорить приветливо, коротко и вешать трубку. Чушь какая-то. Он, видимо, совсем растерялся. И наверно — неосознанно, конечно, — завидует нашему счастью. Мы всюду бывали вместе, втроем, а потом мы со Стюартом поженились, а он почувствовал себя брошенным. Теперь нас не трое, а двое плюс один, и он это чувствует. Вполне естественно на самом деле. У него это, конечно, потом пройдет.

При других обстоятельствах я бы не отказалась поехать с Оливером по магазинам. От Стюарта, по правде сказать, проку мало. Не потому, что он не любит делать покупки, вовсе нет, но что бы я ни примерила, ему все нравится. На его взгляд, мне к лицу все цвета и все фасоны. Даже если бы я вышла из примерочной в мешке для мусора и с абажуром на голове, он скажет, что это мне идет. Очень, конечно, мило и трогательно, но пользы для дела никакой.

ОЛИВЕР: Я не фантазирую на этот раз. Вы-то, наверно, решили, что я насочинял для Джилиан бог знает какие одеяния: собольи меха из «Бориса Годунова», краски Римского-Корсакова, младенчески светлые летние горошки Россини, веселые аксессуары Пуленка... Нет уж, извините. Я не владелец неисчерпаемой чековой книжки, скупающий все без разбору (куда мне!), и не бредущий от витрины к витрине кастрат, просто я отдаю себе отчет в том, что мой глаз, мое чувство цвета, мое умение разбираться в тканях превосходят компетенцию Стюарта и Джилиан вместе взятых. В квадрате. В кубе. Во всяком случае, если судить по результатам. Пусть человек не уделяет внимания одежде, все-таки он выглядит гораздо лучше, если то, что на нем, хорошо сшито. И пусть человек говорит, что ему безразлично, как он выглядит, на самом деле ему это не безразлично. Нет таких людей, которым не важно, как они выглядят. Просто некоторые думают, будто им к лицу, когда у них кошмарный вид. Само собой, для них в этом содержится вызов. Я выгляжу как чучело огородное, потому что мои мысли витают в более высоких сферах; потому что у меня нет времени на мытье головы; потому что если ты меня вправду любишь, то люби и немытым. Джилиан, конечно, совсем не из таких. Наоборот. Но я хочу ее переделать.

Переделать. Переиначить. А также, в муравьином мире бизнеса и финансов, представляющем интерес для Стюарта, это термин, означающий: переписать, передать кому-то во владение (предмет или право собственности). Переходный глагол.

СТЮАРТ: Мы чудесно провели эти несколько дней. Из Кале поехали по автостраде, повернули налево, когда нам вздумалось, оказались где-то вблизи Компьеня. Когда начало темнеть, остановились в какой-то деревушке. Сняли номер в гостинице для семейных, старинном здании углом, со скрипучей деревянной галереей, на которую выходят все номера.

Само собой, мы побродили по местному рынку и, конечно, купили две косицы чеснока, который заплесневеет, прежде чем мы его употребим. Надо будет часть подарить. Погода была немного сыровата, но какая разница?

Об Оливере, честно говоря, я первый раз вспомнил только уже на пароме. Вспомнил и подумал, что надо бы купить ему французских сигарет. Но Джилиан сказала, что он, оказывается, больше не курит. Как странно. И совсем на него не похоже.

ДЖИЛИАН: Не знаю, с чего начать. Не знаю, к чему все это приведет и чем кончится. Что происходит? Никакой моей вины тут нет, а я чувствую себя виноватой. Чувствую себя виноватой, хотя точно знаю, что моей вины тут нет.

Не уверена, что поступила правильно. Может быть, вообще ничего не надо было делать. Может быть, мой поступок был актом соучастия, по крайней мере с виду. Возможно, что лучше бы все — хотя ведь и не было ничего — вышло тогда наружу. А что тут такого? Но мы так славно провели те четыре дня, наверно, мне хотелось продлить это состояние.

Дождь перестал, только когда мы уже плыли на пароме из Булони обратно. Насмешка судьбы. В каком-то смысле из-за этого все и вышло.

На пути туда мы переплыли из Дувра в Кале. Дальше поехали на машине по автостраде. Свернули с нее почти наобум. И деревню, где остановиться, тоже выбрали почти наобум. Просто нас застали там сумерки. А в понедельник после завтрака снялись с места и обедали уже в Мондидье. Дальше поехали на Амьен. «Дворники» на лобовом стекле отчаянно ширкали туда-сюда, по сторонам мелькали сырые сараи и мокрые коровы. Уже за Амьеном я вспомнила, какая в Кале колоссальная паромная пристань. Там сначала надо объехать вокруг всего города, потом пройти тысячную очередь на посадку, теряется ощущение, что находишься в приморском городе и садишься на корабль. Ведь должно это чувствоваться, верно? Ну и я предложила

Стюарту лучше завернуть в Булонь. Он было засомневался, потому что из Булони отходит меньше паромов. Но зато туда на тридцать километров ближе ехать под дождем, и я сказала, если по расписанию скоро парома не окажется, можно будет поехать дальше, до Кале. И это был не спор, как вам, наверно, подумалось по моему рассказу, а просто уютное обсуждение и легко достигнутое согласие. У нас со Стюартом так, он не дает мне почувствовать, что для него — вопрос самолюбия, как мы поступим, по-его или по-моему. Это мне в нем понравилось с самого начала. Большинство мужчин, если им предложишь отступить от заранее намеченного плана, воспринимают это, пусть и не осознанно — это иногда даже хуже, — как оскорбление, как покушение на их достоинство. Они не могут спокойно допустить, что ты думаешь иначе, чем они, даже о чем-то совсем незначительном. Но Стюарт, я повторяю, не такой. «Ладно, Булонь так Булонь», — сказал он, и в это мгновенье мимо пронесся автомобиль и заляпал нам жижей лобовое стекло.

Это я все к тому, что никто не знал, куда мы направились и где расположились. Утром мы выехали обратно, останавливались, когда в голову взбрело, совещались, передумали и отплыли на первом же пароме из порта, в котором не высаживались. Но на этом пароме был Оливер.

Всю дорогу шел дождь. Вообще он лил беспрерывно все четыре дня. И даже когда мы ждали своей очереди, чтобы въехать на паром. Внутри тоже все было мокрое — ступени, перила. Мы сидели в отгороженном углу большого общего салона. Окна запотели. Если их и протереть, все равно ничего не увидишь из-за дождя. И только примерно на полпути через пролив вошел человек в виниловом плаще, сел за соседний столик и сказал, что дождь наконец перестал; везет как утопленникам, сказал он. Когда мы со Стюартом это услышали, мы поднялись со своих мест и поискали глазами ближайший выход на палубу.

Знаете, как бывает на паромах: теряешь всякую ориентацию, то ли ты на первой палубе, то ли на второй, и где окажешься, когда выйдешь, на носу, на корме или у борта. Мы прошли в ближайшую дверь, перешагнув через высокий порог, предназначенный, как я понимаю, для того, чтобы вода не захлестывала в салон при шторме, и оказались на палубе в средней части парома. Гляжу налево вдоль борта — а там футах в пятнадцати от нас стоит Оливер и смотрит на воду. Он был виден мне в профиль. На меня он не смотрел.

Я сразу повернулась, налетела на Стюарта, пробормотала: «Прости», и пошла обратно в салон. Он за мной. Объясняю, что меня вдруг замутило. А разве не лучше выйти на свежий воздух? Но я сказала, что как раз от свежего воздуха мне и стало нехорошо. Мы снова уселись. Стюарт очень беспокоился. Я уверила его, что сейчас все пройдет. А сама не спускала глаз с той двери.

Немного погодя, убедившись, что я в порядке, Стюарт встал.

— Ты куда? — спрашиваю. Меня охватило страшное предчувствие. Его ни в коем случае нельзя пустить на палубу

— Пойду, может, куплю Оливеру сигареты, — отвечает он. — Беспошлинные.

Я боялась, что меня выдаст голос.

— Он не курит, — говорю. — Бросил.

Стюарт погладил меня по плечу.

— Тогда куплю ему джин.

И ушел. А я шепотом повторила ему вслед:

— Оливер теперь не курит.

Я все время смотрела на дверь. Ждала, чтобы Стюарт скорее вернулся. Надо было сойти на берег, и он чтобы нас не заметил. Мне казалось, от этого зависит наше счастье. Я поторопилась первой стать в очередь на нижнюю палубу за автомобилями Ступени были такие же мокрые и скользкие, как при посадке. Стюарт все-таки накупил французских сигарет. Сказал, что отложит их до того времени, когда Оливер снова закурит.

Что же происходит?

ОЛИВЕР: Я благополучно доставил их домой. Это все, что мне было нужно. А вы уж, конечно, предвкушали лязг морского сражения, развевающиеся по ветру зюйд-вестки, судно, символически раздираемое между креном и качкой? Однако море было, во всяком случае, спокойное, и я благополучно доставил их домой. Благополучно доставил домой — ее.

9. Я тебя не люблю

СТЮАРТ: Что-то странное в последнее время творится с моим другом Оливером. Он говорит, что начал бегать, что бросил курить, что собирается возвратить мне деньги, которые у меня занял. Я правда ничему этому не верю, но даже то, что он все это говорит, показывает, что с ним что-то неладно.

Например, эта история с телефонами. На днях вечером он ни с того ни с сего вдруг принялся расспрашивать меня про новые марки мобильных телефонов — как ими пользоваться, какой у них диапазон, какие сколько стоят. Не иначе как надумал завести телефон в своем старом драндулете. Вот уж чего от Оливера никак не ожидал. Он такой... старомодный. Вы даже не представляете себе, как он весь настроен на старину. С виду он, наверно, производит впечатление просто художественной натуры, слегка витающей в облаках, но на самом деле все гораздо хуже. Честно сказать, он, по-моему, совершенно не приспособлен к жизни в современном мире — ничего не смыслит ни в деньгах, ни в бизнесе, ни в политике, ни в бытовой технике. Утверждает, что виниловые пластинки дают лучший звук, чем компакт-диски. Ну что прикажете делать с таким человеком?

ОЛИВЕР: Я должен быть возле нее, понимаете? Я должен завоевать ее, заслужить ее, но прежде всего я должен быть рядом с ней.

Кажется, я теперь представляю себе, что испытывают упрямые борцы за благосклонность масс, готовые на все, чтобы только пробиться на зеленые кожаные скамьи Вестминстера и получить право осыпать друг дружку оскорблениями. Они обходят дом за домом, порог за порогом, словно продавцы щеток или чумазые трубочисты, которые, впрочем, давно уже исчезли с наших улиц заодно с голосистыми разносчиками, молчаливыми точильщиками и улыбчивыми младшими бойскаутами, предлагающими услуги за два пенни. Как вянут и гибнут живописные старинные ремесла, остатки прежнего быта. Кто теперь стучится в вашу дверь? Только грабитель, страстно жаждущий вашего отсутствия; хмурый фундаменталист, требующий от вас обращения, пока не наступил Судный день; да женщина в сари и в кроссовках, сующая в почтовую щель пачку талонов на грошовые скидки, микроскопический флакончик с ополаскивателем или карточку с телефоном ночного таксиста для доставки в аэропорт. Ну и еще кандидат в Парламент. Могу я рассчитывать на ваш голос? Проваливай, чтоб духу твоего здесь не было. О, это интересно. Если у вас найдется минута, я бы изложил вам взгляды нашей партии по данному вопросу. Дверь захлопывается. Дальше — в соседний дом, где так и быть берут листовку и тут же суют в помойное ведро, как только вы повернулись спиной. И еще в следующий, где обещают поддержку в обмен на гарантии, что ваша партия — за преследование, тюремное заключение и по возможности смертную казнь для определенных категорий жителей с небелым цветом кожи. Как они добиваются своего? Почему не отступаются?

У меня хотя бы избирательный округ небольшой и ограниченный набор возможных унижений. Меня принимали за вора, за учтивого насильника, за мойщика машин без своего ведра, за бродячего стекольщика, не говоря уж о вкрадчивом кровельщике, доверительно сообщающем, что там у вас черепицы отошли, мэм, а мы как раз случайно оказались с лестницей в вашем квартале, так, может, поладим на восьмидесяти фунтах? И это при том, что я всего лишь скромно пытался снять жилище на несколько месяцев, одну комнату для непостоянного пребывания, плата, разумеется, вперед, сидеть с ребенком, к сожалению, не смогу. В ответ многозначительно переглядываются — оказывается, надо еще отвести от себя подозрение в том, что я ищу место для тайных любовных игр с несовершеннолетними жертвами разврата. Понимаете ли, мэм, я киносценарист, мне нужна отдельная студия, абсолютное одиночество, чтобы приходить и уходить когда вздумается, частые отсутствия, капризы гения, знаете ли, страсть к перемене мест, могу представить несколько поддельных рекомендаций от ректоров разных колледжей Оксбриджа, от директоров Шекспировских школ, одно даже на бланке Палаты Общин. Не бродяга, не взломщик, а настоящий, черт побери, Орсон Уэлс*, вот кто обращается к вам за помощью, хозяйка, и без пользования телефоном.

Едва не выгорело в № 67, и это было бы идеально. Но она предложила прекрасную комнату под самой крышей, окнами во двор. Мне пришлось изобразить страх перед испепеляющими лучами солнца. Мой хрупкий гений нуждается в северном освещении. А с окном на улицу никак

* Орсон Уэлс (1915—1985) — актер, режиссер, киносценарист.

нельзя?.. Увы, нет. И я уныло поплелся дальше и дошел до № 55, где перед фасадом сплетала ветки араукария и окна сильно страдали от глаукомы. Низкая калитка открылась со скрипом, расписавшись ржавчиной на моей ладони (Я ее приведу в порядок, мэм!), дверной звонок звонил, только если нажать его большим пальцем наискось с юго-юго-востока. Миссис Дайер оказалась крошечной; голова ее вращалась на тонкой шейке, как гелиотроп на стебле, а волосы прошли стадию белизны и желтели, как табачное пятно на цыганском пальце. У нее есть комната с окном на север, кино она и сама любила, пока глаза не сдали, и денег вперед ей не надо. Это было выше моих сил. С одной стороны, мне хотелось крикнуть ей: «Не доверяйтесь мне так, вы ведь меня не знаете, нельзя принимать на веру то, что вам говорят, это опасно, вы такая хрупкая, а я такой здоровенный»; а с другой стороны, подмывало шепнуть: «Я вас люблю, уедемте вместе вдаль, сядьте ко мне на колено, я всегда буду помнить вас. Вы так полны своим прошлым, а я так полон моим будущим».

Вместо этого я предложил:

— Хотите, я приведу в порядок вашу калитку?

— Она и так в полном порядке, — твердо ответила миссис Дайер, и меня захлестнула волна невыразимой нежности.

Теперь, неделю спустя, я сижу здесь, наверху, в сени моей араукарии, и смотрю через сумеречную улицу, поджидая, когда вернется домой моя любимая. Она скоро появится и будет выгружать из машины покупки — рулоны двухслойных бумажных полотенец, молоко и масло, джемы и соленья, хлебы и рыб, и зеленую жидкость для мытья посуды, и слоновую коробку отвратительных засыпок, которые Стю употребляет на завтрак, бодро тряся по утрам над тарелкой, как маракасы: шш-чак-а-чак. Шш-чак-а-чак. Как мне удержаться и не съехать по стволу араукарии прямо вниз, чтобы помочь ей в разгрузке ее маленького автомобиля?

Хлебы и рыбы. Для Стюарта она всего лишь мастерица покупать продукты. А по мне, так она творит чудеса.

ДЖИЛИАН: Телефон зазвонил, когда я выгружала покупки. Я с улицы услышала звонок. Но у меня в обеих руках были полные сумки, под мышкой — батон, ключи от двери в зубах, ключи от машины еще в кармане. Я ногой захлопнула дверцу, опустила одну сумку, заперла машину, подхватила сумку и побежала к двери, а на крыльце остановилась, уронила батон, не могла найти ключи, поставила сумки, вспомнила, что держу ключи во рту, отперла дверь, вбежала, и в этот момент телефон замолчал.

Я не огорчилась. Я теперь гораздо спокойнее отношусь к тому, что раньше так раздражало, и даже совсем скучные дела вроде покупок стали казаться увлекательными. А не попробовать ли вот это? Не знаю, любит ли Стюарт сладкий картофель? И так далее. Обычные заботы.

Снова зазвонил телефон. Я сняла трубку.

— Прости.

— Как вы сказали?

— Прости. Это Оливер говорит.

— Привет, Оливер, — снова деловито-веселым голосом. — За что просишь прощения?

Он молчал, как будто обдумывал очень глубокомысленный вопрос. Потом ответил:

— Я... э-э-э... я думал, ты, наверно, занята. Прости, пожалуйста.

В трубке вдруг зашуршало, затрещало. Голос слышался как бы издалека. Я подумала, что он уехал и звонит откуда-то, чтобы извиниться за прежние звонки.

— Оливер, где ты находишься?

Снова долгое молчание. Потом:

— Все равно где.

И тут мне представилось, что он принял какую-то отраву и звонит попрощаться. С чего это мне взбрело в голову?

— Что-то случилось?

Опять его стало хорошо слышно.

— У меня все отлично. Мне давно не было так хорошо.

— Вот и прекрасно. А то Стюарт о тебе беспокоился. Мы оба беспокоились.

— Я тебя люблю. Всегда буду любить. Никогда не перестану.

Я положила трубку. А как бы вы поступили?

Я все время анализирую: разве я его поощряла? У меня и в мыслях не было. Почему же я чувствую себя виноватой? Это несправедливо. Я ведь ничего не сделала.

Я отвлекла его от мысли поездить со мной по магазинам. Вернее, просто сказала, что поездка не состоится. Теперь он говорит, что хочет посмотреть, как я работаю. Я сказала, что подумаю. В дальнейшем я буду разговаривать с Оливером очень твердо, прямо и по делу. Он убедится, что ему нет смысла болтаться поблизости и притворяться влюбленным. Но Стюарту ничего не скажу. Пока не скажу, так я решила. Может, и вообще никогда. Я думаю, он был бы... ошарашен. Или придал бы этому слишком большое значение. А если Оливер хочет со мной видеться — может быть, это даже и неплохо, я бы ему немного прочистила мозги, — то я соглашусь только после того, как обсужу это со Стюартом.

Вот именно. Так и сделаю. Я решила.

Но я знаю, почему я чувствую себя виноватой. Вы, наверно, тоже догадались. Я чувствую себя виноватой, потому что Оливер кажется мне привлекательным.

МИССИС ДАЙЕР: Очень симпатичный молодой человек. Я люблю, когда в доме молодежь. Чтобы приходили, уходили. Он пишет для кино, как он мне объяснил. Обещал контрамарку на премьеру. У молодых вся жизнь впереди, это мне в них нравится. Он предложил починить калитку, только зачем? Послужит, меня еще из нее вынесут.

На днях я возвращалась с покупками домой и вдруг вижу, он выходит из машины. На Барроклаф-роуд, возле бань. Он вышел из машины, запер ее и пошел дальше пешком впереди меня. Пока я притопала домой, он уже у себя в комнате и весело насвистывает. Интересно, зачем ему было оставлять машину на Барроклаф-роуд? Все-таки за две улицы отсюда. А у нас возле дома сколько угодно места для парковки.

Наверно, стесняется своей машины. Даже я вижу, что она у него вся проржавела.

ОЛИВЕР: Я был словно чокнутый, но это потому, что мне было страшно до полусмерти. Тем не менее я это сделал, я доказал!

Я пригласил их ужинать в мою главную резиденцию. Приготовил баранину с абрикосами, томил ее в сухом австралийском вине из виноградников Маджи — веселенькая смесь, по крайней мере веселее, чем эта парочка, это уж точно. Глядя на сей неравный брак во плоти, я время от времени сникал, и тогда атмосфера становилась слегка напряженной. Я чувствовал себя Евгением Онегиным, перед которым надоедливый князь распевает дифирамбы своей Татьяне. А потом Джилиан возьми да выболтай Стюарту, что я хочу прийти посмотреть, как она работает.

— Тише, мое сокровище, — попытался я ее перебить. — Pas devant les enfants.

Но Стюарт теперь так пенится и пузырится от счастья, что я бы мог у него на глазах стать перед его женой на колени, и он удовлетворился бы объяснением, что я ей подкалываю булавками подол.

— Прекрасная мысль, — отозвался он. — Я сам все собирался. Прелесть, — продолжал он, смакуя (и вовсе не имея в виду упоительную Джил), — это телятина?

После кофе я намекнул, что не прочь прикорнуть под овчинным плечом Морфея, и они убрались восвояси. Дав им ровно три минуты форы, я стартую с места в карьер на своем железном коне. (На самом-то деле мне пришлось изрядно попыхтеть и повозиться, прежде чем удалось выжать из старого мотора упрямую, скупую искру; но ведь такова вся жизнь, не правда ли?) Стюарт, да будет вам известно, отвратительно кичится тем, что якобы может проехать по Лондону из конца в конец и не пересечь ни одного автобусного маршрута — срезая углы, ныряя в подворотни и виляя по темным переулкам, где крепко спят полисмены. А вот Олли уже усвоил, что в наши дни езда по Лондону темными переулками не дает выигрыша во времени, там те же пробки, образованные вот такими, как Стюарт, знатоками задворков, которые экономят бензин и на своих солидных олдсмобилях выписывают зигзаги и крутые повороты не хуже инструкторов на учебных полигонах. Всех их Олли учел заранее и преспокойно катит на своей колымаге (безусловно, не «лагонде») по Бейсуотер-роуд, громыхает по Пиккадилли и даже сбрасывает скорость на безлюдной Юстон-роуд, давая соперникам спортивный шанс.

Я успел прочитать миссис Дайер лекцию на тему о малых шедеврах Нормана Уиздома, после чего, насвистывая, улизнул в свою комнату, словно в порыве ночного вдохновения. А там выключил свет и уселся у окна, завешенного ершистыми побегами араукарии. Ну, где же они? Где? Что, если они перевернулись в каком-нибудь смрадном тупике? Если он... Но нет. Вон долгожданный взблеск металла. И вон ее мучительно мирный, ничего не подозревающий профиль.

Автомобиль остановился. Стюарт выскакивает и вперевалку идет в обход к дверце Джилиан. Она вышла, и он зарылся в нее лицом, как зверь в нору.

От такого зрелища вполне может схватить живот. Позже, когда я ехал домой, мне уже было не до шуток.

ДЖИЛИАН: Он держался очень спокойно. А я нервничала. Ожидала, что ли, что он набросится? Он увидел радиоприемник на скамеечке и спросил, включаю ли я его во время работы. Я ответила, что да, включаю.

— Тогда пусть играет, — тихо попросил он.

Передавали какую-то фортепианную сонату, похоже на Гайдна. Нежный звук то взбегал по клавишам вверх, то возвращался, вычерчивая фигуры, которые легко предугадываются, даже если слышишь вещь в первый раз. Я немного успокоилась.

— Объясни, что ты делаешь.

Я оторвалась от полотна, обернулась.

— Нет, ты работай и рассказывай.

Я снова наклонилась над картиной. Это был маленький зимний пейзаж — замерзшая Темза, люди на коньках, детишки резвятся вокруг костра, разведенного прямо на льду. Славная картинка и ужасно грязная — не одно столетие провисела в банкетном зале какой-нибудь ратуши.

Я рассказала, как делают первые пробы на месте полосы от рамы: сначала послюнишь кусочек ваты, а потом по очереди пробуешь разные растворители, чтобы подобрать подходящий для данного лака. А лак в разных местах картины может быть разный. И краски тоже — одни легко сходят, другие более прочные. (У меня, когда работаешь с нашатырем, всегда первыми размазываются красные и черные.) Я обычно начинаю со скучных мест вроде неба, а на закуску приберегаю что-нибудь интересное — лицо или, например, белое пятно. Расчистка — самая приятная часть работы, а ретушировка совсем даже нет (это его удивило). Старые краски прочнее, поэтому полотно XVII века гораздо легче размывать, чем XIX (это его тоже удивило). И все время, рассказывая, я катала по замерзшей Темзе ватные тампончики.

Постепенно вопросы кончились. Я продолжала работать. По окну тихо стучал дождь. Музыка строила в воздухе свои фигуры. Время от времени на спирали электрокамина что-то вспыхивало. Оливер сидел у меня за спиной и молча смотрел за работой.

Было очень спокойно. И он ни разу не сказал, что любит меня.

СТЮАРТ: По-моему, это хорошая мысль — чтобы Оливер иногда заглядывал к Джилли. Он нуждается в том, чтобы его кто-нибудь успокаивал. И наверно, с ней он может разговаривать так, как не может со мной.

— Вероятно, он заезжает после того, как побывает у Розы, — предположил я.

— У кого?

— У Розы. Это девица, из-за которой его выгнали. — Джил ничего не ответила. — Разве он тебе не рассказывает про нее? Я считал, что это у него главная тема.

— Нет, — сказала она. — Он о Розе со мной не говорит.

— Ты бы как-нибудь навела разговор на нее. Он, наверно, хочет, но стесняется.

ОЛИВЕР: Это замечательно. Я прихожу и сижу смотрю, как она работает. Захватываю жадным взором толстый стакан с кисточками, бутылки с растворителями — ксилол, пропанол, ацетон, — баночки с яркими красками, коробку со специальной реставраторской ватой (которая оказывается обыкновенными косметическими тампонами). А Джилиан, мягко изогнувшись, сидит у мольберта и осторожно смывает с хмурого лондонского неба трехвековые слои. Слои чего? Потемневшего лака, древесной копоти, сажи, свечного воска, табачного дыма и мушиного помета. Да-да, я не шучу. То, что я сначала принял за птиц в вышине, разбрызганных по мрачному небу небрежным поворотом запястья, оказалось просто засижено мухами. Растворители, перечисленные выше, да будет вам ведомо, над мушиными экскрементами не властны, так что, сталкиваясь с такой же проблемой у себя дома, пользуйтесь слюной или нашатырем, а если уж и это не поможет, тогда приходится соскребать каждую точечку скальпелем.

Я воображал, что промывка картины — дело однообразное и нудное, а ретушь дарит творческую радость, но оказалось, что все с точностью до наоборот. Я попытался подробнее расспросить Джилиан об источниках ее профессионального удовлетворения.

— Самое лучшее — это когда снимаешь слои записи и обнаруживается что-то, о чем заранее не знаешь. Когда двухмерное постепенно становится объемным. Например, проступают черты лица. Вот сейчас мне не терпится заняться вот этим местом.

Она указала кончиком тампона на фигурку ребенка, испуганно держащегося за спинку саней.

— Так приступай. Aux armes, citoyenne.*

— Я его еще не заслужила.

Видите, как все в этом мире сейчас исполнилось смысла, как одно аукается с другим? История моей жизни. Обнаруживаешь что-то, о чем раньше не знал. Плоское становится объемным. Ты можешь оценить лепку лица. Но сначала все это надо заслужить. Ну и прекрасно, я заслужу.

Я спросил, как она определяет, когда ее возня с тампонами и катышами уже сделала свое дело?

— Ну, вот на это, например, потребуется еще недели две.

— Да, но как ты определяешь, что готово?

— Чувствуется, в общем.

— Но должен же быть какой-то рубеж... когда смыто все дерьмо, и лессировка, и подмалеванные куски, когда снадобья Аравии сделали свое дело и ты сознаешь, что

---

* К оружию, гражданка *(фр.)*.

перед тобой та самая картина, какую видел живописец, столетия назад отложивший кисть. Те самые краски, что накладывал он.

— Нету рубежа.

— Нету?

— Нету. Обязательно или чуть-чуть перестараешься, или, наоборот, не дотянешь до последней черты. Нет способа определить точно.

— То есть если разрезать картину на четыре части — что, безусловно, пошло бы ей на пользу, если хочешь знать мое мнение, — и раздать четырем реставраторам, они все остановятся на разных этапах?

— Да. Конечно, все доведут работу более или менее до одного уровня. Но решение, когда именно остановиться, — дается искусством, а не наукой. Это чувствуешь. А не то что там, под слоями грязи, есть настоящая, подлинная картина.

Вот как, оказывается? О лучезарная релятивность! Никакой настоящей, подлинной картины там, под слоями грязи, нет. То самое, что я всегда утверждаю касательно реальности. Можно скрести и слюнявить, мыть и тереть, покуда с помощью ксилола, пропанола и ацетона не достигнем того, что представляется нам неоспоримой истиной. Видите? Ни одной крапинки мушиного помета. Но ведь это не так! Это лишь мое слово против того, что утверждают все остальные!

МИССИС ДАЙЕР: И еще одна его странность: он разговаривает у себя в комнате сам с собой. Я слышала. Говорят, люди творческие бывают немного со сдвигом. Но у него бездна обаяния. Я ему сказала: была бы я лет на пятьдесят моложе... А он чмокнул меня в лоб и ответил, что будет держать меня про запас на случай, если так и не доберется до алтаря.

ОЛИВЕР: Я же сказал вам, я решил наладить свое житье. Насчет спортивных снарядов это я приврал, сознаюсь, — да я бы, только напяливая кроссовки, уже умер от разрыва сердца. Но в прочих отношениях... Мне надо позаботиться о следующих двух вещах: во-первых, по будням всегда быть свободным после обеда, на случай если она меня пригласит; а во-вторых, зарабатывать довольно, чтобы оплачивать оба жилища — вавилонские чертоги в Вест-Энде и спартанскую нору в северной части Лондона. Как? Очень просто: я работаю по субботам и воскресеньям. Помимо всего прочего, это отвлекает мои мысли от стоукньюингтонского вомбата и его уютного логова.

Работу я сменил. Теперь работаю в «Английском колледже мистера Тима». Что-то в его имени мне подсказывает, что мистер Тим и сам не совсем, как бы это сказать, английской породы. Но я придерживаюсь гуманитарного взгляда, что именно это обстоятельство притягивает к нему симпатии разноязыкой вавилонской толпы, и она обращается к нему за помощью. Колледж этот пока еще не получил официального статуса — мистер Тим так перегружен пастырскими заботами, что все никак не соберется обратиться за одобрением в Британский Совет. (А ведь даже презренная школа имени Шекспира и та удостоилась признания.) Как следствие этого наши классы отнюдь не переполнены саудовскими принцами. Знаете, как некоторые наши учащиеся добывают себе средства на оплату учения? Расхаживают по людным улицам лондонского центра и раздают соответствующего вида прохожим листовки, рекламирующие «Английский колледж мистера Тима». Рыба кормится своим хвостом. Мистер Тим, между прочим, не признает таких педагогических новшеств, как лингафонные кабинеты, и таких вековых заведений, как библиотеки; и еще того менее он склонен к разделению учащихся по способностям. Вы не слышите ли в голосе Оливера, обычно вполне безразличном, нечто вроде визгливого морального негодования? Наверно, слышите. Наверно, я сам подвергся еще большим изменениям, чем моя работа. Я ведь преподаю английский как иностранный. Никто не улавливает иронию. Английский как иностранный. Не чувствуете? Но если учить английскому как иностранному, ничего удивительного, что наши выпускники не в состоянии купить себе в автобусе билет до Бейсуотера. Почему бы не учить английский как английский, хотелось бы мне знать?

Прошу прощения. Зря я так разошелся. Короче говоря, стоило мне только помахать перед носом у мистера Тима своей поддельной рекомендацией от Гамлетовской академии, и меня тут же напустили на группу дремлющих за партами заморских отроков и отроковиц. С золотыми дублонами дело обстоит хуже, мистер Тим боролся со мной за каждый грош. Я с трудом вытянул у него пять пятьдесят за час — против щедрых восьми в школе имени Шекспира. При таком жалованье бедняга Олли, пожалуй, кончит мытьем полов в школьных коридорах.

Почему, поинтересовался мистер Тим, подражая Берлитцевским аудиозаписям с шелковистым акцентом иннуита, почему мне так необходимы свободные часы после обеда? Тут снова прискакал на подмогу бедный папаша. Мы с ним близки, как Ахилл с Патроклом, пояснил я (зная, что двусмысленность этого сравнения останется мистеру Тиму недоступна). Я должен подыскать ему приют для престарелых, и чтобы у него было широкое окно с видом на рощу вековых вязов, и на глубокую лощину, и на журчащий ручей, и на волшебный колодец, у которого исполняются желания, и на зеленую поляну... Дай Бог ему, подлецу, удостовериться, что Босх ничего не преувеличил, что его «Торжество Смерти» — всего лишь идиллическая картинка в сравнении с тем, что его ждет на самом деле. Но умоляю, не позволяйте мне отвлекаться в эту сторону.

И теперь в послеобеденные часы я прихожу и сижу с нею, когда она меня пускает. Тряпица трет, шуршат кисти, тихо гудит электрокамин (я уже сентиментально прислушиваюсь, не затрещит ли пылинка на спирали?), таинственно напевает Радио-3, а она сидит ко мне в четверть оборота, и я вижу ее волосы, заколотые на сторону за ухом без мочки.

— Это ведь неправда, про Розу? — спросила она вчера.

— Что неправда?

— Что она живет тут поблизости и что ты ходишь к ней?

— Да, неправда. Я ее не видел с... тех пор.

Точнее выразится я не смог, потому что мне было неловко — состояние духа, которое, как вы, наверно, представляете себе, случается у Оливера Рассела приблизительно так же часто, как появляется на небе комета Галлея. Мне было противно вспоминать исполненный мною убогий гавот эротического непонимания, противно сравнивать — думать, что, может быть, Джил сравнивает, — как я нахожусь в одной комнате здесь с ней и как находился в одной комнате с той, другой. Я испытывал смущение. Что можно к этому прибавить? Дурацкая неловкость возникла исключительно из-за того, что я принял решение говорить Джил неподкрашенную, неприпудренную правду. Честное благородное! Никаких прикрас. Крест на пузе.

Это заразно. Я прихожу, сижу у нее в комнате, мы почти не разговариваем. Я у нее не распоясываюсь, не курю. И мы говорим друг другу правду. Мг-м. Угу. Это скрипки? Обрывок ритмичного цыганского напева, проходящая мимо цветочница, фонарь освещает грустную, чуть завистливую улыбку. Можете смущать меня и дальше, пожалуйста, Олли к этому готов, он уже почти привык.

Понимаете, я знаю, что у меня репутация человека, который добавляет к правде приправу острее, чем традиционный английский гарнир. Два вида овощей и мясная подливка — это не мой стиль. Но с Джилиан все иначе.

Я придумал одно изящное сравнение. В мире живописной реставрации мода меняется — говорю это с новоприобретенным, проникновенным знанием дела. Сегодня требуется тереть с утра до ночи железной мочалкой. А на другой день уже главное — ретушь, замалевка всех пострадавших мест. Ну и так далее. Основной закон восстановления — обратимость. Это означает (простите, если я здесь немного упрощу), что реставратор должен (должна?) делать только то, что, как она знает, потом может быть удалено другими. Надо все время помнить, что сегодняшняя верность твоего решения верна только сегодня, его окончательность условна. Вот например, какой-то политический маргинал с дикарским копьем в руке продырявил полотно кисти Учелло, уверенный, что этим вандализмом добьется отмены некоей вредной статьи закона. В лечебнице для картин рану заделали, дыры и царапины заполнили целлюлозной массой и готовятся приступить к ретушевке. С чего же начинает реставратор? Реставратор наносит слой изолирующего лака, который когда-нибудь даст возможность без особого труда удалить все позднейшие красочные наслоения — скажем, когда станет модно демонстрировать не только эстетические достоинства картины, но также и превратности ее исторической судьбы. Вот что понимается под словом «обратимость». То есть можно вернуться назад.

Видите, как оно подходит? Вы посодействуете, чтобы оно получило распространение, ладно? Вот текст сегодняшнего дня: «Мы удалим то, чего не надо было делать, и это пойдет нам на пользу». Обратимость. Я уже принимаю меры и запасаю изолирующий лак для всех церквей и контор гражданской регистрации.

Когда она сказала, что мне пора уходить, я напомнил, что я ее люблю.

ДЖИЛИАН: Надо это прекратить. Я совсем не думала, что так получится. Предполагалось, что он будет приходить и рассказывать мне про свои неприятности. А вышло так, что говорю главным образом я. Он сидит, смотрит, как я работаю, и ждет, чтобы я заговорила.

Обычно у меня негромко играет радио. Музыка не мешает сосредоточиться. Ее как бы не замечаешь. А вот чье-то присутствие, например, Оливера... Я никогда не думала, что смогу при нем работать. Оказывается, могу.

Иногда мне хочется, чтобы он вскочил и набросился на меня. Все, Оливер, убирайся вон, а еще называется лучший друг Стюарта, да, да, именно, вон! Но он не набрасывается, и я с каждым днем все меньше уверена, что моя реакция была бы такой.

Сегодня, когда мы прощались, я заметила, что он открыл рот и смотрит на меня со значением. Я опередила его и бойким деловым тоном сказала:

— Нет, Оливер. Нет, нет.

— Ладно. Ты не беспокойся. Я тебя не люблю. — Но взгляд остался прежним. — Я тебя не люблю. Я тебя не обожаю. Я не хочу быть с тобой всегда. Не хочу завести с тобой роман. Не хочу жениться на тебе. Не хочу всю жизнь слышать твой голос.

— Уходи.

— Я не люблю тебя. Не беспокойся, — повторил он, закрывая за собой дверь. — Я не люблю тебя.

ОЛИВЕР: Араукария грозит небу узловатыми пальцами. Вечер. Идет дождь. Мимо, шелестя шинами, проезжают автомашины. Я стою у окна. Я смотрю и жду. Смотрю и жду.

10. Я не могу в это поверить

СТЮАРТ: Я не могу в это поверить. Собственно, я даже не знаю толком, во что — в это. Это — «ничего», как уверяет Джил, или, наоборот, «все»?

Как говорят чертовы мудрецы, чья мудрость передается из поколения в поколение? Муж всегда первым начинает подозревать и всегда узнает последним.

Что бы это ни было... что бы ни было, страдать придется мне.

Кстати, не хотите сигарету?

ДЖИЛИАН: Эти двое, они каждый хотят одного: чтобы я была с ним. А я хочу и того, и этого. Вернее, когда того, а когда этого. Но в разное время чего-то одного.

Господи! Вчера я смотрела на Оливера и думала: я хочу вымыть твои волосы. Прямо вот так. Вдруг, ни с того ни с сего. Я даже смутилась. Они не были грязные — наоборот, они у него чистые и рассыпчатые. Они удивительно черные, волосы Оливера. И я представила себе, как я их намыливаю и споласкиваю, а он сидит в ванне. Ничего такого про Стюарта я никогда не представляла себе.

А я — посредине. На меня все время давят с обеих сторон. И страдать придется мне.

ОЛИВЕР: Почему винить всегда надо меня? Олли, разбиватель сердец, Олли, разрушитель семьи. Пес, кровопийца, змея подколодная, паразит, хищник, стервец, собака динго. А на самом деле совершенно не так. Я скажу вам, кем я себя ощущаю. И не смейтесь, пожалуйста. Я — тот самый мотылек, ночная бабочка, бьющаяся об стекло. Тук-тук-тук! Теплый желтый свет, такой, на взгляд, нежный, уютный, сжигает мне душу.

Тук-тук-тук! Страдать придется мне.

11. Любовь и т. д.

ОЛИВЕР: Все это время я звоню ей каждый день и говорю, что я ее люблю. Она перестала бросать трубку.

СТЮАРТ: Вы уж потерпите и послушайте меня, хорошо? У меня не такой быстрый ум, как у моего друга Оливера. Я должен сначала разобраться, постепенно, шаг за шагом. Но в конце концов я докапываюсь до ответа.

Понимаете, на днях я возвратился домой раньше обычного. И когда завернул на нашу улицу — нашу улицу, — вдруг издалека вижу, мне навстречу идет Оливер. Я машинально помахал ему, но он шел, опустив голову, торопился и меня не видел. Где-то шагов за сто от меня он вытаскивает из кармана ключ и заходит в дом. Дом напротив, там еще перед окнами растет араукария. В нем старушка одна живет. Пока я поравнялся с этим домом, под номером 55, дверь уже захлопнулась. Я двинулся дальше, домой, вошел, прокричал, как всегда, бодро: «Ау! Я вернулся!» И стал соображать.

Следующий день была суббота. Я знаю, что Оливер по субботам дает уроки у себя на квартире. Я надел спортивную куртку, отыскал блокнот и фломастер и пошел через улицу в дом № 55. Вроде как я представитель местного совета, понимаете? Записываю последние данные в связи с новым коммунальным сбором или подушным налогом и проверяю всех проживающих по каждому адресу. Старушка представилась как миссис Дайер, домовладелица.

— И тут еще проживает... — я зачитал из листка в блокноте: — Найджел Оливер Рассел?

— Я не знала, что он Найджел. Мне он сказал, что его зовут Оливер.

— А также Роза?.. — Я промямлил нечто вроде иностранной фамилии, стараясь, чтобы звучало на испанский манер.

— Нет, таких здесь нет.

— Ах, простите, перепутал строчки. Стало быть, здесь проживаете только вы и мистер Рассел?

Она подтвердила. И я по садовой дорожке направился к выходу.

— Не обращайте внимания на калитку! — крикнула миссис Дайер мне вдогонку. — Через нее меня еще вынесут.

Так. Это для начала. Значит, вчера Оливер со своим ключом шел не к Розе.

Теперь надо исключить другую возможность. В воскресенье утром Джилиан поднялась наверх работать, так как обещала музею отдать сценку на замерзшей Темзе к исходу будущей недели. (Вы, кстати, видели эту картинку? Красивая. По-моему, такими и должны быть настоящие картины.) У нас наверху телефонной розетки нет, мы сознательно не поставили там аппарата, чтобы не мешал ей работать. А внизу, двумя этажами ниже, я набрал номер Оливера. У него как раз шел урок устной речи, как он это называет, то есть к нему приходит на чашку кофе несчастная ученица, он болтает с ней про Кубок Мира или еще про что-нибудь — и позвольте десяточку. Нет, конечно, какой там Кубок Мира, надо знать Оливера. Не иначе как он задает им переводить иллюстрированное руководство по технике любви.

Но я сразу перешел к делу — мы, мол, совсем оскандалились по части гостеприимства, пусть он в следующий раз, когда заедет в наши края повидать Розу, возьмет ее с собой и привезет к нам поужинать.

— Pas devant, — произнес он в ответ. — C'est un canard mort, tu comprends?* — Ну, может, я неточно передаю, но что-то возмутительное в этом смысле. Я исполнил старый номер «Необразованный Стюарт», и ему пришлось еще перевести: «Мы теперь видимся не так часто».

— О, очень жаль. Опять залег в зимнюю спячку? Ну что ж. Тогда один подваливай, когда сможешь.

— С удовольствием.

Я простился. Вы обратили внимание, что такие люди, как Оливер, всегда говорят: «Мы теперь видимся не так часто»? А ведь это глубоко нечестно, так говорить. Как будто люди культурно договорились между собой, когда на

---

* Это дело прошлое, понимаешь? *(фр.)*

самом деле смысл совсем другой: я ее бросил, или — она от меня ушла, или — она мне так и так уже надоела, или — ей больше нравится в постели с другим.

Итак, второй этап завершен. Третий последовал за ужином, когда мы обсуждали дела нашего общего друга Оливера, скорее я расспрашивал, ведь она с ним вроде бы видится довольно часто. А под конец разговора я спросил: «А как они с Розой? Не помирились? Я думаю, может, пригласить их как-нибудь к нам в гости?»

Она сначала не ответила. Потом сказала:

— Он о ней ничего не говорит.

Я промолчал — нет так нет. Вместо этого похвалил бататы, Джилиан их раньше никогда не готовила.

— Я не знала, понравятся ли они тебе, — сказала она. — Рада, что пришлись по вкусу.

После ужина перешли пить кофе в гостиную, и я закурил французскую сигарету. Я редко курю, и Джилиан посмотрела на меня вопросительно.

— Что им зря пропадать, — объяснил я. — Оливер-то бросил курить.

— Смотри только не пристрастись.

— А ты знаешь, статистически доказано, что курильщики меньше подвержены болезни Альцгеймера, чем те, кто не курит? — Я с удовольствием повторил эти сомнительные сведения, которые где-то вычитал.

— Наверно, потому, что курильщики умирают, не дожив до Альцгеймера, — сказала Джил.

Я рассмеялся. Тут она взяла надо мной верх.

Мы часто ложимся вместе в ночь на воскресенье. Но сегодня я по некоторой причине был не расположен. Причина ясная: я должен был все обдумать.

Итак. Оливер был однажды ранним утром застигнут в Стоук-Ньюингтоне за покупкой цветов для Розы, с которой накануне ночью потерпел в постели фиаско. Оливер, в очень подавленном состоянии, получает приглашение заходить к Джилиан в любой день, когда бывает в наших краях у Розы. Он и заходит достаточно часто. Так-то оно так. Да только он у Розы не бывает. У нас вообще нет данных в пользу того, что она тут где-то живет. Зато есть данные, что здесь живет Оливер. Он снимает комнату в доме номер 55 у миссис Дайер и ходит в гости к жене Стюарта в дневные часы, когда Стюарт отсутствует, зарабатывая деньги, чтобы выплачивать за дом.

ГДЕ ОНИ ЭТИМ ЗАНИМАЮТСЯ? У НЕГО ИЛИ ЗДЕСЬ? МОЖЕТ БЫТЬ, ДАЖЕ НА ЭТОЙ САМОЙ КРОВАТИ?

ДЖИЛИАН: По правде сказать, иногда я кладу трубку и все равно продолжаю слышать голос Оливера, говорящий, что он меня любит... Нет, остального я, кажется, не смогу вам сказать.

СТЮАРТ: Спрашивать я не буду. Ведь это может быть неправда. Если это неправда, разве можно задавать такой вопрос? А если правда?

Я не думал, что в нашей сексуальной жизни что-то не так. Совсем не думал. То есть совсем не думаю.

Послушайте, это же глупо. Ведь Оливер сам сказал, что у него проблемы с сексом. Почему же я должен считать — почему должен подозревать, — что у него роман с моей женой? Разве только он нарочно сказал, что у него проблемы с сексом, чтобы я ничего не заподозрил? И это сработало, верно? Какую это пьесу мы с Джилиан смотрели, где один тип прикидывается импотентом, и все верят, и мужья не препятствуют, чтобы он посещал их жен? Нет, это же смешно. Оливер не такой. Он не расчетливый. Хотя... Как же завести роман с женой лучшего друга, если ты не расчетлив?

Надо спросить у нее.

Нет, не надо спрашивать у нее. Не трогай лиха. Надо подождать.

Как давно это у них?

Прекрати.

Мы всего-то женаты несколько месяцев.

Перестань.

И я дал ему изрядную сумму денег.

Перестань немедленно.

ОЛИВЕР: Ее гребешок. С этими трогательными повреждениями.

Она когда садится за работу, сначала всегда убирает волосы назад. На табуретке рядом с приемником у нее лежит гребеночка. Она ее берет и зачесывает волосы за уши, сначала с левой стороны, потом с правой, всегда в таком порядке, а потом закалывает за ушами черепаховыми заколками.

Иногда во время работы одна-две пряди выбиваются, и она, не отвлекаясь от картины, протягивает руку за гребешком, отстегивает заколку, опять зачесывает волосы назад и закалывает, а гребешок кладет обратно на табуретку — все, не отрывая глаз от холста.

У гребешка некоторые зубцы выломаны. Нет, будем точны: выломаны пятнадцать зубцов. Я сосчитал.

Ее гребешок с такими трогательными повреждениями.

СТЮАРТ: У Оливера за последние годы перевелось немало девчонок, но, если хотите знать мое мнение, он ни разу не влюблялся. Говорить-то он, конечно, говорил, что влюбился, множество раз. Обожал сравнивать себя с разными оперными героями и вел себя как положено влюбленному: без конца вздыхал, поверял свои сердечные тайны знакомым, напивался, если не везло. Но я лично никогда не видел, чтобы он вправду был в кого-нибудь влюблен.

Я ему не говорил, но он напоминает людей, которые сразу кричат, что больны вирусным гриппом, когда у них простая простуда. «Я три дня провалялся в жутком гриппу». Да не было у тебя никакого гриппа, просто из носу текло, голова побаливала и уши заложило, но это никакой не грипп, а всего лишь простуда. И в прошлый раз тоже. И в позапрошлый. Обыкновенная простуда.

Я надеюсь, что у Оливера не грипп.

Тихо. Замолчи.

ОЛИВЕР: «Пунктуальность — достоинство скучающих». Кто это сказал? Кто-то сказал. Один из моих героев. Я шепчу это про себя каждый вечер с понедельника по пятницу между 6.32 и 6.38, выглядывая сквозь чешуйчатые ветки араукарии, когда возвращается домой стеатопигий Стю. «Пунктуальность — достоинство скучающих».

Видеть, как он возвращается домой, выше моих сил. Как он смеет приходить домой и обрывать мое счастье? Я, конечно, не желаю ему свалиться под поезд метро (с зажатым в кулаке обратным билетом). Я просто не могу выносить мрак, который окутывает мою душу, когда он поворачивает из-за угла с портфелем в руке и с самодовольной улыбкой во всю физиономию.

Я завел привычку делать то, чего, по-видимому, делать не следует. Это Стюарт виноват, он меня подтолкнул тем, что с тошнотворно довольным видом возвращается в свое уютное гнездышко, когда я сижу у себя наверху с выключенным светом и строю из себя Орсона Уэлса. Как только Стюарт появляется из-за угла между 6.32 и 6.38, я нажимаю кнопку «1» на своем дурацком черном мобильном телефончике, которому гораздо больше подходило бы лежать в толстом портфеле Стю: у него множество разных прикольных приспособлений, у этого моего драгоценного телефончика, как с восторгом объяснил мне при покупке продавец. В частности — и это даже я был в состоянии усвоить, — он обладает способностью «запоминать», то есть хранить в памяти телефонные номера. Или, в моем случае, один номер. Ее.

Когда Стюарт обращает к дому свою сияющую, солнечную физиономию, Оливер нажимает кнопку «1» и ждет, когда ответит ее голос.

— Да?

— Я тебя люблю.

Она кладет трубку. Стю берется за ручку калитки.

Телефончик шуршит, щелкает и снова выжидательно гудит мне в ухо.

ДЖИЛИАН: Сегодня он ко мне прикоснулся. О Господи, не говорите мне, что уже началось. Неужели началось?

Мы и раньше прикасались друг к другу. Я брала его под руку, ерошила ему волосы, мы обнимались, целовали друг друга в щечку — обычная вещь между друзьями. То, что было сегодня, гораздо меньше, чем все это, но и много больше.

Я сидела за мольбертом. Волосы у меня выбились на лицо. Я протянула было руку за гребенкой, она у меня лежит на табуретке. Он сказал, очень тихо:

— Не шевелись.

Продолжаю работу. Он подходит сзади. Вынул заколку у меня из волос, они рассыпались, он зачесал их назад, за ухо, собрал в заколку, защелкнул, положил гребешок на место, отошел и снова сел. И все. Больше ничего.

Хорошо, что я работала над простым местом. И машинально продолжала работать еще минуты две. Потом он сказал:

— Я люблю этот гребешок.

Это несправедливо. Несправедливо сравнивать, я знаю. Не надо делать никаких сравнений. Об этой гребенке я и не думала никогда. Она у меня была всегда. Как-то раз, вскоре после того как мы познакомились, Стюарт зашел ко мне в студию и увидел ее. Он сказал: «У тебя гребешок сломался». И назавтра или послезавтра принес мне новый. Видно было, что он постарался: гребешок был такой же величины, как старый, и тоже черепаховый. Но я им не пользовалась. Сохранила старый. У меня пальцы привыкли чувствовать щербинки от недостающих зубцов.

И вот теперь Оливер говорит: «Я люблю этот гребешок». Я потерялась. Потерялась и нашлась.

Это несправедливо по отношению к Стюарту. Я говорю себе: «Это несправедливо по отношению к Стюарту». Но слова не оказывают никакого действия.

ОЛИВЕР: Когда я был маленьким, Старый Подлец покупал «Таймс». Наверно, и теперь покупает. Он похвалялся умением решать кроссворды. А я, со своей стороны, проглядывал объявления о смерти и вычислял средний возраст умерших в тот день Старых Подлецов. И соображал, сколько еще статистически осталось Старому Решателю Кроссвордов.

Еще там был отдел «Письма в редакцию», отец внимательно их прочитывал, подбирая себе по вкусу самые развесистые глупости и дремучие предрассудки. Иногда он удовлетворенно крякал, чуть ли не рыгал из глубины души, если воззвание какого-то представителя отряда толстокожих, например: «Вернем всех травоядных на их исконную родину в Патагонию», чудесным образом déja pensée*, совпадало с его собственными идеями, а я думал: ну и ну, сколько же Старых Подлецов существует на свете.

Больше всего мне запомнилось из Отдела писем тех времен, как эти Старые Негодяи подписывались. Некоторые писали: «Сердечно Ваш», или «Искренне Ваш», или даже «Имею честь быть, сэр, Вашим покорным слугой». Но мне больше всего нравилась и больше всего, на мой взгляд,

---

* уже приходившее в голову *(фр.)*.

подходила для Старых Подлецов подпись: «Ваш etc», да газета еще сокращала до «Ваш &c».

«Ваш &c». Я часто гадал: что бы это значило? Что это за знак? Откуда он взялся? Я воображал обруганного промышленного магната, диктующего секретарше письмо в газету, которую он фамильярно именует «Листок». Изложив в письме свои старо-подлые взгляды, он заключает: «Ваш et cetera», а уж секретарша машинально транскрибирует: «Имею честь быть, сэр, одним из выдающихся Старых Подлецов и могу прислать Вам этикетку с банки из-под сардин, каковую Вы напечатаете перед моим именем». Магнат распоряжается: «Отошлите это безотлагательно в «Листок», мисс Фолкс».

Но однажды мисс Фолкс или как там ее ни оказывается на службе, она занята с епископом Кентерберийским, делает ему массаж, и вместо нее присылают временную машинистку. Временная записывает: «Ваш et cetera», как слышит, в газете расценивают эту подпись как чрезвычайно остроумную и еще добавляют изящный штрих от себя, укорачивая подпись до «Ваш &c», и тогда все остальные Старые Подлецы начинают подписываться так же, следуя примеру магната, который, однако, честь изобретения приписывает себе одному. Вот откуда это «Ваш &c».

После этого я, лопоухий шестнадцатилетний юнец, стал пародийно подписываться «С любовью &c». Не все мои корреспонденты, должен с прискорбием признать, оценили шутку. Одна demoiselle убыстрила свое изгнание из музея моего сердца, высокомерно уведомив меня, что употреблять слово «etc» как в устной речи, так и в презренной прозе пошло и вульгарно. На что я ответил, что, во-первых, et cetera — это не одно слово, а два, и во вторых, если в моем письме и есть что-то пошлое и вульгарное, то, учитывая адресата, это лишь слово, данному сокращению предшествующее. Увы, на такой выпад она не сумела ответить с буддийской безмятежностью, как хотелось бы.

С любовью &c. Тут все просто. Человечество делится на две категории: одни верят, что смысл, суть, басовая педаль и главная мелодия жизни — это любовь, а все прочее — абсолютно все прочее — это лишь &c; а другие, все несчастное множество людей, верят как раз прежде всего в это &c, для них любовь, как она ни приятна, остается только мимолетным волнением юности, прелюдией к пеленкам и далеко не так важна, неизменна и основательна, как, скажем, домашний интерьер. Это — единственное существенное различие между людьми.

СТЮАРТ: Оливер. Старый друг Оливер. Власть слова. Власть вздора. Неудивительно, что он кончил уроками разговорного английского.

ОЛИВЕР: Я, кажется, не совсем ясно все изложил. Когда я в тот раз закрыл за собой дверь, уклонившись от упоительной щекотки ее притворного гнева, я сказал ей (О, я помню, помню — у меня в черепе черный ящик, где хранятся все записи.): «Я тебя не люблю. Я не обожаю тебя. Не хочу быть с тобой всегда. Не хочу завести с тобой роман. Не хочу жениться на тебе. Не хочу всю жизнь слышать твой голос».

Найдите лишнее.

СТЮАРТ: Сигарету?

ОЛИВЕР: И еще я проверяюсь на СПИД. Это вас удивляет / это вас не удивляет? Ненужное зачеркнуть.

Только не торопитесь с выводами. По крайней мере с такими выводами, как заразные иглы, дикарские нравы, общие бани. Быть может, мое прошлое в некоторых отношениях и мрачнее, чем у других (а поскольку другие — это прежде всего Стюарт Хьюз, эсквайр, банкир и домовладелец, то безусловно мрачнее), но у нас не исповедная телепередача «Слушаем вместе с мамой» плюс боевик «Полицейская пятерка».

Я хочу положить мою жизнь к ее ногам, понимаете? Я начинаю жить заново, я совершенно чист, tabula rasa, я не валяюсь с кем ни попадя, черт подери, я даже не курю больше. Разве это не идеал? Или хотя бы один из двух идеалов? Первый идеал такой: вот он я весь, целиком, живу богатой, полной жизнью, зрелый и взрослый, найди во мне, что пожелаешь, бери все, все твое. А второй — я пуст, распахнут, во мне нет ничего, только потенциальные возможности, делай из меня что хочешь, наполни меня чем пожелаешь. Большую часть жизни я потратил на то, что заливал сосуды сомнительными жидкостями. Теперь опорожняю их, промываю, выполаскиваю.

Вот и проверяюсь на СПИД. Ей я, может быть, даже и не скажу.

СТЮАРТ: Сигарету? Берите, закуривайте.

Смотрите на это так: если вы поможете мне прикончить пачку, значит, я выкурю меньше, и меньше вероятность, что умру от рака легких, может быть, даже, как заметила моя жена, доживу до болезни Альцгеймера. Так что возьмите сигарету, это будет знаком, что вы на моей стороне. Можете, если хотите, засунуть за ухо на потом. А вот если вы не возьмете, то...

Ну конечно, я пьян. А вы бы на моем месте не напились?

Нет, не то чтобы вдрызг пьян.

Просто пьян.

ДЖИЛИАН: Пусть никто не думает, что я вышла за Стюарта из жалости.

Так бывает. Я знаю, видела сама. Помню, была одна девчонка у нас в колледже, тихая такая, целеустремленная девочка по имени Розмери. У нее был вроде как друг Саймон, здоровенный верзила, одетый всегда как-то нелепо, потому что на таких одежда продается только в специальных магазинах, «Исполин», кажется, они называются. Сдуру он об этом кому-то сболтнул, и девчонки стали у него за спиной над ним потешаться. Сначала беззлобно: «А как наш мистер Исполин поживает, Розмери?» Потом начали его задирать. Была у нас одна девчонка, маленькая, остроморденькая, со злым язычком, она сказала, что в жизни не согласилась бы пойти с ним на свидание, а то еще мало ли во что там у него носом ткнешься. Обычно Розмери к этому относилась спокойно, как будто тем самым и над ней тоже подшучивают. Но потом однажды — хотя ничего особенного и не было сказано, просто как всегда, — та языкастая, помню, внятно так и язвительно сказала: «Интересно, как у него все остальное, пропорциональное?» Большинство девчонок покатились со смеху, Розмери тоже, но потом она мне рассказала, что именно тогда решила выйти за Саймона замуж. До этого дня она и не очень даже влюблена в него была. Она просто подумала: «Ему всю жизнь предстоит страдать, и раз так, я буду на его стороне». Взяла и вышла за него замуж.

Но я вышла не поэтому. Если выходишь за кого-то замуж или женишься из жалости, то и не расстаешься с ним или с ней тоже из жалости. Я так себе представляю.

Я всегда умела разобраться и понять, что происходит. Но сейчас, кажется, никакое объяснение не подходит. Например, я вовсе не принадлежу к людям, которые всегда недовольны тем, что имеют, и я не из тех, кому обязательно нужно то, чего у них нет. Я не придаю особого значения внешности, скорее даже наоборот, красивые мужчины не внушают мне доверия. Я никогда не уходила первая, обычно тянула слишком долго. И Стюарт не переменился, остался таким же, каким был, когда я его полюбила в прошлом году, — у меня не было неприятных открытий, какие бывают у других женщин. И еще (на случай, если вы об этом подумали), у нас полный порядок с сексом.

Так что приходится признать тот факт, что я люблю Стюарта, и в то же время похоже, что влюбляюсь в Оливера.

Теперь это происходит ежедневно, каждый вечер. Надо бы, чтобы это прекратилось. Нет, не надо. Я не могу, чтобы это прекратилось. Тогда бы я должна была вообще не подходить к телефону. Всегда около половины седьмого. Я жду Стюарта с работы. Иногда вожусь на кухне, иногда заканчиваю работу в мастерской, и приходится бежать к телефону вниз. Звенит телефон, я знаю, кто это, знаю, что вот-вот появится Стюарт, но все равно бегу и поднимаю трубку. И говорю: «Да?» Я даже не называю наш номер. Как будто мне не терпится. Он говорит:

— Я тебя люблю.

И знаете, что теперь бывает? Я кладу трубку и чувствую влагу. Представляете? Какая-то порнография по телефону. Стюарт вставляет ключ в замок, а я ощущаю влагу от голоса другого мужчины. Может быть, завтра не ответить на звонок? Представляете себе?

МАДАМ УАЙЕТТ: L'Amour plâit plus que le mariage, pour la raison que le romans sont plus amusants que l'histoire. Как это перевести? «Любовь приносит больше радости, чем брак, подобно тому, как романы увлекательнее истории»? Примерно в этом духе. Вы, англичане, плохо знаете Шамфора*. Вам нравится Ларошфуко, на ваш взгляд, он такой «типичный француз». Откуда-то вы взяли, что высшим проявлением французского «логического ума» является блестящая эпиграмма. Не знаю. Я, например, француженка, и мне не особенно нравится Ларошфуко. Он слишком циничен и слишком... блестящ, если угодно. Ему непременно нужно показать, сколько труда он

* Шамфор Николá (1714—1794) — французский писатель, особенно знаменита его книга «Максимы и мысли».

вложил в то, чтобы казаться мудрым. Но мудрость, она не такая. В мудрости больше жизни, больше веселья, чем остроумия. Я предпочитаю Шамфора. Он еще вот что сказал: «L'hymen vient après l'amour, comme la fumée après la flamme». «Брак приходит после любви, как дым — после огня». Не так-то это очевидно, как кажется на первый взгляд.

Меня зовут мадам Уайетт. Меня считают мудрой. Откуда она у меня, эта репутация? Оттого что я, женщина не первой молодости, несколько лет назад оставленная мужем и больше в брак не вступившая, сохранила здоровье и ясную голову, больше слушаю, чем говорю, и даю советы, только когда меня спрашивают. «О, вы глубоко правы, мадам Уайетт, вы такая мудрая», — говорят мне люди, но обычно этому предшествует подробное повествование об их глупостях или ошибках. Так что я себя такой уж мудрой не считаю. Но по крайней мере я знаю, что мудрость относительна и что никогда не следует выкладывать все, что знаешь, все, чем владеешь. Если покажешь все, ты только вмешаешься, а помочь не сможешь. Хотя порой так трудно удержаться, чтобы не выложить все.

Моя дочь Джилиан приходит ко мне в гости. Ей плохо. Ей кажется, что она перестает любить мужа. Другой человек говорит, что любит ее, и она боится, что начинает любить его. Кто это, она не говорит, но я, естественно, догадываюсь.

Что я об этом думаю? Да, собственно, ничего. То есть не имею мнения о такой ситуации в общем виде. Знаю только, что так бывает. Но конечно, когда речь идет о реальном случае с моей родной дочерью, тут мнение у меня есть. Но оно предназначено для нее одной.

Она страдает. И я страдаю — за нее. В конце концов, это вам не машину сменить. Она плакала у меня, и я старалась ей помочь, то есть помочь ей разобраться в собственном сердце. Что же еще можно сделать? Если, конечно, в ее браке со Стюартом нет ничего ужасного. Она уверяет, что нет.

Я сидела, обняв ее, и слушала ее плач. А какая взрослая она была в детстве! Когда Гордон оставил нас, не я ее, а она меня утешала. Обнимет меня и говорит: «Я буду о тебе заботиться, maman». Знаете, ужасно горько, когда тебя утешает тринадцатилетнее дитя. Вспомнила вот и сама чуть не заплакала.

Джилиан старалась объяснить, что ее так пугает: неужели она может разлюбить Стюарта, когда еще только недавно полюбила? Ненормальная она, что ли? «Я думала, maman, опасное время наступает позже. Думала, ближайшие несколько лет мне ничего не угрожает». Обернулась ко мне, заглядывает в глаза.

— Опасное время — всегда, — отвечаю.

— То есть как это?

— Всегда.

Она отвернулась, кивнула. Я знала, о чем она думает. Надо вам объяснить, что мой муж Гордон в сорок два года, когда мы уже прожили в браке... ну, не важно сколько, долго, сбежал с семнадцатилетней школьницей. Джилиан слышала, что, как у вас говорят, через семь лет уже не сидится на месте, и видела на примере отца, что через пятнадцать лет тоже не сидится; и вот теперь на своем опыте убедилась, что это случается и раньше семи. И еще она думала, что я сейчас вспоминаю Гордона и, наверно, сокрушаюсь, что, мол, дочь пошла в отца, и мне это больно. Но ничего такого у меня и в мыслях не было, о чем я думала, я и сама не знаю.

ОЛИВЕР: Хотите расскажу одну смешную вещь? Дж. и С. познакомились вовсе не в баре, как они оба притворялись, а в «Черинг-Кросс отеле» на вечере знакомств для молодых работников умственного труда.

Моя тонкая интуиция подсказала мне упомянуть в разговоре с Джилиан про эту якобы встречу в баре «Сквайрс». Она сначала вообще не отозвалась, послюнявила ватный тампон и стала снова катать по картине. А потом призналась, как было на самом деле. Заметьте, мне даже не понадобилось спрашивать. Так что, по-видимому, и обратное верно: она тоже решила не иметь от меня секретов.

Оказывается, существуют такие места для испытывающих любовный голод, куда можно приезжать по пятницам четыре недели подряд всего за 25 фунтов в общей сложности. Я был шокирован, это первая моя реакция. А потом подумал: смотри-ка, ты недооценивал косматого коротышку Стю. У него к амурным делам такой же подход, как к бизнесу — прежде всего изучается рынок.

— Сколько раз ты там была до того, как познакомилась со Стюартом?

— Первый раз пришла.

— Выходит, он тебе достался за 6 фунтов 25 шилингов?

Она рассмеялась:

— Нет, за все 25. Внесенные деньги не возвращаются.

Какая милая шутка.

— Внесенные деньги не возвращаются, — повторил я за ней, и на меня напал смех, как приступ болотной лихорадки.

— Я тебе ничего этого не говорила. Я не должна была этого говорить.

— Ты и не говорила. Я уже забыл.

И я прекратил всякие смешки. Но держу пари, Стюарт свои деньги вытребовал обратно. Иногда он бывает таким крохобором. Как, например, в тот раз, когда я встретил их в Гатвике, и ему во что бы то ни стало надо было вернуть деньги за неиспользованный обратный билет на поезд. Так что он обошелся ей в 25 фунтов, а она ему — в 6,25. Сколько бы он теперь запросил? Какая будет наценка?

И кстати о презренном металле: миссис Дайер, которую я бы с удовольствием похитил, не будь мое сердце уже занято по другому адресу, вчера уведомила меня, что я занесен в списки местных налогоплательщиков. Ну, разве они не преследуют нас, эти сборщики налогов? Разве не норовят вытянуть все до последнего гроша, до последней драхмы? Может быть, все-таки существуют гуманитарные исключения? Уж конечно, Оливер — это особый случай, он должен значиться под отдельной рубрикой.

ДЖИЛИАН: Теперь он делает это каждый раз. Не приходится даже ждать, чтобы волосы растрепались, — берет с табурета гребень, отстегивает заколку, зачесывает волосы назад и снова закалывает. А я вся горю.

Я встала и поцеловала его. Открытым ртом прямо в рот. Поглаживая пальцами затылок и плечи, прижимаясь всем телом, чтобы он мог тронуть меня, где захочет. Так я стояла, целуя его, пальцами лаская его затылок, телом готовая к прикосновению его ладоней, даже расставив ноги. Целовала и ждала.

Я ждала.

Он ответил на поцелуй, рот в рот. А я все ждала.

Потом он отстранился. Я смотрела ему в глаза. Он взял меня за плечи, повернул от себя и подвел обратно к мольберту.

— Пойдем в постель, Оливер.

А он знаете что сделал? Надавил мне на плечи, чтобы я села на свой рабочий стул, и даже вложил мне в пальцы ватный тампон.

— Я не могу работать. Сейчас не могу.

Что характерно в Оливере, это что он наедине со мной совсем другой, чем при людях. Вы бы его не узнали. Тихий, больше слушает, говорит безо всяких выкрутасов. И вовсе не выглядит таким самоуверенным, каким, наверно, кажется другим. Знаю, что вы хотите услышать: «Оливер на самом деле очень ранимый». Знаю и поэтому не скажу.

Он сказал:

— Я тебя люблю. Я тебя обожаю. Я хочу быть с тобой всегда. Я хочу жениться на тебе. Хочу все время слушать твой голос.

Мы в это время сидели рядом на диване.

— Оливер, возьми меня. Так надо.

Он встал. Я думала, он поведет меня в спальню, но он стал ходить по мастерской, из угла в угол.

— Оливер, это будет правильно. Будет правильно, если...

— Я хочу тебя всю, — сказал он. — Я не хочу часть. Мне нужно все.

— Я — не товар.

— Я не в том смысле. Мне не нужна только любовная связь с тобой. Романы... любовные связи, они... ну, не знаю... все равно как снимать с кем-то на пару, таймшером, квартиру в Марбелье. — Тут он вдруг остановился, испуганно взглянул на меня, словно ужаснулся, что обидел меня таким сравнением. И сказал, как бы оправдываясь: — На самом деле Марбелья — это прекрасно. Ты даже не представляешь себе, до чего там хорошо. Я помню одну маленькую площадь, всю обсаженную апельсиновыми деревьями. Когда я там был, шел сбор апельсинов. Кажется, в феврале. Естественно, приезжать надо в межсезонье.

И знаете, чувствовалось, что он в панике. Вообще на самом деле Оливер, я думаю, гораздо менее самоуверен, чем Стюарт. В глубине души.

— Оливер, — говорю я ему, — мы же договорились, что я не квартира в Марбелье, снятая по тайм-шеру. Перестань, пожалуйста, ходить. Поди сюда и сядь.

Он подошел и послушно сел на диван.

— Знаешь, меня отец бил.

— Оливер...

— Правда, правда. Не в том смысле, что шлепал, когда я был маленький. Это-то, конечно, тоже. Но он любил бить меня бильярдным кием сзади по ногам. Любимое его наказание. Довольно болезненно, между прочим. Спрашивал меня: «По ляжкам или по икрам?» И я должен был выбирать. В смысле боли особой разницы нет.

— Бедный. — Я положила ладонь ему на затылок. Он заплакал.

— А когда умерла мать, стало совсем плохо. Он как бы взыскивал с меня за это. Может, я слишком на нее похож был. Но потом, однажды, мне было, я думаю, лет тринадцать-четырнадцать, я решил больше не поддаваться Старому Подлецу. Не помню, чем я провинился, на его взгляд, я постоянно что-то делаю, заслуживающие наказания. Он, как обычно, спросил: «По ляжкам или по икрам?» Но я ответил: «Сейчас ты сильнее меня. Но не всегда так будет, и если ты теперь еще хоть раз меня тронешь, клянусь, когда я стану сильнее, я изобью тебя так, что ты костей не соберешь».

— И как же?

— Я не надеялся, что это на него подействует. Я весь дрожал, я был меньше ростом и я думал: «Какое это дурацкое выражение: изобью так, что костей не соберешь. Он просто посмеется надо мной». Но он не посмеялся. Он перестал меня бить. Перестал раз и навсегда.

— Бедняжка Оливер.

— Я его ненавижу. Теперь он старый, но я все равно его ненавижу. Ненавижу за то, что он сейчас тут, с нами, в этой комнате.

— Его нету. Он уехал. Снял квартиру тайм-шером в Марбелье.

— Господи, почему у меня не получается? Почему я не могу ничего правильно сказать, тем более — сегодня? — Он снова встал с дивана. — Я все это говорю не так. — Он опустил голову и не смотрел на меня. — Я тебя люблю. Я буду любить тебя всегда. И никогда не перестану. А теперь мне лучше уйти.

Часа через три он мне позвонил.

Я ответила:

— Да?

— Я тебя люблю.

Я положила трубку. И почти в ту же минуту в замке заскрежетал ключ Стюарта. Я вся горела. Захлопнулась входная дверь. «Есть кто дома? — громко, нараспев крикнул Стюарт, как он всегда кричит, чтобы было слышно повсюду. — Есть тут кто-нибу-удь?»

Что мне делать?

ОЛИВЕР: Доводы против любовных связей, записанные тем, кто имел их в избыточном количестве:

1) Вульгарность. Любовные связи бывают у всех, то есть абсолютно у всех — у священнослужителей, у членов Королевской Семьи, даже монахи как-то умудряются завести интрижку. Интересно, почему они не натыкаются друг на друга, шныряя по своим коридорам из спальни в спальню? Бум-бум — кто тут?

2) Предсказуемость. Ухаживание, победа, охлаждение, разрыв. Одна и та же набившая оскомину сюжетная линия. Оскомину набила, но тем не менее манит. После каждого краха — поиски следующего. Не откроется ли новый, свежий мир?

3) Система тайм-шера. По-моему, я очень точно выразил эту мысль в разговоре с Джилиан. Как можно отдыхать в свое удовольствие, зная, что хозяева ждут, когда ты уедешь и они смогут вернуться в свою квартиру? В постели с возлюбленной наперегонки со временем — это не мой стиль. Хотя при некоторых условиях это тоже бывает чертовски заманчиво.

4) Ложь. Прямое следствие пункта 3. Любовные связи растлевают — это говорю я, тот, кто... и т.д. Неизбежное

следствие. Сначала лжешь одной партнерше, затем, и очень скоро, начинаешь лгать второй. Зарекаешься, что не будешь лгать, но все равно лжешь. Вычерпываешь маленький прудик чистых эмоций тяжелым бульдозером хитрых уловок. Вот муж в тренировочном костюме выбегает из дому на пробежку трусцой, а у него в кармане побрякивает мелочь на телефон. Бряк, звяк — «а вдруг захочется по пути выпить газировки, дорогая». Звяк, бряк, звенит ложь.

5) Предательство. Все радуются успеху мелкого предательства. Удовлетворенно потирают руки, когда Ловчила Роджер в 27-й серии снова выходит сухим из воды — тем более это делается элементарно. Стюарт — мой друг — да, друг, — а я отнимаю у него жену. Это уже Большое Предательство, но по-моему, Большие Предательства переживаются легче, чем мелкие. Любовная связь была бы мелким предательством, и я не думаю, чтобы Стюарт пережил его легче, чем Большое Предательство. Видите, о нем я тоже думаю.

6) Я еще не получил результатов анализа на СПИД.

Конечно, я не так изложил все это Джилиан. Не совсем так. Честно сказать, я на самом деле, кажется, наломал дров.

ДЖИЛИАН: На пути к метро на самом углу в конце Барроклаф-роуд есть лавка зеленщика. Я там купила сладкий картофель. Вернее, СЛАДКИЕ КАРТОФЕЛИ. Хозяин лавки от руки заполняет ценники на продуктах красивым письменным почерком. И все без исключения, что у него продается, ставит во множественном числе: КАПУСТЫ, МОРКОВИ, ПЕТРУШКИ, УКРОПЫ — там все такое можно купить — БРЮКВЫ и СЛАДКИЕ КАРТОФЕЛИ. Нам со Стюартом это казалось смешно и немного трогательно: человек все время упрямо делает каждый раз одну и ту же ошибку. А сегодня я проходила мимо зеленной лавки, и вдруг мне эти ценники перестали казаться смешными. ЦВЕТНЫЕ КАПУСТЫ. Как это пронзительно грустно. Не оттого, что человек не знает грамматики, не в этом дело. А оттого, что он не исправляет своей ошибки. То ли ему говорили, что так неправильно, а он не верил, то ли за все годы, что он там торгует, никто ему на ошибку не указал. Непонятно даже, что печальнее, а вам как кажется?

Я все время думаю об Оливере. Даже когда я со Стюартом. Мне иногда просто невыносимо, что Стюарт такой жизнерадостный. Неужели он не видит, о чем я думаю, о ком я думаю? Почему он не читает у меня в душе?

СТЮАРТ: Присядьте. Вам нравится Патси Клайн?

Тлеют в пепельнице две сигареты,
Мы сидим вдвоем, любовью согреты,
В маленьком уютном кафе.
Но приходит третий, чужой человек,
Чтобы нарушить наш тет-а-тет.
И теперь сигарет стало три.

Бедняжка Патси, она умерла. А у вас, между прочим, все еще та сигарета за ухом. Выкурили бы.

Они вдвоем от меня ушли
И настал конец нашей любви
Дотлевает в пепельнице моя сигарета
Я буду блуждать всю ночь до рассвета
Плакучая ива плачет по мне
Птицы ночные щебечут во сне
Мне так горько, так одиноко!

Дотлевает в пепельнице моя сигарета.

Добрый старый Стюарт, на него можно положиться. Со Стюартом всегда знаешь, на каком ты свете. Он мирится со всем. И знай себе бредет своей дорогой. Он в упор ничего не видит. С ним все ясно. Какой уж он есть, такой есть.

Не задавай вопросов — и не услышишь лжи. Но и только. С минуты на минуту должен подъехать Оливер. Он думает, что мы, как старые добрые друзья, сейчас поедем в кино. Но Джилиан уехала навестить мать, так что Оливеру придется довольствоваться моим обществом. Я задам ему несколько вопросов, и он несколько раз мне солжет.

Перед ее уходом я сидел тут в наушниках и слушал запись Патси Клайн. Джилиан зашла попрощаться, поэтому я нажал кнопку «пауза» и поднял один наушник. Я спросил:

— Как поживает Оливер?

— Оливер? По-моему, ничего.

— Ты случайно не завела с ним интрижку? — спросил я безразличным тоном: мол, я, и чтобы беспокоился?

— Ты что? Нет, разумеется.

— А-а, ну и прекрасно.

Я опустил наушник, закрыл глаза, чтобы не видеть лица Джил, и приблизил губы к губам Патси. Я почувствовал, как Джил чмокнула меня на прощание в лоб, и кивнул в ответ.

Теперь посмотрим, что скажет он в свое оправдание.

ОЛИВЕР: Вы не могли не заметить, что мой друг Стюарт — человек не слишком культурный. Если вы спросите у него имя возлюбленной Пруста, он задумается на доброе пятилетие, устремит на вас свирепый взор самурая, решив, что вопрос с подвохом, и наконец, слегка надув губы, раздраженно ответит: «Мадлен. Кто же этого не знает».

Словом, я не ожидал услышать ничего похожего на, скажем, «Die Gezeichneten» Шрекера*, когда он с горящим взором мучителя детей отпер мне дверь, кивком пригласил войти и вопросительно указал лапой на проигрыватель. То ли он только что открыл для себя «Увертюру 1812 год» и

* «Меченные» *(нем.)* — опера венского композитора Фр. Шрекера (1878—1934).

собрался подпевать пушечной канонаде и фейерверку. То ли мы сейчас услышим «Энигма-вариации»*, сопровождаемые чтением заготовленных ответов на самую несущественную загадку Музыки, а именно: кто там в которой вариации изображен? Да, и знаете, оказывается Дорабелла немного заикалась, отсюда в ее вариации такие запинки: хип-хип-хоп. Угощайтесь шоколадным мороженым, маэстро, а мне покажите, где тут можно сблевать, pronto**.

Он поставил мне эту песню. Она длилась, по-моему, три часа сорок семь минут, правда он утверждал, что меньше. Значит, вот что называется «музыка в стиле кантри», то есть деревенская? В таком случае я очень рад, что живу в городе. Она имеет только одно редкое достоинство, своего рода совершенство: она не поддается пародированию, но лишь по той простой причине, что сама же, по ходу исполнения, служит пародией на себя, точно газонокосилка, подбирающая все, что настригла. Тут нет места для старика с граблями и для юнца с издевкой. «Тру-ля-ля, папа, я снова одинока, тру-ля-ля...» Бесполезно и пытаться. Эти певцы все увешаны дешевыми стекляшками, а ведь стекляшки, как вы понимаете, — сами уже пародия на драгоценности, пародировать дешевые стекляшки невозможно. Ага, вот и хилый Уолтер, выжимающий хилую каденцию из своей хилой скрипочки. Ты еще им всем покажешь, старина Уолт, визг, сип, там-ти-там, папа, я снова одинока...

— Ну, как тебе кажется?

Как мне кажется? Почему он на меня так пристально, выжидательно смотрит? Надеюсь, он не ждет от меня музыкального анализа?

Пока я роюсь у себя в мозговых отвалах, ища хоть что-нибудь, что не захватит самого Стюарта в невод моего пре-

---

* Симфоническая сюита англ. композитора Бенджамена Бриттена (1913—1976).

** Здесь: немедленно *(итал.)*.

зрения, он встает и округлыми движениями наполняет наши стаканы.

— Так что же ты скажешь, Оливер?

В последнее мгновение Муза Такта все же поддержала меня, и я сказал:

— По-моему, «тет-а-тет» и «человек» — не очень удачная рифма.

Этим я его как будто бы немного утихомирил.

Мой грубый бас на время совершенно вытеснил из головы то, что я намеревался сделать сразу по прибытии. Я протянул ему конверт. Сколько уроков английского как иностранного пришлось мне дать, чтобы возместить одну четверть суммы, которой ссудил меня Стюарт!

Но тут он неожиданно принял воинственный вид и, точно Альфред из «Травиаты», швырнул мешок с деньгами мне обратно.

— Тебе понадобится, налог уплатить, — сказал он. Я молчал. Почему, интересно, на меня со всех сторон стали наседать насчет наполнения муниципальной казны? — Налог по твоему второму месту жительства, — он выговорил эти уродливые канцелярские слова с выражением, которое народные массы назвали бы презрительным, — через улицу в доме № 55.

Как я уже много раз говорил — эти слова стали у меня присказкой, — не следует недооценивать нашего шерстистого друга. Я должен признать, что, начиная с этого момента, вечер принял совсем не то направление, какого я имел все основания ожидать. Кинематограф мы не посетили. Джилиан отсутствовала, «отправилась в гости к матери». В качестве компенсации Стюарт выставил беспошлинную бутылку виски, и я не видел причины, почему бы мне не выказать себя настоящим мужчиной, раз уж мы остались с ним одни. Так что была уже беззвездная ночь, когда этот виртуоз сейфа и кассы с кротостью Тита Андроника спросил:

— У вас с Джил роман?

Теперь понимаете? Прямолинейно, как грузовик. И совсем не в его духе. Человек, который, пересекая Лондон из конца в конец, всегда выбирал кружной путь по окраинным переулкам, на этот раз пустился прямиком по Хеймаркет-стрит.

Честно сказать, я слегка опешил. Сколько раз в жизни приходилось мне уверять, что нет никакого романа, когда на самом деле был. Но отпираться, что романа нет, когда его нет, — на это требуется особое искусство, которым я не владею. Я дал клятву. Я огляделся вокруг, чем бы поклясться, но в наши дни предметов, священных для обеих сторон, почти не существует. В голову пришло только сердце Джил, ее жизнь, ее волосы, но это все не совсем подходило к данному случаю и не сулило смягчения грозного Стюартова гнева.

Мы довольно много выпили, и пока мы пили, вероятность того, что мы сможем перейти к философскому обмену впечатлениями от внешнего мира, то возникала, то исчезала; были даже минуты, когда Стюарт определенно скатывался на неандертальские позиции. А один раз он просто прервал мою — согласен, довольно кривую, — линию аргументации самым настоящим выкриком:

— Одолжи соверен! Отдай жену!

Это высказывание никак не проистекало из того, что я старался ему втолковать. Я поднял на него глаза.

— Одолжи соверен, отдай жену. Одолжи соверен, отдай жену.

Эта риторическая фигура называется, насколько я знаю, repetition.

— Что я сказал трижды, то правда*, — пробормотал я, никак не рассчитывая, что он выловит намек из мутной воды моих рассуждений.

* Цитата из поэмы Л. Кэрролла «Охота на Снарка».

Однако, прервав меня, Стюарт предоставил мне если не дверь, то по крайней мере лаз к тому, что я собирался сказать.

— Стюарт, — начал я, — уверяю тебя, что у нас с Джилиан нет никакого романа. Мы даже не ведем, как выражаются дипломаты, переговоров о переговорах. — Он буркнул что-то невнятное в том смысле, что понял мою дипломатическую метафору. — Но с другой стороны, — продолжал я, и его колючие брови сразу начали грозно съезжаться от сознания, что вопрос еще не исчерпан, — как один друг другому должен тебе сказать, что я ее люблю. Погоди, не начинай меня сразу упрекать, позволь сначала довести до твоего сведения, что я всем этим bouleversé* не меньше твоего. Будь это хоть сколько-нибудь в моей власти, я бы в нее не влюбился. То есть теперь. Я бы влюбился в нее еще когда мы только познакомились. (А действительно, почему я тогда не влюбился? Пережиток дружеской верности, или причина в том, что на ней были джинсы с кроссовками?)

Видно было, что на Стюарта мои слова произвели неблагоприятное впечатление, поэтому я поспешил перейти к сути дела, в чем, как я рассчитывал, ему поможет разобраться профессиональная подготовка.

— Мы живем в рыночную эпоху, Стюарт, — я сразу заметил, что он заинтересовался, — и было бы наивно или, как говорили раньше, романтично не отдавать себе отчета в том, что рыночный фактор действует даже в таких областях, где прежде он считался неприложим.

— Речь идет не о финансах, а о любви, — возразил он.

— Да, но просматриваются ясные параллели, Стюарт. И финансы, и любовь свободно перемещаются, невзирая на то, что приходится при этом оставлять. В любви тоже есть и выплаты отступного, и отчуждаемые активы, и обесцененные обязательства. Любовь поднимается и падает в цене,

---

* потрясен *(фр.)*.

как всякая валюта. И доверие — главный ключ к ее поддержанию.

Учти также элемент удачи. Ты сам мне когда-то рассказывал, что крупному предпринимателю нужны не только смелость и проницательность, но также и везение. Разве тебе не повезло, что ты первым познакомился тогда с Джил в «Черинг-Кросс отеле», а мне разве не повезло, что тебе повезло с ней познакомиться?

Деньги, насколько я понимаю, — вещь с моральной точки зрения нейтральная. Их можно употребить на благо, а можно во зло. Можно осуждать тех, кто ворочает деньгами, как можно осуждать и тех, кто владеет любовью. Но не сами эти вещи.

Он как будто бы уже не так внимательно ко мне прислушивался, и я решил, что пора подвести итог, чтобы он не отвлекся окончательно. Для ясности я разлил по нашим двум рюмкам остаток виски и сказал в заключение:

— Рыночный фактор, Стю, вот с чем тебе приходится считаться. Я намерен ее у тебя перекупить. Я выиграю тендер. Ты сможешь остаться на роли номинального директора, иначе говоря — друга, но боюсь, казенный автомобиль с шофером придется возвратить.

Само собой, я сознаю парадоксальность ситуации не хуже тебя. Ты, дитя рынка, стараешься выгородить для себя домашний участок жизни, отстаиваешь его неподвластность могучим силам, с которыми ты имеешь дело каждый Божий день, с 9 утра до 5 вечера. А я, классический, как бы это сказать?.. гуманитарий с артистическими наклонностями и романтической душой, со своей стороны, вынужден признать, что человеческие чувства не подчиняются правилам поведения, изложенным в изысканной книге придворного этикета, а мятутся, послушные порывам, настоящим ураганам, бушующим на рыночной площади.

Приблизительно в это время и произошел неприятный инцидент. Стюарт, помнится, протянул мне огонек — прикурить (Да, я знаю, но в минуты стресса никотиновый рецидив как-то напрашивается), почему-то мы оба встали и при этом со всей силой столкнулись головами, так что прямо искры из глаз. Хорошо еще, что у Стюарта были линзы, а то очки бы разлетелись вдребезги.

Миссис Дайер была чрезвычайно добра. Она смыла кровь с моей одежды и сказала, что хотя зрение у нее уже не такое, как было, однако, по ее мнению, тут нужно наложить швы. Но мне, честно сказать, не хотелось вести мою колымагу по переулкам в ночную пору, и я удалился в свое жилище среди ветвей.

Когда пьян, боль не чувствуешь. И когда проснешься в похмелье, ужаснее которого свет не видывал со времени попойки по случаю совершеннолетия Силена, — тоже. Распространяется ли этот закон на всех, я предоставляю выяснить любителям экспериментов.

СТЮАРТ: Я допускаю, что нехорошо было с моей стороны наносить ему удар головой. Возможно. Но я подчинился рыночным законам, разве не ясно?

Дело в том, что я часто отключаюсь и не слушаю Оливеровы рассуждения. Чтобы знать, что он говорит, мне довольно слышать половину. У меня за все годы выработался такой фильтрующий механизм, отделяющий то, что имеет для меня значение, от всяческой бодяги, которая служит упаковкой. Я могу сидеть с рюмкой в руке, даже напевать что-нибудь про себя и одновременно выковыривать косточки из его словес.

Конечно, у них роман. Уж вы-то хотя бы не смотрите на меня так. Муж всегда первый заподозрит и последний узнает, я сам это говорю, но что уж он знает, то знает. А сказать вам, откуда я знаю? Я понял по тому, что она ему рассказала про нас. Я, пожалуй, мог бы поверить — с трудом, но мог бы, — в эту басню, что, мол, он влюбился и повадился приходить каждый день, что снял комнату напротив, так как его страждущее сердце жаждет быть поблизости от нее, но что ничего такого между ними нет. Но одна его обмолвка, сам он ее даже не заметил, но я по ней сразу понял, убедился, что его направляет никакое не страждущее сердце, а совсем другая часть тела. Он проговорился, что мы с Джил познакомились в «Черинг-Кросс отеле». Мы тогда с ней условились, что никому, в особенности Оливеру, не расскажем, где мы встретились. Стеснялись признаться, если честно. Оба стеснялись. И выдумали целую историю. Такой уговор забыть нельзя. А она забыла. И выболтала все Оливеру. Это служит доказательством, что у нее с ним роман, — она предала меня. А доказательством предательства с его стороны служит тон, каким он вскользь, между делом, упомянул «Черинг-Кросс отель», как незначительный пустяк, про который всем известно. Если бы у них не было романа, то-то бы он поднял шум и смех по этому поводу, стал бы насмехаться и «острить», как ему кажется, а я вижу в этой его манере признак психической неуравновешенности.

Он не изменился, душка Оливер. Одолжи соверен, отдай жену. В сущности, он паразит, понимаете? Сноб, белоручка и паразит.

Что-то он такое плел, я не прислушивался, на тему о том, Что Связывает Вместе Пары и Что Связывает Вместе Общество. Одно из тех умных маленьких эссе, которые он так лихо писал, когда мы с ним учились в школе. Почему гулять на стороне — это ну просто Французская революция. Когда-то, когда я был маленький, такие вещи производили на меня впечатление. Потом, помню, он как-то перешел от этого к рассуждениям насчет рыночного фактора. Тут я немного прислушался, потому что когда Оливер выказывает себя полным дураком, это все же занимательнее, чем когда он выказывает себя дураком только наполовину. Так что я выслушал его аргументы и взвесил его доказательства, и в целом его мысль сводится вот к чему (поправьте меня, если я слишком упрощаю): в том, что я сплю с твоей женой, виноват Рынок. Вот, оказывается, в чем причина. Я-то думал, причина в том, что ты в нее влюблен, или что ненавидишь меня, или и то, и другое. Но если причина — Рынок, то я, малое колесико в рыночной машине, теперь, конечно, понимаю, почему ты так поступаешь. У меня сразу на душе полегчало.

Тут он сунул в рот очередную сигарету (девятую за вечер, я считал), и выяснилось, что у него кончились спички.

— Давай-ка, браток, перепихнемся по-голландски, — сказал он мне.

Выражение это мне было незнакомо и, возможно, оскорбительно, поэтому я не ответил. Оливер наклонился ко мне, вынул у меня из пальцев курящуюся сигарету, стряхнул пепел, раздул докрасна кончик и прикурил свою сигарету от моей. В том, как он все это проделал, было что-то отвратительное.

— Это и называется, браток, перепихнуться по-голландски, пояснил он с наглой, омерзительной ухмылкой.

И тут я решил, что с меня довольно. Еще и «браток» вдобавок. Я встал и спросил:

— Оливер, а ты целоваться по-эдинбургски никогда не пробовал?

Он, очевидно, решил, что мы обсуждаем новые выражения, и может быть, даже подумал, что я даю ему совет, как обращаться в постели с моей женой.

— Не пробовал, — ответил он, оживившись. — Я в столице скоттов не бывал.

— Я тебе покажу.

Я встал и показал рукой, чтобы он тоже поднялся. Он встал рядом, покачиваясь. Я взял его за грудки и заглянул ему в лицо, в страшное, потное лицо того, кто ... мою жену. Когда? Когда последний раз? Вчера? Третьего дня?

— А вот это поцелуй по-эдинбургски, — сказал я и с силой боднул его головой прямо в лицо. Он опрокинулся навзничь, сначала вроде как полусмеясь, будто я собирался ему что-то показать, но не вышло. Потом, убедившись, что это не ошибка, он удрал. Он вообще-то нельзя сказать, что такой уж бесстрашный кулачный боец, наш Оливер. Точнее сказать, он просто отчаянный трус. В кабак рискует зайти, только если там дамский вечер, если вы знаете, что это такое. Он объясняет, что у него отвращение к физическому насилию из-за того, что его в детстве папаша бил. Чем, интересно? Свернутой в трубочку газеткой?

Знаете что? Я не хочу больше говорить об Оливере. Вообще никогда. У меня никаких сил не осталось после вчерашнего. Да еще этот кретин измазал кровью ковер.

Хотите знать, как я себя чувствую? Могу объяснить. Мы в школе часто играли в солдат. У нас был Сводный Ученический полк. Вот, например, как чистят винтовку. Берешь лоскут два на четыре, скатываешь потуже и вставляешь в очко шомпола, конец шомпола запускаешь в ствол и тянешь тряпицу через дуло. Она идет туго, так как очень плотно прилегает к стенкам ствола, но идея в том, чтобы протянуть ее во всю длину насквозь, от затвора и до дула. Не такая простая операция. И я так же себя чувствую: словно через всего меня кто-то протягивает на проволоке лоскут, в зад втыкает, через нос вытаскивает, и так раз за разом. В зад втыкает, через нос вытаскивает.

А теперь не приставайте ко мне больше, ладно? Мне надо побыть одному. Спасибо.

Тлеют в пепельнице две сигареты,
Мы сидим вдвоем, любовью согреты...
Но приходит третий, чужой человек...

Вы-то, конечно, знаете, спят они или нет. Конечно, знаете. Так скажите мне. Ну пожалуйста, скажите, а?

12. Нет, избавьте меня от Вэл. Только не связывайтесь с Вэл

СТЮАРТ:

Дотлевает моя сигарета
Я буду блуждать всю ночь до рассвета
Плакучая ива плачет по мне
Птицы ночные щебечут во сне
Мне так горько так одиноко

Это Патси. Нельзя не узнать, верно ведь? Это из ее песни «Блуждаю ночью».

Я поставил эту запись Джилиан. И спросил ее мнения.

— Не знаю, у меня нет мнения, — ответила она.

— Хорошо, — сказал я. — Тогда я поставлю еще раз.

Проиграл ей еще раз. На случай если вы не знаете этой песни — на мой личный вкус, это один из ее шедевров, — в ней говорится про женщину, которую оставил любимый, и она «блуждает ночью» в надежде, что вдруг он ей где-нибудь встретится и, может быть, она уговорит его вернуться.

Когда песня кончилась, я посмотрел на Джилиан: она стояла с таким... отвлеченным, что ли, выражением на лице, как будто оставила что-то жариться на плите, но не важно, пусть подгорит, не все ли равно. Она опять не сказала ничего, и меня это, само собой, немного задело. Ей-богу, я, например, нашел бы, что сказать про одну из ее самых любимых песен.

— Я еще раз поставлю

Плакучая ива плачет по мне
Птицы ночные щебечут во сне
Мне так горько так одиноко

— Ну, что ты все-таки про эту песню думаешь?

— Думаю, — ответила она, — что автор упивается тошнотворной жалостью к себе, несчастненькому.

— А по-твоему как? — заорал я. — По-твоему как?

Не то чтобы вдрызг пьян.

Просто пьян.

МАДАМ УАЙЕТТ: Я хочу заметить вот что. Говорят, то или это, мол, подтверждается статистикой. Ну, верно, подтверждается. Но на мой взгляд, опасно всякое время. Я повидала много разных браков, долгих, коротких, английских, французских. Опасный срок — семь лет, кто спорит. Но и семь месяцев — тоже опасный срок.

Одну вещь я не могла рассказать своей дочери. Через год после того, как я вышла за Гордона, у меня был роман. К тому, как мы с ним жили, это не имело никакого отношения, мы любили друг друга. Но все-таки у меня произошел мимолетный романчик. Я слышу, вы говорите: «Ах, как это по-французски». О-ла-ла! Не так уж и по-французски. Одна моя приятельница, англичанка, завела роман через полтора месяца после свадьбы. И тут нечему особенно удивляться. Можно быть счастливой и в то же время чувствовать, что ты в ловушке. Можно чувствовать себя под защитой и одновременно паниковать, это старо как мир. В определенном смысле самое опасное время — это начало замужней жизни, потому что — как это сказать? — сердце размягчается. L'appétit vient en mangeant.* Когда человек влюблен, ему легче влюбиться. Ах, я, конечно, не собираюсь состязаться с Шамфором, вы же понимаете, это просто мое наблюдение. Некоторые думают, что тут все дело в сексе, кто-то плохо выполняет свой супружеский долг, но я считаю, причина не в этом. Дело в сердце. Сердце размягчено, а это опасно.

Вы понимаете, почему я не могу сказать этого дочери? Ах, Джилиан, я тебя вполне понимаю. У меня у самой был роман на стороне, когда я только год была замужем за

---

* Аппетит приходит во время еды *(фр.)*.

твоим отцом. Это нормальная вещь. Я не могу обрекать ее на рабство. Я этого эпизода не стыжусь и не вижу нужды держать его в секрете, но если я расскажу, ей это принесет вред. Она должна найти собственную дорогу, нельзя, чтобы она вообразила, будто не может иначе, потому что это у нее наследственное от матери. Я ни за что не хочу отдавать ее в рабство этому знанию.

И поэтому я только говорю ей:

— Опасно всякое время.

Разумеется, я сразу поняла, что это Оливер.

ДЖИЛИАН: Он сказал: Пожалуйста, не уходи еще пока от меня. А то подумают, что я импотент.

Он сказал: Я люблю тебя. Я всегда буду тебя любить.

Он сказал: Если застану Оливера в этом доме, сверну ему башку, к чертовой матери.

Он сказал: Пусти меня к себе.

Он сказал: В наши дни убить кого-нибудь стоит гроши. Эту сферу инфляция не затронула. Законы рынка.

Он сказал: Я по-настоящему живой только с тех пор, как встретил тебя. Теперь придется опять стать неживым.

Он сказал: Я сегодня пригласил одну девушку поужинать. Может быть, потом пересплю с ней, я еще не решил.

Он сказал: Но почему, почему Оливер?

Он сказал: Можно я останусь твоим другом?

Он сказал: Не хочу больше никогда тебя видеть.

Он сказал: Если бы у Оливера была нормальная работа, ничего бы этого не случилось.

Он сказал: Пожалуйста, не уходи от меня. А то подумают, что я импотент.

МАДАМ УАЙЕТТ: И еще одну вещь сказала мне моя дочь, отчего у меня защемило сердце. Она сказала: maman, я думала, есть какие-то правила.

Она подразумевала не правила поведения, а что-то гораздо большее. Люди часто думают, что вот, вступят в брак, и конец всем проблемам. Моя дочь, конечно, не настолько наивна, но она, мне кажется, верила, что хотя бы на какое-то время будет под защитой чего-то, что мы можем назвать незыблемыми правилами брака.

Мне сейчас уже шестой десяток, но если вы спросите меня, какие они, эти незыблемые правила, я, пожалуй, назову только одно: муж никогда не уходит от жены к женщине старше нее. А помимо этого, все, что возможно, — нормально.

СТЮАРТ: Вчера вечером я зашел в дом № 55 на той стороне улицы. Дверь отперла миссис Дайер, маленькая старушенция, что в нем живет.

— Ах, вы тот молодой человек из муниципалитета, — узнала она меня.

— Совершенно верно, мадам, — говорю. — Простите, что беспокою вас в такой поздний час, но обязанность местных властей — безотлагательно поставить в известность всех домовладельцев — и домовладелиц, — если у их жильцов положительный анализ на СПИД.

— Вы пили спиртное, — сказала она.

— Да, знаете ли, работа очень нервная.

— Тем более не следовало пить. Особенно если приходится управлять механизмами.

— Я не управляю механизмами, — возразил я, чувствуя, что мы отвлеклись от темы.

— Тогда ступайте да ложитесь пораньше спать.

И она захлопнула у меня перед носом дверь. Разумеется, она права. Мало ли, может, мне еще понадобится управлять механизмом. Например, проехаться на моем авто несколько раз туда и обратно через тело Оливера. Бамп, бамп, бамп. Для такого дела надо быть трезвым.

Поймите меня правильно. Я вовсе не просиживаю дни, накачиваясь алкоголем и слушая песни Патси Клайн. То есть, конечно, и это тоже. Но я не намерен тратить больше минимального процента своей жизни на то, чтобы упиваться... как это Джил сказала?.. тошнотворной жалостью к себе, несчастненькому. И еще я не намерен отступаться, слышите? Я люблю Джил и не собираюсь поднимать лапки кверху. Я постараюсь сделать все возможное, чтобы она от меня не ушла. А если все же уйдет, постараюсь добиться, чтобы вернулась. А если не вернется, тогда... еще что-нибудь придумаю. Я не намерен безропотно смириться.

Я, конечно, не всерьез это говорил, насчет того, чтобы переехать на автомобиле жильца миссис Дайер. Просто так говорится. У меня нет практики в таких делах, откуда ей взяться загодя? Живешь, живешь, и вдруг они на тебя обрушиваются как снег на голову, и разбирайся, как хочешь. Вот и ляпнешь, чего даже не думаешь, и какие-то чужие выражения выскакивают изо рта. Как, например, когда я сказал Джил, что пригласил на ужин девушку и, может быть, пересплю с ней потом, если будет настроение. Глупость, конечно, хотел обидеть Джил. Это правда, человек, с которым я ужинал, — женщина. Но не кто-то, а Вэл, очень старая знакомая, еще с незапамятных времен. А мне нужна только Джил. И больше никто.

ОЛИВЕР: Я отпер дверь своим ключом, и войдя, разразился трубным кашлем, которым завел обыкновение оповещать миссис Дайер, что оставляю отпечатки ног на ее паркете. Она вышла из кухни, повернула ко мне голову-гелиотроп и, прищурившись, заглянула мне в лицо.

— Мне очень жаль, что у вас, оказывается, СПИД, — сказала она.

Мой ум в это мгновение не обладал мощью советского монумента сталинско-брежневского периода. Я вообразил, что миссис Дайер по ошибке вскрыла коричневый конверт из поликлиники. Правда, я сказал им, что сам зайду. И потом, я же не давал здешнего адреса.

— Кто вам это сказал?

— Господин из районного муниципалитета. Который приходил раньше насчет подоходного налога. Он живет через улицу от нас, я его видела. У него милая жена. — Миссис Дайер показала рукой, и все сразу встало на место.

— Это была шутка, миссис Дайер, — сказал я. — В своем роде.

— Должно быть, он думал, я не знаю, что такое СПИД. — Я сделал вид, будто и сам поражен ее осведомленностью. — Я читала санитарно-просветительные листки. И я его заверила, что вы человек чистоплотный и что мы пользуемся разными туалетами.

Внезапно мое сердце затопили волны нежности — вот попробуйте, наступите осторожно мне в сердце ногой: провалитесь по самый пуп.

— Миссис Дайер, — произнес я, — надеюсь, вы не сочтете это дерзостью с моей стороны, но не согласились ли бы вы стать моей женой?

Она тихо рассмеялась.

— Любой женщине довольно одного раза, — сказала она. — И к тому же, молодой человек, у вас ведь СПИД.

Она еще раз хихикнула и удалилась к себе на кухню.

Я сижу у окна, скрытый араукарией, и представляю себе, как Стюарт за завтраком трясет над тарелкой коробку «Мюсли»: шш-чух-чух-чух, шш-чух-чух-чух. И вдруг мне подумалось — мысли, они как мухи, как блохи, — мне подумалось про Стюарта в постели с Джилиан. Наверняка он вот так же: шш-чух-чух-чух, шш-чух-чух-чух. Очень больно.

СТЮАРТ: Я когда говорю что-то, не всегда думаю то, что говорю. Но что я говорил насчет отсутствия у Оливера настоящей работы, то это так и есть. Самое действенное средство против сексуальной распущенности, против похищения чужих жен — полный рабочий день, чтобы каждый половозрелый мужчина был занят на работе ежедневно с 9 до 5.30, и в субботу тоже, лучше перейти обратно на шестидневную рабочую неделю. Профсоюзы будут, конечно, против, и понадобятся особые исключения, например, для пилотов на авиалиниях и т.п. Как раз пилоты и их команды знамениты своей безнравственностью. Кто еще славится безнравственностью и охоч до чужих жен? Университетские преподаватели, актеры с актрисами, врачи и медсестры... Вот видите? Никто из них не занят на работе полный рабочий день.

И потом, Оливер, как известно, много врет. Это помогает. Я считал, что за все годы научился делать поправку на его «преувеличения». Но может быть, он все-таки и меня дурачил. Например, эта история, что отец его избивал. Возможно, что это вранье, не поручусь. Он любит распространяться о том, как папаша начал его бить с шести лет, после смерти матери, как он лупил его бильярдным кием по ногам, потому что Оливер очень похож на мать, так что на самом деле это старик сводил счеты с женой за то, что та умерла и оставила его. (Неужели у людей так бывает? Оливер утверждал, что да.) И будто бы так продолжалось из года в год, пока однажды, когда ему уже было пятнадцать (иногда он говорил — шестнадцать, иногда — тринадцать), Оливер обернулся и врезал ему. С тех пор это больше не повторялось, и теперь его старик живет в доме для престарелых, а Оливер довольно часто его там навещает, все надеется найти у того на закате дней хоть искру тепла, но всякий раз возвращается грустный и разочарованный. У слушателей — а особенно слушательниц — этот рассказ всегда вызывает глубокое сочувствие.

Само собой, версию папаши никто не слышал. Я видел его парочку раз, когда заходил к Оливеру, лично меня он бить не пробовал. Наслушавшись Оливера, я ожидал увидеть у него в пасти клыки вампира и наручники на поясе; но он оказался с виду вполне симпатичным стариканом с трубкой в зубах. Оливер его ненавидит, это факт, но мало ли по каким причинам — может, он ест горох с ножа или не знает, что оперу «Кармен» сочинил Бизе. Оливер ведь сноб, вы, наверно, заметили.

Кроме того, вынужден вам сообщить, он еще и трус. Или, во всяком случае, скажем так: крупнейшее событие его детства — это когда он врезал Старому Подлецу — так он его называет — по десятое число, и тот убрался, поджав хвост. Но вот я пониже ростом, чем Оливер, но когда я ткнул его головой в лицо, как он себя повел? Убежал, вереща и всхлипывая. Это что, поведение знаменитого укротителя обидчиков? Да, и насчет бильярдного кия. Оливер как-то сказал мне, что у него с отцом нет ничего общего, кроме ненависти ко всяким играм и игрищам.

ДЖИЛИАН: Оливеру наложили на рану пять швов. Он сказал в больнице, что споткнулся, упал и раскроил щеку, ударившись об угол стола.

Он говорит, что надо было видеть, какое у Стюарта было свирепое выражение лица. Он думал, что Стюарт хочет его убить. Он посоветовал мне виски в бутылке разбавить водой. И умолял меня немедленно уйти оттуда.

СТЮАРТ:

> Плакучая ива плачет по мне
> Птицы ночные щебечут во сне
> Мне так горько так одиноко

ДЖИЛИАН: Знаете, за все время, что мы со Стюартом были вместе, он меня ни разу не спросил, как я в тот вечер оказалась в «Черинг-Кросс отеле». То есть он спросил, как, и я объяснила, что увидела объявление в газете, но почему, он не спрашивал. Он всегда с большой осторожностью что-то про меня узнавал. Частично, я думаю, ему было просто не важно все, что было раньше: я — вот она, а все остальное неинтересно. Но не только в этом дело. Стюарт составил обо мне определенное представление, на нем остановился и знать не хотел ничего иного.

А как я оказалась там, объяснить нетрудно. Был женатый мужчина, он не хотел бросить жену, а я не могла с ним расстаться. Да, да, старая история, которая тянется совершенно бессмысленно. Ну и я предприняла шаги, чтобы она перестала тянуться. Человек должен сам заботиться о своем счастье, бесполезно ждать, чтобы его доставили тебе на дом и сунули в почтовый ящик. В таких делах нужна практичность. Некоторые сидят дома и думают: вот настанет день, и ко мне явится мой принц. Но для этого нужно вывесить объявление: «Приглашаются Принцы».

Оливер совершенно не такой. Начать с того, что ему хочется знать обо мне все. Я боюсь, не подвожу ли я его тем, что у меня такое не-экзотическое прошлое. Я никогда не ныряла за жемчугом у берегов Таити. Не продала свою девственность за соболье манто. Просто была сама собой. С другой стороны, мой образ в представлении Оливера не определился и не устоялся раз и навсегда, не то что для Стюарта. И это... приятно. Нет, не просто приятно, а приятно возбуждает.

— Знаешь, держу пари, в глазах Стюарта ты прежде всего специалистка делать покупки. — Это он сказал мне еще несколько недель назад.

Я не люблю, когда Стюарта критикуют. Я вообще этого не допускаю.

— Я и есть специалистка делать покупки, — ответила я (хотя сама себя я вижу иначе). По крайней мере я ориентируюсь в магазине гораздо лучше Оливера, который возьмет в руки стручок зеленого перца и стоит размышляет целый час.

— Прости, — поспешил оправдаться Оливер. — Я только хотел сказать, что для меня в тебе заключены неисчислимые возможности. Я не огораживаю какой-то отдельный участок и не объявляю его твоей признанной и одобренной личностью.

— Очень мило с твоей стороны, Оливер. — Я его поддразнивала, но он как будто бы не замечал.

— Все дело в том, что Стюарт — чтобы не сказать худого слова — Стюарт никогда тебя по-настоящему не видел.

— А ты, ты меня видишь?

— Стереоскопические очки — и смотрю на тебя одну.

Я улыбнулась и поцеловала его. А позднее задумалась: если два таких разных человека, как Стюарт и Оливер, смогли оба полюбить меня, что же это я за личность такая? И что это за личность такая, которая сначала полюбила Стюарта, а потом Оливера? Одна и та же или две разные?

ХАРРИНГЕЙСКАЯ КЛИНИКА

Отделение экстренных и несчастных случаев

Фамилия	РАССЕЛ
Имя / имена	ОЛИВЕР ДЕЙВЕНПОРТ ДЕ КУИНСИ
Адрес	55, Ст. Данстанс-роуд, № 16
Профессия	Киносценарист
Место получения травмы	Дома
Время обращения	11.50
Участковый врач	Др. Кальяри (Сицилия).

ДАННЫЕ ОСМОТРА И ОКАЗАННАЯ ПОМОЩЬ

Со слов больного, у него открылась старая дуэльная рана, налетел на ствол араукарии.

Наличие паров алкоголя + +

Потери сознания не было

Последняя прививка от столбняка — более 10 лет назад

Местно — рваная рана на правой щеке, 3 см.

Рнтг — костного перелома не обнаружено

Наложены швы (10×15, нейлон)

Введен столбнячный анатоксин

Обработка произведена здесь 5/7

Дж. Дэвис

16.00

ОЛИВЕР: Я и не думал, что у меня может быть СПИД, на что с укоризной намекнула мне милая миссис Дайер. Но это доказывает, насколько серьезны мои намерения, не правда ли? Tabula rasa, начинаем с нуля.

И дважды платить подушный налог мне не придется, потому что я на самом деле в доме номер 55 не проживаю, во всяком случае, скоро меня здесь уже не будет.

У меня фантастическая идея пригласить миссис Дайер быть подружкой на свадьбе. Или, может быть, почетной гостьей.

Некоторые мысли появляются и начинают преследовать. Надо же мне было придумать про это «шш-чух-чух-чух». Понимаете, у меня была такая секретная шутка. В одной книге, которую я прочел в пост-пре-пубертатном периоде, мне встретилась фраза: «Он владел ее узкими чреслами»*. Признаюсь почти не краснея, что несколько лет эта фраза висела перед моим мысленным взором, точно елочная игрушка, многозначительная, золоченая. Так вот чем они занимаются, скоты, думал я. Скоро и до меня очередь дойдет. Потом на долгие годы реальность затмила фразеологию, пока эта фраза не вернулась ко мне с появлением Джил. Часами я сидел у себя в ветвях араукарии и шептал (не совсем всерьез, как вы, надеюсь, понимаете): «Я буду владеть ее узкими чреслами». Но теперь так думать уже невозможно. Заело в мозгу, запутался один нервный узел. И всякий раз вслед за этими словами я слышу Стюарта: «Шш-чух-чух-чух. Шш-чух-чух-чух». Будто толстопузый тендер, прицепленный к обтекаемому паровозу.

Господи, хоть бы они больше этого не делали. И вообще даже не спали больше в одной постели. Спросить нельзя. А вы как думаете?

После медового месяца наступает месяц полынный. Кто бы мог подумать, что Стюарт сделается буйным во хмелю?

---

* Цитата из «Возвращения в Брайдсхед» И. Во.

СТЮАРТ:

Плакучая ива плачет по мне
Птицы ночные щебечут во сне...

Не то чтобы вдрызг пьян.
Просто пьян.

ДЖИЛИАН: Я знаю, что должна ответить еще на один вопрос. Ваше право его задать, и я не удивлюсь, если в вашем голосе прозвучит скептическая, даже, может быть, ехидная нотка.

«Послушай, Джил, ты рассказала, как полюбила Стюарта, — растрогалась, когда увидела, что он составил план подготовки ужина. А как ты полюбила Оливера? Увидела его в тот момент, когда он заполнял купон футбольного тотализатора? Или решал кроссворд в «Таймсе»?»

Справедливо. У меня бы тоже на вашем месте сложилось некоторое предубеждение. Но вот что я вам скажу. Я не виновата, что так получилось. Я не решила вдруг, что Оливер — «более подходящая партия», чем Стюарт, и ничего не делала нарочно. Так вышло само. Я стала женой Стюарта, а потом полюбила Оливера. И меня это вовсе не радует. Кое-что в этой истории я даже осуждаю. Что же делать, так случилось.

Было одно мгновение, которое люди, мне сейчас неизвестные, потом попросят меня вспомнить. Мы сидели в ресторане. Он считается французским, но в нем нет ничего французского. Половина официантов, по-моему, испанцы, остальные греки, но вид все имеют достаточно средиземноморский, а шеф-повар во всякое блюдо кладет оливки и анчоусы, и называется это заведение «Le Petit Provencal»*. Всего этого довольно, чтобы обмануть большинство посетителей — или если не обмануть, то по крайней мере удовлетворить.

---

* «Маленький провансалец» (*фр.*).

Мы там сидели двое, потому что Стюарт уехал по делам, и Оливер непременно хотел повести меня поужинать. Сначала я вообще отказывалась, потом сказала, ладно, но, чур, плачу я, потом предложила, чтобы каждый платил за себя, и тут ввязалась в спор мужская гордость, ведь им особенно трудно согласиться на оплату пополам, когда у них туго с деньгами. Так, отчасти против воли, отчасти уступая, я очутилась в этом ресторане, который мне самой не нравился, но я его выбрала, потому что он дешевый, и я надеялась, что ему по карману. Но Оливер ни на что не обращал внимания. Сидел себе, благодушествовал как ни в чем не бывало, словно никаких споров об этом между нами никогда не было. А я была настороже, как бы он не начал дурно говорить о Стюарте; но ничего подобного. Он сказал, что школьные времена уже помнит плохо, но все, что тогда было хорошего, связано в его памяти со Стюартом. Была какая-то банда, которую они победили, только они вдвоем, без чьей-либо помощи. Был мальчишка, получивший у них прозвище «Пятка» за то, что у него были большие руки. Как-то они на пару ездили автостопом в Шотландию. Оливер говорит, у них на то, чтобы добраться до места, ушло несколько недель, потому что он тогда был жуткий сноб, и если машина ему не нравилась, обивка не та или колпаки на колесах, он ни за что не желал садиться. А когда добрались, там без передышки лил дождь, и они сидели под крышей на автобусной остановке и питались овсяным печеньем. Оливер, по его словам, тогда уже начал разбираться в еде, и Стюарт устраивал ему проверки: давал поесть с закрытыми глазами то кусочки размокшего овсяного печенья, то обрывки раскисшей картонной упаковки. Стюарт всегда утверждал, что отличить одно от другого Оливер не мог.

Вечер прошел на удивление непринужденно, Оливер ел и похваливал, хотя мы оба понимали, что пища не ахти.

После первого блюда он остановил проходящего мимо официанта и сказал:

— Le vin est fini.*

Это он не пижонил, а просто думал, что в ресторане «Le Petit Provencal» обслуга французская.

— Простите?

— Ага. — Олли повернулся на стуле и постучал пальцем по винной бутылке, словно на уроке в этой ужасной школе имени Шекспира. И раздельно, внятно повторил: — Le vin... est... fini, — давая понять повышающейся интонацией, что разговор еще не окончен. А затем «перевел» с иностранным акцентом: — Винцо... из... Финляндии.

— Желаете еще бутылку?

— Si, Signor.**

Боюсь, что я взвыла от смеха, и это было жестоко по отношению к официанту, который с раздраженным видом удалился и принес еще одну бутылку. Пока он наполнял мой бокал, Олли пробормотал вполголоса:

— Недурное «шато Сибелиус», вот увидите.

От этого я снова прыснула и хохотала, пока не раскашлялась от смеха, пока не дохохоталась до колик в животе. Олли умеет выжать из шутки все, сколько в ней есть смешного. Не хочу проводить сравнения, но вот Стюарт не мастер шутить, он если отпустит шутку, то больше уже к ней не возвращается, словно застрелил зайца или кого-то там, и делу конец. А Олли продолжает резвиться, развивает смешную находку еще и еще, и если вы не в настроении, это может надоесть, но я, похоже, в тот вечер была в настроении.

— А в кофе, мадам? Несколько капель «Калевалы»? «Суоми» со льдом? Знаю: стаканчик «Карелии»! — Я от смеха совсем обессилела, а бедный официант ничего не понимал. — Да, я думаю, пятьдесят грамм «Суоми» для дамы. Какой он у вас марки? «Хельсинки» пять звездочек есть?

---

* Вино кончилось (или: испортилось) *(фр.)*.

** Да, синьор *(ит.)*.

Я замахала руками, чтобы он перестал, но официант истолковал это по-своему:

— Даме ничего. Что для вас, сэр?

— О! — Олли изобразил, будто опомнился и спустился с высот на землю. — Да, да. — Он принял серьезный вид. — Мне маленький «Фьорд», пожалуйста.

И мы снова покатились со смеху. Когда я наконец отсмеялась, у меня болели бока. Напротив меня глаза Олли влажно блестели, и я тогда подумала: «Боже мой, это уже опасно, даже более чем опасно». А тут и Олли утих, словно ощутил то же.

По-вашему, это все не настолько смешно, как мне показалось? Ну что ж. Я рассказала вам, просто потому что вы просили. И мы оставили щедрые чаевые — на случай если официант принял наш смех на свой счет.

СТЮАРТ:

В ночной тишине
Плакучая ива плачет по мне
Птицы ночные щебечут во сне...

ДЖИЛИАН: Когда я только познакомилась с Оливером, я спросила у него, не красится ли он. Неловко получилось, то есть неловко потом вспоминать, что это были почти первые мои слова, сказанные тому, кого теперь люблю. Но, между прочим, они не очень далеки от истины. Иногда Оливер действительно как бы носит грим на людях. Он любит поразить, ошарашить. Но только не меня. Со мной он может вести себя тихо, естественно, он знает, что ему не надо кого-то из себя строить и притворяться, чтобы произвести впечатление. Вернее, наоборот: наигрыш не произведет впечатления.

Мы шутим между собой, что я единственный человек, который видит его без грима. Но в этом есть своя правда.

Оливер говорит, что это совсем неудивительно. Что тут дело во мне. Я занимаюсь тем, что счищаю копоть и грязь с картин, вот и с него счищаю тоже. «Послюнявь и потри, — говорит он. — Нет нужды применять крепкие растворители. Ты только послюнявь и потри и скоро доберешься до подлинного Оливера».

А какой он подлинный? Мягкий, искренний, не особенно уверенный в себе, с ленцой и очень сексуальный. Вам не кажется? Погодите, дайте срок.

Я сейчас говорю, как моя maman.

...(ЖЕНСКОГО ПОЛА, ВОЗРАСТ — МЕЖДУ 25 и 35): Если хотите знать, все объясняется просто. Ну, может, и не так просто, но я уже с этим сталкивалась. Все дело в том...

Что-что? Как вы сказали? Хотите видеть мои верительные грамоты? Это ВЫ хотите видеть МОИ верительные грамоты? Ну, знаете ли, это вы должны представить документы. Чем вы заслужили мое доверие? И вообще по какому праву? То, что вы уже так много разузнали, еще не основание, чтобы лезть напролом дальше.

Тогда вы мне скорее поверите? Да не верьте, пожалуйста, мне-то какое дело. Я вам предлагаю свое мнение, а вовсе не автобиографию, если вас это не устраивает, топайте своей дорогой, я вас знать не знаю. По крайней мере я не топчусь на этом углу, и нечего с меня спрашивать документы. Да понимаю я вас, можете не сомневаться. Заслуживаю ли я доверия, зависит от моей профессии. И от общественного положения. Нет уж, простите. Вернее, катитесь к черту. А если уж вам так необходимы мои личные данные, то пожалуйста. Может, я вовсе и не женщина, а только с виду. Училась в университетах Касабланки и Копакабаны. Аспирантуру проходила в Булонском лесу.

Ну хорошо. Виновата. Вы задели больной нерв. И к тому же я в дурном настроении. (Нет, это тоже не вашего ума дело.) Да господи, сейчас выскажу вам, что я думаю, и смотаюсь. А вы уж тут сами соображайте. Я не «самый популярный персонаж месяца», вы меня тут больше не увидите.

И разумеется, я не транссексуал. Можете спросить у Оливера, он видел доказательства. Прошу прощения, не полагается смеяться собственным шуткам. Но у вас такое неодобрительное выражение лица. Так вот. Я этих обоих парней знаю тысячу лет. Помню Оливера, когда его понятие об опере сводилось к записям Дасти Спрингфилд на автомагнитоле. А Стюарта помню в очках с резиновыми заушниками. Помню, как Оливер носил фуфайки на шнуровке и детские ботинки, а Стюарт втирал в волосы сухой шампунь. Я спала со Стюартом (извините: не для прессы), а с Олли не захотела. Вот вам мои верительные грамоты. Да еще последние недели и месяцы Стюарт прожужжал мне все уши рассказами про эту их историю. Мы часто ездили полунеофициально вместе обедать или ужинать. Честно сказать, я сначала было подумала, что у него другое на уме. Да, опять опростоволосилась, дурочка. История всей моей жизни. Я вообразила, что он хочет повидаться со мной. Дура, конечно. Ему нужно было большое ухо, чтобы изливать свои переживания. Я сижу перед ним, а он хоть бы раз спросил, что я делаю, как жила все эти годы, только уже прощаясь, извинился, что все время говорил о себе. Потом мы встречались еще, и опять было то же самое. Одержимый какой-то, это еще мягко говоря, да мне от него ничего и не надо на данном этапе моей жизни. Абсолютно ничего. Лишний повод скорее со всем этим развязаться.

Я считаю, что Оливер неравнодушен к Стюарту, по-голубому неравнодушен. Всегда это чувствовала. Не знаю, до какой степени он вообще голубой, но к Стюарту он неравнодушен по-голубому. Поэтому он всегда старается его принизить, насмехается над тем, какой он неинтересный и немодный. Он унижает Стюарта, чтобы не признать то, что всегда было между ними, что могло бы между ними быть, если бы не эта игра — мол, Стюарт такой неинтересный и немодный, разве он подходит блестящему Оливеру?

Ну хорошо. До этого вы уже и сами додумались. Ничего удивительного. Но я-то хочу сказать больше. Оливер потому добивается близости с Джилиан, что для него это почти что близость со Стюартом. Единственно возможная. Ясно? Вы меня поняли? Премудрые психиатрессы с Харли-стрит объяснили бы все это с употреблением профессиональной терминологии. Но я, увы, не из их числа. Я просто считаю, что для Оливера спать с Джилиан значит на самом деле спать со Стюартом.

Подумайте об этом. А я ухожу. Вы меня больше не увидите. Разве что книга будет иметь шумный успех.

СТЮАРТ: О нет. Только не Вэл. Избавьте меня от Вэл. Только не связывайтесь с Вэл. Она тут совершенно ни при чем. С ней одни Неприятности. Неприятности с большой буквы.

Она из тех, кто не назовет вам своего имени (почему эти люди так стараются скрывать свои имена?). Я знаю ее очень давно, о чем она, разумеется, вас уже уведомила. Вы обратили внимание: когда говорят про человека, что знают его много лет, это почти всегда значит, что сейчас скажут о нем какую-нибудь гадость. Ну конечно, вы же его знаете не так хорошо, как я, а вот я помню...

Вэл непременно вам скажет, что знает меня уже миллион лет, с тех еще пор, когда я втирал в волосы сухой шампунь. Давайте внесем в этот вопрос ясность, а вы потерпите немного, ладно? Когда-то давным-давно один человек както рассказал мне, что будто бы есть такой порошок, который, если посыпать им сухие волосы, втереть, а потом вычесать, придает волосам свежевымытый вид. Ну вот. Я купил этот порошок — должен заметить в порядке самозащиты, что я тогда как раз где-то вычитал, что слишком часто мыть голову вредно, — и однажды вечером, единственный раз, применил согласно инструкции, а потом зашел выпить в паб, сижу, и вдруг у меня за спиной раздается визг: «Ой, Стю, у тебя вся голова в перхоти!» Конечно, это была Вэл, она уж постаралась, как всегда, не смутить приятеля. У меня перхоти отродясь не было, поэтому я пощупал волосы и говорю: «Это сухой шампунь, а не перхоть», и Вэл тут же на весь кабак объявила: это, мол, не перхоть, а сухой шампунь, и стала объяснять, что это за штука такая, и так далее, и тому подобное. Неудивительно, что после того случая я, вернувшись домой, выбросил всю упаковку с порошком вон и никогда больше сухой шампунь не употреблял.

У нее привычка предъявлять права на прежних знакомых, у этой девицы, вернее сказать, женщины, ей тридцать один год, о чем она вам, конечно, не сказала. После блестящей карьеры в сфере продажи грошовых горящих турпутевок она теперь заведует небольшой типографией на Оксфорд-стрит. Это такое заведеньице, где печатают пригласительные билеты и в вестибюле стоят два аппарата «ксерокс», но один всегда не работает. Не думайте, я это рассказываю не для того, чтобы унизить ее, а просто чтобы разрушить образ Таинственной Незнакомки, какую она, наверно, постаралась перед вами изобразить. В действительности вы имеете дело с Вэл из «Пронто Принта»*, только и всего.

ОЛИВЕР: Что-что? Это она так сказала? Ну, это черт знает что, надо же было выдумать такую гнусную ложь. С этой девицей всегда одни неприятности, Неприятности с большой буквы «Н». Или «Б», которая известно что обозначает.

Она меня отвергла? Это она-то отвергла меня? В таком случае направьте на синераму вашего воображения следую-

---

* Pronto printa (*итал.*) — срочная печать.

щие мультипликационные образы да включите звук на полную мощность, чтобы не упустить тонкостей диалога. Однажды в кои-то веки Оливер, вопреки громогласным новогодним зарокам, опять очутился на одном из тех унылых сборищ, куда приходят люмпен-шалуны с пивными бочонками под мышкой, где все девицы старательно дымят сигаретами с фильтром, якобы полезным для здоровья (я говорю не как надменный отрекшийся курильщик — но если уж куришь, так кури), и где тебя в любую минуту могут схватить сзади плебейские руки и втянуть в сумасшедший, потный хоровод-конгу. Иначе говоря — вы уже догадались, — на вечеринке.

Помнится, это Стюарт уломал меня туда явиться, очевидно, в порядке ничтожной платы за все шикарные парные свидания, на которые я водил его, моего пухлого, робкого друга. Пробравшись среди пивных кружек и матовых бутылок с пальмами на этикетках снаружи и гибельным для печени карибским спиртом внутри, я устроился подле самой большой бутыли с почти сознательным намерением напиться до помрачения ума. Сижу себе и успешно накачиваюсь зельем через витую соломинку, как вдруг те самые грозные руки хватают меня за плечи.

— Эй, осторожнее! У меня подагра! — воскликнул я, опасаясь быть затянутым в дешевую деревенскую вакханалию. Ибо в тот вечер дух танца не почил на мне.

— Олли, ты меня избегаешь, — сказали Руки, и вслед за этим Круп попытался осуществить вертикальную посадку на подлокотник — фигура пилотажа, непосильная для нисходящей Вэл, обрушившейся в результате мне на колени.

В течение последовавших нескольких минут у нас с нею происходил тот общепринятый обмен шутливыми любезностями, в которых лишь самый изобретательный толкователь подсознательных смыслов мог бы усмотреть признаки того, что: а) я предпочитаю общество Вэл обществу бутылки белого итальянского, или b) что я готов отнять у моего друга Стюарта так называемую подругу на вечер.

И мы расстаемся вполне по-дружески, как я считал, она возвращается в хоровод, а я — к своим грациозным грезам. Даже без поцелуя вежливости на прощание и безо всякого шевеления в штанах, хотя бы из любезности.

ВЭЛ: Мужчины, которые тебя прогоняют, делятся, как я убедилась, на две категории: тех, с кем ты спала, и тех, с кем не спала.

У нас со Стюартом был роман, и Оливер пытался пристать ко мне. Стюарт женился на своей занудной милашке, и Оливер пристал к ней и уволок. По-вашему, есть тут закономерность или нет?

Стюарт злится, что я заметила у него в волосах тот сухой шампунь, а Оливер злится, что я не бросилась к нему в постель. Вам не кажется это странным? Какие вещи их злят. Обоим дела нет до того, что Оливер спит с Джилиан, ведь на самом-то деле ему хочется спать со Стюартом. Что вы на это скажете?

Я бы на вашем месте получше присмотрелась к Джилиан. Ну разве она не героиня, которая все преодолевает? Папочка сбежал со школьницей, но Джили это перенесла героически. Даже утешала в горе свою маму. А о себе не думала. Затем она попадает в любовный треугольник, и догадайтесь, кто из троих оказался первым молодцом? Ясно она, маленькая мисс Кто. Угодила в самую середку, но выплыла и поступила так, как и следовало: избавилась от Стюарта и взяла на поводок Оливера.

Она объясняет Стюарту (а он пересказывает мне), что нет ничьей вины, если ты, например, уводишь жену у лучшего друга; просто иногда так случается, и все, надо принять это и достойно жить дальше. Удобная теория, правда? Ничего подобного, само ничего не случается, тем более в такой ситуации. Ни тот, ни другой не отдают себе отчета в том, что главное действующее лицо здесь — Джилиан. Такие тихие, рассудительные люди, считающие, что «просто иногда так случается, и все», и есть настоящие манипуляторы. А Стюарт, между прочим, уже винит себя — немалый успех, согласитесь.

Да, и почему она раздумала быть социальным работником? Она что, слишком чувствительная, не может выносить страдания мира? Наоборот, если хотите знать, это мир для нее недостаточно чувствителен. Все эти несчастные люди и разрушенные семьи не ценят, как им повезло: их бедами занимается лично сама мисс Флоренс Найтингейл*.

И еще один вопрос. Когда она решила переключиться на Оливера? Когда именно начала незаметно для него подманивать его к себе? Она это отлично умеет. Или она уже и до вас добралась?

ОЛИВЕР: У нас ведь спектакль идет без репетиций, верно? Добродетельная Вэл изображает Сусанну, которая пострадала от похотливых корявых старцев. Позвольте мне внести тут некоторые уточнения. Если бы Вэл обнаружила, что за ней в наготе ее подглядывают двое выживших из ума почтенных старцев, они бы у нее оказались у позорного столба, прежде чем успели сосчитать ее родинки, и она бы взыскала с них по десятке за каждое прикосновение.

Боюсь, вы недооцениваете грубую примитивность данной свидетельницы, вы слишком недавно с ней знакомы. Если бы воины Ирода обходили с обыском дом за домом в поисках двусмысленности, в доме Вэл им бы долго шарить не пришлось. Это такая личность, для которой приглашение «Заходи, выпей чашечку кофе» так многозначительно,

* Найтингейл Флоренс (1820—1910) — знаменитая английская медсестра, организатор и руководитель первого отряда фронтовых санитарок.

что и словами не выразишь, а элементарный афоризм «Что это у тебя в кармане, еловая шишка?» она отнесет к высшим премудростям тантризма. Так что, может быть, Олли не так уж виноват, что ясно запомнил, кто именно к кому лез на той вечеринке.

И в наказание за то, что я предпочел отстраниться от ее липких ладоней (хотя признаюсь, рыцарский долг перед Стюартом шел далеко позади таких мотивов, как нервы, хороший вкус, эстетические соображения und so weiter*, Вэл теперь заявляет среди ясного неба, что я имею, имел и буду иметь биологические поползновения к тапироподобному толстячку Стю. И будучи отвергнут в своих притязаниях, растрачиваю семя на самый подобный из доступных мне суррогатов, а именно — на Джил. Тут я должен заметить, что всякий, кому Джилиан представляется подходящим эротическим субститутом Стюарта, должен немедленно вызвать себе психоперевозку с войлочными стенами. И еще хочу заметить, что ваш информатор Вэл является постоянной посетительницей того отвратного отдела в местном книжном магазине, который почему-то называется «Помоги себе сам», хотя самое подходящее ему наименование — «Пожалей себя сам». А домашнюю библиотечку Вэл, помимо телефонной книги и указателя «Где что купить?», составляют произведения, долженствующие утешать и развивать самодовольство, под титлами: «Жизнь способна подставить ножку даже лучшим из нас», «Погляди на себя в зеркало и скажи: “Здравствуй!”» или «Жизнь — хоровод, включайся и кружись!» Переработки разного интеллектуального вздора в примитивные блюда ценностью в один байт для поглощения умственно отсталыми — вот чем упивается ваша свидетельница.

И вот еще что: случись так, что лучезарная сексуальность Оливера уклонится от рабочей рутины и направит

---

* и так далее *(нем.)*.

взгляд на сомнительного Ганимеда из Стоук-Ньюингтона, то и тогда, выражаясь на языке, доступном даже для моей обвинительницы, тут у меня проблем не будет, приятель. Никакой плотской замены нам не понадобится.

СТЮАРТ: Это все вообще ни к столбу, ни к перилу. И даже не боковой сюжетный ход. Ну да, я пару раз пытался поделиться с Вэл, думал, она друг, думал, друзья для того и существуют. И вдруг оказывается, рассказывать о своих неприятностях — аморально, а Оливер — преступный гомосексуалист, и он всю жизнь меня исподтишка домогался. Я много чего плохого думаю про моего бывшего друга. Но не это. От грязи одно спасение: в упор ее не видеть; иначе она пристанет.

Давайте лучше вернемся к нашей истории, ладно?

ВЭЛ: Понимаю. Оливер говорит, что он никакой не гомосексуалист (кому это вообще могло прийти в голову?), а если бы и был, он бы со своим лучшим другом поладил без труда. А Стюарт, хоть он, наверно, самый несносно правильный человек, с каким меня сводила в жизни злодейка-судьба, нисколько не удивлен и тем более не встревожен моей психологической проницательностью. У него нет комментариев. Господа присяжные заседатели, на этом я свою речь кончаю. Вернее, добавлю для ясности: по-моему, они оба такие.

ДЖИЛИАН: Почти все разводы, полученные по иску женщин после 1973 года, базировались на недопустимом поведении мужа. Под недопустимым поведением понимается: грубое обращение, пьянство, азартные игры и тотализатор или вообще финансовая безответственность, а также уклонение от сексуальных отношений.

На юридическом языке в прошении о разводе употребляется слово «умоляю». Разводящаяся сторона *умоляет* о расторжении брака.

ОЛИВЕР: И еще одно. Она делает вид, будто имя Вэл — это уменьшительное от не слишком шикарного, но вполне приличного «Валери». Говорят, что она именно так подписывает свои маловразумительные внутриведомственные бумаги и любовные записки. Но верить ей нельзя даже в этом. «Вэл» (как вам, быть может, небезынтересно будет узнать) представляет собой уменьшительное от «Валда».

СТЮАРТ: Вот это я понимаю, деликатность, вот это тонкий намек. Прихожу к себе домой, и что я вижу на столе? Брошюру из серии психологических руководств на все случаи жизни. В данном случае она имеет название: «Как пережить развод». И подзаголовок: «Руководство для пар и одиночек». Значит, вот кем я стану? Вот кем они хотят меня сделать: одиночкой?

А вам известно, что с 1973 года в ходатайствах о разводе, подаваемых в английские суды мужской стороной, в качестве причины называется чаще всего измена жены? Спрашивается, как, по-вашему, это характеризует женщин? Между тем в противоположных случаях дело обстоит иначе. Измена мужа — не основная причина, по которой женщины Англии требуют развода. Даже наоборот. Пьянство и уклонение от секса — вот на каком основании женщины обычно избавляются от сексуальных партнеров.

Одна информация в этой брошюре мне понравилась. Знаете, сколько стоят услуги адвоката? Вот и я тоже не знал. В провинции вплоть до 40 фунтов в час (плюс налог). В Лондоне от 60 до 70 фунтов в час (плюс налог), а самые знаменитые фирмы берут по 150 фунтов за час и даже больше (плюс налог). Так что этот тип, автор брошюры, в заключение пишет: «Очевидно, что при таких ценах дешевле купить в дом что-нибудь новое, скажем, стол, стул, полдюжины бокалов, чем судиться и оплачивать услуги адвокатов». Довольно убедительно. Конечно, можно разбить вот этот бокал, который у меня в руке, и остальные пять, что стоят на буфете, и таким образом избежать проблем при дележе имущества. Эти бокалы вообще мне никогда не нравились. Мадам мамаша жены нам их подарила.

Если бы я просто сказал: нет, я не сделал ничего плохого и развода не дам, вам не в чем меня обвинить, нельзя же назвать грубым обращением, что я врезал головой женину любовнику, это еще не основание для развода, верно? — если бы я уперся и не дал согласия, знаете, как ей пришлось бы поступить? Она должна была бы выселиться и получила бы развод не раньше, чем через пять лет.

Думаете, они бы столько не продержались?

Взгляните вот на эти бокалы. Из них можно пить перно, но не виски. И вправду было бы дешевле купить другие или еще какую-нибудь мелочь в дом, чем тратиться на судебное разбирательство. А старые она может взять себе, кроме вот этого... ой, он сам соскользнул у меня с подлокотника, вы видели? Соскользнул, перелетел шесть футов по воздуху и разбился вдребезги об каминную решетку. Вы будете моим свидетелем.

А впрочем, не все ли равно?

13. Что я думаю

СТЮАРТ: Я любил ее. От моей любви она сделалась еще милее. Он это увидел. Свою жизнь он профукал, вот и украл мою. Здание было полностью разрушено при налете цеппелинов.

ДЖИЛИАН: Я любила Стюарта. А теперь люблю Оливера. Пострадали все. Естественно, я чувствую себя виноватой. А как бы вы поступили?

ОЛИВЕР: О Господи, бедный старина Олли, по самую слизистую оболочку в дерьме. Как сумрачно, как тускло, как безрадостно... Нет, на самом деле я так не думаю. Я думаю вот как. Я люблю Джилиан, она любит меня. Это — исходное положение. Отсюда следует все остальное. Я полюбил ее. А любовь подчиняется законам рынка, как я пытался втолковать Стюарту, но, по-видимому, у меня плохо получилось, да и трудно было ожидать, что он проявит объективность. Счастье одного человека часто покоится на несчастье другого, так устроен мир. Это жестоко, и мне очень жаль, что страдать пришлось Стюарту. Похоже, что я потерял друга, своего лучшего друга. Но ведь у меня, в сущности, не было выбора. Выбора не бывает ни у кого, для этого надо быть совершенно другим человеком. Хотите винить кого-то, вините изобретателя вселенной, но только не меня.

И вот что еще я думаю: почему все принимают сторону черепахи? Пусть бы кто-нибудь для разнообразия встал на защиту зайца.

Да, я опять сказал это слово — «тускло».

14. И осталась одна сигарета...

СТЮАРТ: Я очень сожалею. Правда-правда. Я сознаю, что выгляжу в этой истории не слишком привлекательно.

Он ведь ко мне приходил, почему бы мне не пойти к нему?

Нет, неубедительно.

Зачем я это сделал? Не хотел отступаться или хотел поставить окончательный крест? Ни то, ни это? Или и то, и это одновременно?

Не отступаться — думал, что, может быть, при виде меня она передумает?

Поставить крест — как взойти на эшафот с незавязанными глазами, как повернуться лицом вверх, чтобы видеть падение ножа гильотины?

И эта история с сигаретами. Чистая случайность, я понимаю. Но это дела не меняет, потому что тут все — один большой несчастный случай, как будто грузовик внезапно свернул вбок, проломил срединный барьер и смял в лепешку твою машину. Я сидел и курил и положил сигарету в желобок на пепельнице, смотрю, а в другом желобке уже лежит и курится другая сигарета. Должно быть, я в расстройстве закурил новую сигарету, забыв про предыдущую. А потом я увидел, что в пепельнице лежит еще один окурок. Три сигареты в пепельнице, две курятся и один окурок раздавлен. Это было нестерпимо. Можете вы представить, какую боль я испытал? Нет, конечно. Нельзя почувствовать чужую боль, в том-то и беда. Вечная беда для всех людей. Вот если бы мы научились испытывать боль другого...

Я от души сожалею, честное слово. Как мне принести извинения?

Надо будет что-то придумать.

ДЖИЛИАН: Лицо Стюарта мне не забыть никогда. Оно было как клоунская маска, как тыквенная рожа, какие вырезают из тыквы на Хэллоуин, в канун Дня всех святых, с вымученной дурацкой улыбкой в виде щели поперек лица и мерцающим, призрачным светом, проглядывающим сквозь глазницы. Вот такой у него был вид. По-моему, никто, кроме меня, его не заметил, но это лицо всегда теперь будет стоять у меня перед глазами. Я закричала, Стюарт исчез, все стали оглядываться, но подмостки уже были пусты.

В канун свадьбы я ночевала у maman. Пожелание Оливера. Когда он это предложил, я подумала сначала, что он хочет, чтобы мне оказали поддержку. Но дело было совсем не в этом. Он хотел, чтобы свадьба прошла по всем правилам. Оливер в некоторых отношениях удивительно старомоден. Я должна быть невестой, отправляющейся из-под родного крова к святому алтарю. Да только я ведь не юная дева, пугливо держащаяся за отцовский локоть.

Я приехала к maman в 7 часов вечера накануне моей второй свадьбы. Мы обе старались держаться осторожно. Она налила мне чашечку кофе от нервов и подставила мне под ноги скамеечку, словно я уже беременна. А сама подхватила мой чемодан и унесла распаковывать, как будто я вновь поступившая больная в приемном покое. Я сидела и думала: только бы она не вздумала давать мне советы, этого я не вынесу. Что сделано, то сделано, а что произойдет завтра, того уже не изменишь. Так что будем сидеть смирно, смотреть какую-то дурацкую телепередачу и не говорить о важном.

Но — дочки и матери. Дочки и матери. Приблизительно через полторы минуты она снова появилась в гостиной, держа на поднятых руках мой костюм и улыбаясь с таким видом, словно я вдруг впала в старческое слабоумие и со мной надо обходиться бережно и снисходительно.

— Дорогая, ты не те вещи уложила.

Я оглянулась.

— Те, maman.

— Но, дорогая, ведь это костюмчик, который я тебе купила.

— Да.

Да, и ты это отлично знаешь. Почему родители задают вопросы, как прокуроры на суде, насчет самых очевидных вещей?

— Ты что, собираешься надеть его завтра?

— Да, maman.

И тут — всемирный потоп. Сначала по-французски, как всегда, когда ей надо спустить пары. Потом, немного успокоившись, она снова перешла на английский. Лейтмотив был, что я совершенно определенно не в своем уме. Только человек со сдвинутой психикой способен придумать такое: дважды выходить замуж в одном и том же платье. Это надругательство над хорошим вкусом, хорошими манерами, умением одеваться, над церковью, над гостями, которые будут присутствовать на обеих церемониях (но главным образом над самой maman), над судьбой, над удачей, над мировой историей и еще над некоторыми событиями и людьми.

— Оливер хочет, чтобы я была в нем.

— Можно узнать почему?

— Он говорит, что влюбился в меня, когда на мне был этот костюм.

Новый взрыв. Дурная примета, безобразие, постыдился бы и т. д. Можешь выходить замуж в отсутствие матери, если намерена надеть это, и проч. И так битый час. Кончилось тем, что я отдала ей ключ от моей квартиры, и она уехала с костюмом на вытянутой руке, словно от него исходит радиация.

Вернулась с двумя платьями на выбор. Я и смотреть не стала.

— Выбирай ты, maman.

Не хотелось спорить. Завтра будет трудный день, пусть хоть один человек останется доволен. Но нет, не тут-то было. Она стала настаивать, чтобы я примерила оба. Чтобы заслужить прощение за свой колоссальный промах, я теперь должна была изображать манекенщицу. Смешно, ей-богу. Я примерила одно и другое.

— Выбирай, maman.

Нет, этого ей было мало. Выбрать должна я. У меня должно быть свое мнение. Не было у меня мнения. И не из чего мне было выбирать. Это все равно как заявить: вот что, Джил, к сожалению, выйти тебе завтра за Оливера нельзя, это исключено, поэтому выбери себе кого-нибудь другого взамен. Вон того или вот этого?

Я так и сказала, но сравнение ей не понравилось, она нашла, что оно в дурном вкусе. Как же так? Когда я выходила за Стюарта, мне внушали, чтобы я думала только о себе. Сегодня твой день, Джилиан, говорили мне. Твой праздник. Теперь, когда я выхожу за Оливера, выясняется, что это не мой день, а день всех других. Оливер настаивает на том, чтобы венчаться в церкви, чего мне совсем не хочется. Maman настаивает, чтобы я была одета так, как мне не нравится.

Сон в эту ночь мне снился какой-то бессмысленный, неспокойный. Я пишу свое имя на песке, но только оно не мое; Оливер стал стирать его ногой, а Стюарт расплакался. Maman стоит на пляже у самой воды в моем светло-зеленом свадебном костюме, с равнодушным выражением на лице. Просто стоит и ждет. Если мы подольше подождем, все и вся пойдет наперекос, и ты окажешься права, maman. Но что в этом хорошего?

В церкви Оливер сильно нервничал. По крайней мере нам не пришлось шествовать от паперти к алтарю, нас было всего десятеро, и священник решил: лучше, чтобы мы все обступили алтарь. Но когда мы подходили, я почувствовала, что что-то не так.

— Прости, — сказала я Оливеру. — Она уперлась и ни в какую.

Он вроде бы не понял, о чем я. Он смотрел через мое плечо на дверь.

— Я про платье, — пояснила я. — Не огорчайся.

На мне было ярко-желтое платье, оптимистический цвет, как выразилась maman, и трудно было представить себе, чтобы Оливер не заметил подмены.

— У тебя вид ослепительный, — отозвался он, но смотрел он не на меня.

Я на обеих своих свадьбах была не в том цвете. Глупенький оптимистически желтый цвет надо было надеть на первую свадьбу, а осторожный светло-зеленый — на вторую.

«И все мое земное владение с тобой разделю». Так я поклялась. Перед тем мы поспорили. Как обычно. Оливер хотел, чтобы слова были другие: «Все мое земное владение я дарую тебе». Он говорил, что так он чувствует: все, что у него есть, — мое, в этих словах воплощено состояние его души, что «разделю» звучит плоско, а «дарую» — поэтично. А я сказала, что это-то и плохо. Когда приносишь клятву, ее содержание должно быть четким. А то, если он дарует мне свое земное владение, а я дарую ему мое, это значит, мы меняемся тем, что у кого есть, а обменивать мою наполовину выкупленную квартиру на его снятую комнату — это не совсем отвечает смыслу брачных клятв, и к тому же, если честно сказать, в результате такого обмена в проигрыше остаюсь я. На это он возразил, что так рассуждать неблагородно, и не надо все понимать буквально, на самом деле мы поделимся всем, что у нас есть, но нельзя ли все-таки оставить это слово «дарую»? Эти два слова — «разделю» и «дарую» — очень наглядно передают разницу между моими двумя мужьями. Стюарт в своем духе хотел заключить сделку, тогда как он, Оливер, хочет безоговорочно капитулировать. А я в ответ напомнила ему, что мы со Стюартом записались в бюро регистрации, и там не требовалось говорить ни «дарую», ни «разделю».

Тогда Оливер спросил у священника, нельзя ли остановиться на таком компромиссе: он скажет «дарую», а я — «разделю»? Но священник ответил, что это невозможно.

— И все мое земное владение с тобой разделю. — Оливер выделил последнее слово, выражая интонацией свое неодобрение. Но к сожалению, прозвучало так, как будто ему вообще жаль со мной делиться. Я сказала ему об этом, когда мы стояли на паперти и maman нас фотографировала.

— Все мое земное владение я сдаю тебе в аренду, — сразу же сострил он в ответ. Он уже заметно успокоился. — Все мое земное владение отдаю тебе во временное пользование. Все мое земное владение, кроме того, что мне самому нужно. Все мое земное владение, но пожалуйста, будьте добры расписочку.

И дальше в том же духе. Оливер, когда заведется, — лучше его не останавливать. Знаете теперешние собачьи поводки? Такая большая рулетка, которая разматывается на сотни футов, если пес вдруг бросается бежать, а когда он останавливается и ждет вас, нажимаешь на кнопку, и она вся сматывается обратно. Что-то наподобие этого приходит в голову, когда Олли начинает вот так дурачиться, будто большой пес. Но на углу он остановится, оглянется и ждет, чтобы вы подошли и его погладили.

— И все мои ресторанные счета с тобой разделю.

Потом все поехали в симпатичный ресторанчик, который выбрал Олли. Нам накрыли длинный стол в глубине зала, и около моего места хозяин поставил букет красных роз, чем я была очень тронута, хотя Олли заметил сценическим шепотом, что красные розы — это вульгарно. Все расселись, выпили по бокалу шампанского, и завязался веселый общий разговор — кто-то по дороге попал в пробку, а священник так душевно все провел, хотя не знаком ни со мной, ни с Оливером, и мы нигде не перепутали слова, и какой у меня был счастливый вид.

— «Счастливый»? Кто больше? — подхватил Оливер, и снова началось: — Кажется, я слышал «сияющий»? Да, вот тут, слева. Кто предложит больше? «Прелестный»? Я слышу «прелестный»? Благодарю вас, сэр. «Великолепный» никто не предлагает? «Эффектный»? «Потрясающий»? Высшее предложение — «прелестный» справа... «Прелестный» — раз, «прелестный» — два... В середине предлагают «эффектный». Беру «эффектный»... Останавливаемся на «эффектном»? Продано аукционщику, куплено Оливером!

Он стукнул об стол перечницей, как молотком, и под аплодисменты поцеловал меня.

Подали первое блюдо, и тут я замечаю, что Оливер не слушает, что я ему говорю. Я проследила за его взглядом, а там за отдельным столиком сидит с книгой — и даже не глядит в нашу сторону — Стюарт.

Тут все пошло не так, я постаралась, как смогла, стереть остальное у себя из памяти — что ели, что кто говорил и как все делали вид, будто ничего не происходит. Но не могу вытравить из памяти конец: как над скатертью возникло лицо Стюарта, он смотрел прямо на меня, рот растянут в жуткой ухмылке, в глазах какие-то отблески. Ожившая тыквенная голова. Я закричала. Не от страха. А оттого, что это было так безумно, невыносимо грустно, и я не могла не закричать.

ОЛИВЕР: Вот гад. Жирный, подлый банкир-говноед. И это после того, что я за все годы для тебя сделал. Кто вообще из тебя создал более или менее человеческое существо? Кто до боли в суставах обдирал наждаком грубые места на твоей шкуре? Кто знакомил тебя с девицами, учил пользоваться ножом и вилкой, кто был тебе другом, черт бы тебя драл? И чем ты мне отплатил? Испортил мне свадьбу, испоганил самый счастливый день в моей жизни. Дешевая, пошлая, эгоистичная месть, вот что это было, хотя ты в подполье своей темной душонки, конечно, примыслил себе какой-нибудь отчасти благородный, даже правосудный мотив. Ну так вот, позволь тебе заметить, мой стеатопигий экс-приятель: если ты и впредь вздумаешь совать нос куда не следует, останешься эксом и во всех прочих отношениях. Я заставлю тебя неделю есть битое стекло, на этот счет не сомневайся. Можешь на Оливера положиться: его нежное, как все считают, сердце воспламенилось яростью.

Мне следовало бы арестовать тебя, как только ты попался мне на глаза. Засадить за решетку по обвинению в бессмысленном времяпрепровождении с преступными намерениями, за порчу вида из окна или за то, что осточертел до смерти. Уведите этого человека, полисмен, он больше никого не забавляет, с ним уже совершенно не смешно. Ну да, я шучу, это мой вечный недостаток, но если бы я не шутил, мне пришлось бы подойти, обрубить твои уши с кисточками и затолкать их тебе в глотку, а на закуску еще добавить твои допотопные очечки.

А ведь все так хорошо шло, пока я не увидел тебя на той стороне улицы — ты старался быть незаметным, для чего, мерно печатая шаг, расхаживал взад-вперед, точно часовой, изрыгая клубы дыма, как печные трубы у Арнольда Беннета, и бросая гнусные взоры в сторону церкви. Сразу стало ясно, что готовится какая-то тупоумная подлость. Тогда, поправив в петлице белую гвоздику со слабым зеленым румянцем, я ринулся поперек канцерогенной дороги и окликнул тебя.

— Я буду присутствовать на свадьбе, — сказал ты.

Я опроверг это неправдоподобное утверждение.

— Ты же на моей присутствовал, — продолжал ты скулить. — Теперь я иду на твою.

Я объяснил разницу с точки зрения этикета, а именно: в умеренно развитом обществе, известном под названием Объединенное Королевство Великобритании и Северной Ирландии, не принято являться на торжественные мероприятия без приглашения. Ты оспорил эту секретную статью протокола, и тогда я в самых вежливых выражениях посоветовал тебе немедленно убираться вон и по возможности погибнуть под колесами двухэтажного автобуса.

Я нельзя сказать чтобы совсем поверил в твой якобы уход со сцены. Мы стояли в ожидании начала церемонии, но я не спускал глаз с двери, готовый к тому, что дубовые створки вот-вот распахнутся и явят нам твой незваный лик. И даже когда было приступлено к священнодейству, я думал, что вот сейчас священник спросит присутствующих, не известны ли кому-нибудь препятствия и помехи к моему плотскому соединению с прекрасной Джил, и тогда ты подымешься в темном углу и прокричишь свои возражения. Но этого не произошло, и мы благополучно проскочили через взаимные клятвы. Я даже успел иронически подчеркнуть в тексте то сомнительное место, где обещают «разделить» с партнером земное владение. Спокон веку люди всегда «одаряли» другую сторону своим земным владением: вот все, чем я владею, и все мое — твое; такой вариант, мне кажется, передавал беззаветность, лежащую в основе брака, сохранял самую его сущность. Но теперь не так. Теперь всюду проникли адвокаты и счетоводы. Я был слегка bouleversèe, когда Джилиан стала настаивать на «разделю». В наших пререканиях по этому поводу было, на мой вкус, нечто унизительное, словно я собираюсь прямо из храма дать стрекача и немедленно выставить на продажу мою половину ее квартиры. Я милостиво уступил ее капризу. В характере моей невесты есть что-то от мадам Дракон, как вы, вероятно, заметили.

А если честно, это была элементарная сделка. Я хотел венчаться в церкви, а Джил это привлекало еще меньше, чем в предыдущий раз. В результате спектакль выбирал я, а доводка текста осталась за ней. Она же, должен признать, уломала падре. Не каждый молитвенный дом, даже при современном недоборе клиентуры, согласится венчать такую падшую женщину, как Джилиан. Я сам обошел несколько близлежащих храмов и всюду получил недвусмысленно отрицательные ответы. Тогда отправилась Джилиан и уговорила одного упирающегося небесного лоцмана. Удивительная мастерица переговоров эта девушка. Посмотрите, например, ведь она сумела убедить Стюарта вести себя как офицер и джентльмен, хотя на этот счет имеются другие мнения. Поначалу он приходил в ярость, точно настоящий пещерный житель, при одном только слове «развод»; но Джилиан склонила его к согласию. Я, кстати сказать, не люблю вспоминать подробности этого периода мировой истории. Как Джилиан слишком много общалась со своим Первым Мужем. Как она оставила за собой студию в доме ПМ, даже когда разъехалась с ним. Оливеру было запрещено посещать студию, и он был вынужден pro tem* занять позиции квиетизма. Не на заднем сиденье, а прямо-таки в багажнике, вместе с устаревшим атласом дорог и запасным колесом.

Но этот период кончился. Обратимость, главный принцип профессии моей жены, была осуществлена в домашней сфере. Джилиан и Оливер образовали одну общую налогооблагаемую единицу, и призрак жилища в Марбелье, занимаемого в порядке очереди двумя жильцами, был наконец изгнан с лица земли. Куст боярышника за кладбищенской оградой, встрепанный ветром, разбросал свои листья-конфетти — только, пожалуйста, без покупного товара, — и la belle mère отсняла целую пленку, после того как я убедил ее, что по свидетельствам пионеров фотографии аппарат работает лучше, если снять с объектива колпачок. Затем все в приподнятом настроении прибыли в ресторан «Al Giardinato», и я обещал Джил не звать хозяина Аль, поскольку эта шутка, признаться, устарела и уже никого, кроме меня, не смешит.

В ведерках со льдом возлежали бутылки с игристым белым сухим вином — вы же понимаете, предстоял банкет исторического значения, а не какая-то еда на скорую руку, оплачиваемая по кредитной карточке, — а разве можно в итальянском ресторане заказывать французское шампанское? Мы весело обменивались впечатлениями о чудаковатых манерах пастора, о том, что все пути приводят в «Al Giardinato». Тут подали первое блюдо: spaghetti neri alle vongole**. Мы шутя преодолели возражения, что, мол, Олли выбрал кушанье скорее подходящее для похо-

* pro tempora — на время *(сокр. лат.)*.

** черные спагетти с мелкими устрицами *(ит.)*.

рон, чем для свадьбы. «Maman, — я сказал (я остановился на таком решении вопроса, как мне ее называть), — maman, вспомните, что в Бретани внутренность церкви, где происходит венчание, завешивают черным». Впрочем, всякое несогласие смолкло, как только была поднесена ко рту первая вилка. Я втягивал в себя счастье, как длинную, гибкую, прочную макаронину. И тут я увидел этого гаденыша.

Позвольте я опишу сцену. Нас было десятеро (Кто да кто? Да так, несколько избранных и близких amici и cognoscenti*. Мы сидели за длинным столом в глубине зала в своего рода нише — немного в духе «Тайной вечери» Веронезе, — а в зале за столиками обедала просто публика, изо всех сил вежливо притворявшаяся, что до нас там никому нет дела. (До чего же это по-английски. Не примазывайся к чужому веселью, не пей за здоровье празднующих и вообще не замечай никакой свадьбы, пока они уж слишком не расшумятся, а тогда можно пожаловаться...) Я сижу, оглядываю понуренные головы, и кого же я вижу прямо против нашего стола? Тактичного Первого Мужа, расположившегося за отдельным столиком и якобы читающего книгу. Для начала забавный гамбит: Стюарт, видите ли, читает книгу. Он бы гораздо меньше привлек внимание, если бы махал нам, стоя на стуле.

Я тихонько встал из-за стола, хотя рука новобрачной пыталась меня удержать, подошел к экс-супругу моей супруги и дружески посоветовал ему убираться. Он не поднял головы. Глаза его были устремлены в тарелку с лазаньей (как и следовал ожидать), которую он безуспешно терзал вилкой.

— Тут общественное место, — пролепетал он.

— Потому я и прошу тебя освободить его, — пояснил я. — Иначе я бы не оказал тебе такой любезности и не стал

---

* друзья и знакомые (*итал.*).

с тобой разговаривать. Ты бы у меня вылетел за дверь по частям. И уже валялся бы в контейнере для отбросов.

Возможно, это было сказано немного слишком громко, подошел Дино, хозяин.

— Аль, — воспользовался я прежним шуточным обращением, — тут имеется нечто оскорбляющее взор. Черное пятно на вашей траттории. Это грозит неприятностями. Будьте добры убрать.

И представляете? Он отказался его вышвырнуть. Даже стал за него заступаться. И чтобы больше не нарушать тишину и спокойствие, я возвратился за свой стол, но траурные спагетти были как зола у меня во рту. Сотрапезникам я объяснил тонкости британского ресторанного права, согласно которому десять мирно веселящихся и много заказывающих клиентов могут лишиться возможности спокойно получать удовольствие (и это называется становиться на сторону слабейшего?), и мы все решили сосредоточиться на благодатном настоящем моменте.

— Благодатная — это твой титул, — обратился я к Джил. И все зааплодировали.

Но у Олли было такое ощущение, будто едешь в гору, не переключив скорость. И несмотря на великолепного pesce spada al salmoriglio*, внимание то и дело возвращалось к бедняге Стюарту, толстым пальцем царапающему непослушную страницу книги (явно не Кафки!) и шевелящему при чтении измазанными лазаньей губами. Почему язык всегда норовит коснуться дупла в зубе и потереться об острый край провала, как корова трется боком о столб? Стюарт служил нам таким дуплом, таким неожиданным провалом. Ну, как тут можно искренно веселиться, сколько ни изображай веселье?

Мне советовали забыть о нем. Из-за других столиков уже начали подниматься и уходить, но от этого первый муж

---

* палтус под калабрийским соусом (*ит.*).

моей жены становился только заметнее. Над его столиком вилась, уходя к потолку, струйка дыма — дымовой сигнал одинокого индейского воина своей утраченной скво. Я лично давно бросил смолить отраву. Дурацкая привычка, потакание собственной слабости. Но Стюарту сейчас это и нужно. Под конец в ресторане остались только мы вдесятером (перед каждым — мороженое, полыхающее синим огоньком), одна припозднившаяся парочка в оконной нише, явно замышляющая адюльтер, и Стю. Я встал. Он тревожно взглянул на наш стол и нервно закурил новую сигарету.

Я заставил его попотеть в ожидании, пока я вернусь из мглы писсуара, а потом двинулся мимо его столика. Я всего лишь хотел, проходя, смерить его надменным взором, но при моем приближении он судорожно затянулся сигаретой, посмотрел на меня, потом понурился, стал дрожащей рукой укладывать сигарету в один из желобков на пепельнице, снова посмотрел на меня и вдруг расплакался. Так и остался сидеть, истекая и хлюпая, как лопнувший радиатор.

— Господи, Стю, — говорю я, стараясь скрыть раздражение.

Тут он принялся бормотать что-то про сигареты. Сигареты то, сигареты это. Смотрю, в пепельнице лежат и курятся две зараз. Вот осел. Сразу видно, до чего он раскис. И какой он сиволапый курильщик. Ведь основы изящного курения способен освоить даже самый грубый чурбан, была бы охота.

Я протянул руку и раздавил один из двух окурков, которые у него одновременно курились, просто так раздавил, машинально. А Стюарт весь вскинулся, как безумный, и почему-то мелко, дробно засмеялся. Потом перестал смеяться и снова заплакал. Стюарт в слезах — это такое зрелище, какое не дай Бог вам увидеть. Он разревелся, как малое дитя, потерявшее мешок с плюшевыми мишками. Я опять подозвал Дино и указал ему — мол, что вы теперь на это скажете? Но Дино ко всем моим жалобам остался глух и повел себя вполне по-итальянски, как будто прилюдное отчаяние человека за столиком — один из аттракционов в его траттории и посетители специально приходят на него поглазеть, как будто Стюарт — здешний коронный номер. Дино даже принялся прямо при мне утешать расстроенного банкира, и тогда я заказал ему двенадцать двойных порций граппы — если, конечно, он сможет оторваться от исполнения обязанностей добровольного брата милосердия, — после чего проследовал к своему столу. И что же? Меня там встретили более чем холодно. Можно подумать, что это я довел ее до слез. Можно подумать, что это я испортил людям свадебное торжество.

— Где же ваша граппа, Дино? — крикнул я, но половина моих гостей, включая огорченную новобрачную и чертову перечницу-тещу, поспешили объявить, что они граппу не пьют.

— Какая разница? — заорал я.

К этому времени ситуация полностью вышла из-под контроля. Вся прислуга столпилась вокруг Стюарта, как будто это он, а не я, в свое время обнаружил их ресторан; свадебное празднество захлебнулось; любовники в оконной нише откровенно пялились на нас; граппу нам все не несли; и отношение к старине Олли выказывалось ничуть не лучшее, чем к тухлой рыбьей голове. Но жива еще человеческая изобретательность. Я заставил официанта принести самую большую скатерть. Две вешалки для шляп, передвинутые, несмотря на протесты, несколько немытых графинов как грузы для натяжения, два-три аккуратных надреза на скатерти — и вот у нас импровизированный экран. Не видно больше ни назойливых любовников, ни всхлипывающего Стюарта, а тут и граппу принесли! Тактический триумф Олли, который сразу же задействовал свое легендарное обаяние, чтобы вновь придать жизни свадебной пирушке.

И почти преуспел. Лед начал таять. Все решили еще повеселиться на прощание. Я довел до середины один из моих самых забавных устных рассказов, когда раздался отдаленный скрежет отодвигаемого стула. Прекрасно, подумал я, наконец-то он собрался уходить. Но еще через мгновение, когда я уже нагнетал последнее crescendo, Джилиан закричала. Сначала это был просто вопль, потом хлынули слезы. Вид у нее был такой, будто ей явилось привидение, глаза устремлены поверх установленного мною экрана. На что она смотрела? Виден был только крапчатый потолок. Слезы ее лились, словно пульсирующая кровь, хлещущая из разрезанной артерии.

Дослушать мой анекдот до конца не захотел никто.

ДЖИЛИАН: Шут. Клоунская маска. Тыквенная рожа...

15. Выметаем осколки

СТЮАРТ: Я уезжаю. Такова моя участь. Тут мне нечего делать

Три вещи для меня невыносимы.

Во-первых, сознание того, что мой брак распался. Нет, говорить, так уж честно: это я сплоховал. Я теперь стал замечать, что говорят в таких случаях люди. «Брак рухнул, — говорят они. — Брак распался». Выходит что же, это брак сплоховал? Но я так решил: брака как такового не существует, есть только она и ты. И вина либо ее, либо твоя. И хотя сначала я считал, что виновата она, теперь мое мнение, что ответственность на мне. Я оплошал, я подвел ее. Подвел самого себя. Я не дал ей такого счастья, чтобы она не могла от меня уйти. В этом и состоит моя вина. Я провалился, и мне стыдно. В сравнении с этим мне совершенно наплевать, если кто, может быть, думает, что я несостоятелен как мужчина.

Еще для меня невыносимо воспоминание о том, что было тогда на свадьбе. Ее крик все еще отдается у меня в мозгу. Я не хотел им ничего портить. Я только хотел там быть и видеть незаметно для всех. Но вышло по-другому. Как мне принести извинения? Только своим отъездом.

И третье, чего я не могу вынести, это что, по их словам, они хотят остаться моими друзьями. Если они не всерьез так говорят, тогда это лицемерие. А если всерьез, то еще хуже. Как можно заявлять такое после всего, что было? Значит, мне отпускаются грехи, прощается моя великая наглость — надо же, посмел на короткое время стать между Ромео и Джульеттой. А пошли вы оба знаете куда? Я не принимаю вашего прощения, и вы тоже его от меня не дождетесь, слышите? Пусть для меня это и невыносимо.

По всему по этому я уезжаю.

Смешно, но единственный человек, с кем мне жаль расставаться, это мадам Уайетт. Она с самого начала держалась со мной честно. Вчера вечером я позвонил ей сообщить о своем отъезде и извиниться за то, как я вел себя во время свадьбы.

— Не думай об этом, Стюарт, — сказала она мне. — Может быть, ты даже помог.

— Как это?

— Может быть, если начинаешь с несчастья, потом не оглядываешься назад и не обманываешь себя мыслью, что, мол, раньше все было прекрасно.

— Да вы философ, мадам Уайетт, вы знаете это?

Она рассмеялась каким-то иным смехом, я у нее раньше такого не слышал.

— Нет, правда, — сказал я. — Вы мудрая женщина.

В ответ она почему-то рассмеялась еще сильнее. Мне вдруг подумалось, что в молодости она, наверно, была большая кокетка.

— Не исчезай, Стюарт, пиши, — сказала она.

И это было очень мило с ее стороны, верно? Может, и буду ей писать.

ОЛИВЕР: Поневоле замечаешь de temps en temps*, что у жизни есть своя ироническая сторона, вы согласны? Вот перед вами Стюарт, веселый банкир («I Banchieri Giocosi» — интересно, почему так мало опер про банкиров? Хотелось бы мне знать), приземистый, но крепкий оплот капитализма, неутомимый слуга рыночных сил на побегушках у купли-продажи. И вот он я, легковерный либерал, голосующий за кого Бог пошлет, тонкокожий сторонник мира и тишины, инстинктивно встающий за слабейшего — за китов против всеяпонской рыболовной флотилии, за мокрого тюленьего детеныша против убийцы с дубиной и в кожаной спецовке, за тропический лес против дезодоранта для подмышек. И однако, когда представители этих двух соперничающих философий обращаются к любви, один из них вдруг оказывается сторонником протекционизма и Монопольного комитета, а другой ссылается на естественную мудрость свободного рынка. И догадайтесь, который — кто.

То же самое относительно секса, относительно небольшого вытягивающегося выроста плоти, с которым столько беспокойства. Переполнение сердца, повсеместно воспеваемое менестрелями, приводит заодно и к половому акту, не будем этого забывать. Здесь я обязан умерить (хотя бы частично) триумфальный тон, но все же следует осторожно заметить, что, возможно, приверженец свободного рынка становится протекционистом по причине неконкурентоспособности его товара. Иногда действий, производящих звук, подобный утреннему встряхиванию коробки хрустящих хлопьев, недостаточно, чтобы возлюбленная блаженно мурлыкала целый день до заката. Иногда для этого требует-

* время от времени *(фр.)*.

ся нечто подобное летней молнии над Сахарой. Кто сделает выбор в пользу авиамодели с пластмассовым пропеллером и с заводом на резинке, когда по небу все еще проносятся падучие звезды? Разве род человеческий не тем отличается от низших существ, что ему знакомы порывы за пределы обыденного?

Но если в делах любви и бывает, что хватаешься за дубину тюленеубийцы, если твой внутренний японский китобоец вынужден отплывать в Южные моря, чтобы делать свое дело, отсюда вовсе не следует, что надо прибегать к грубой силе и по возвращении в родной порт. Бедный Стюарт, я все еще протягиваю ему ладонь дружбы. Я даже позвонил ему. Я, со шрамом на щеке после той небольшой неприятности (но это удачно получилось: я оказался Олли — лихой дуэлянт, а не Оливер Рассел — полубезработная жертва преступления), пытаюсь возвратить его к нормальным человеческим отношениям.

— Привет, это Оливер.

Последовала пауза, которую по средней длительности можно было истолковать и так, и этак, но затем прозвучали слова, уже значительно более однозначные:

— Пошел ты знаешь куда, Оливер.

— Послушай...

— Убирайся.

— Я понимаю...

— КАТИСЬ КО ВСЕМ ЧЕРТЯМ КАТИСЬ КО ВСЕМ ЧЕРТЯМ

Можно было подумать, что я звоню попросить у него прощения, что это я приставал к нему у него на свадьбе. Объявился в церкви, потом потащился за нами в ресторан — ну, что твой Старый Моряк. Мне бы надо было позвать, чтобы его арестовали. Полицейский, вы видите вон того старика-матроса? Пристает ко всем и ноет, что, мол, он чайку подстрелил. Велите ему убираться, а еще лучше устройте на ночь в Ньюгейтскую тюрьму на довольство Ее Величества.

Но я этого не сделал. Я сдержался, и вот благодарность. Обложил меня последними словами. Это особенно грубо звучало оттого, что его многократный призыв удалиться был передан мне через ту же самую черную переносную телефонную трубку, по которой я объяснился его жене. Не отсоединись он так быстро, я бы поделился с ним этой иронией.

Конечно, я набрал его номер (ее номер, и не набрал, а довольно было нажать ту священную, навсегда запоминающую кнопку 1) не исключительно по собственной инициативе. Иногда великодушию требуется accoucheuse*. Это Джилиан предложила, чтобы я позвонил. Кстати, не стройте себе иллюзий насчет Джилиан. Не знаю, какого цвета очки, через которые вы видите ее во сне, но имейте в виду: она сильнее меня. Я всегда это знал.

И мне это нравится. Свяжите меня шелковыми путами, прошу.

ДЖИЛИАН: Оливер сказал, что Стюарт отказался с ним разговаривать. Я попробовала позвонить сама. Он взял трубку. Я сказала: «Это Джилиан». Послышался вздох, и Стюарт положил трубку. Разве я могу его винить?

Он выкупил мою долю домовладения. Деньги и имущество честно разделили пополам. Знаете, что придумал Стюарт? Поразительный поступок. Когда мы согласились развестись — точнее, когда он согласился дать мне развод, — я сказала, что ужасно не хочется, чтобы в дом еще являлись адвокаты и решали, кому что достанется, и без того тяжело, а тут еще адвокаты добавят, заставят торговаться за каждый пенни. И знаете, что Стюарт на это сказал? Он предложил: «Почему бы не попросить мадам Уайетт распорядиться?»

---

* повивальная бабка *(фр.)*.

— Maman?

— Я уверен, что она разделит все справедливее, чем любой известный мне адвокат.

Правда удивительно? Она все сделала, мы уведомили адвокатов о том, как мы договорились, а после получили одобрение суда.

И вот еще что. Наш развод никак не связан с сексом. Что бы там кто ни воображал. Я не собираюсь вдаваться в подробности, скажу только вот что. Если кто-то находит, что у него или у нее не все хорошо получается, он или она будет прилагать больше старания, верно? С другой стороны, если он или она убеждены, что у них в этом деле полный ажур, то кто-то может начать лениться или проникнуться самодовольством. И тому, кто с ними, все равно будет не очень-то хорошо, что так, что этак. Тем более что на самом деле главное — это с кем.

Когда я выехала, Стюарт оставил в моем распоряжении студию. И плату за нее брать отказался. Оливеру это не понравилось. Он сказал, что как бы он на меня не напал. Разумеется, ничего такого не было.

При разделе вещей Стюарт настоял, чтобы я взяла себе бокалы, подарок maman, сколько их осталось. Изначально их было шесть, но теперь всего три. Любопытно, что я совершенно не помню, как они разбились.

МАДАМ УАЙЕТТ: Я сожалею об этом случае со свадебным платьем. Я совсем не хотела расстраивать Джилиан, но ее затея была абсурдна. Дважды выходить замуж в одном и том же платье — слыханное ли дело? Так что иногда матери приходится вести себя по-матерински.

Свадьба прошла кошмарно. Нет слов, чтобы перечислить все, что вышло не так. Шампанское было не из Шампани, я не смогла этого не заметить. На первое подали что-то черное, больше подходившее для похорон. Потом еще сложности со Стюартом. Все не слава Богу. И под конец

Оливер еще заказал какую-то итальянскую настойку, которой, наверно, можно было бы растирать грудь больному ребенку. Но принимать внутрь? Никогда. Словом, совершенный кошмар, как я сказала.

ВЭЛ: Я даю им год. Нет, правда. Могу заключить пари. На сколько вы хотите? На десятку, полсотни, сотню? Я даю им год.

Нет, послушайте, если Стюарт, который просто создан для семейной жизни, продержался с этой фригидной мужененавистницей так недолго, на что может рассчитывать Оливер, не имеющий ни средств, ни перспектив, и сам, по сути, гомосексуал? Как долго просуществует этот брак после того, как Оливер начнет называть ее в постели Стюартом?

И потом еще...

ОЛИВЕР И СТЮАРТ: Вон отсюда!

Гоните эту дрянь.

Давай, давай.

Убирайся.

Вон.

ВОН!

ВЭЛ: Они не имеют права. Не позволяйте им так со мной обращаться Я не хуже, чем они, могу...

ОЛИВЕР И СТЮАРТ: ВОН. Либо она, либо мы. Пошла отсюда, дрянь! ВОН. Она или мы.

ВЭЛ: Вы разве не знаете, что это не по правилам?

То есть вы сознаете, что вы делаете? И что из этого может получиться, вы поняли? О чем вы думаете? Игроков не изгоняют. Эй, вы, вы же здесь за главного, разве вы не отвечаете за свою команду?

ОЛИВЕР: Стю, у тебя есть шарф?

ВЭЛ: Вы что, не видите, что творится? Это прямой вызов вашей власти. Заступитесь за меня. Пожалуйста. Если вы за меня заступитесь, я расскажу, какие у них...

ОЛИВЕР: Я ее держу, а ты затолкай ей кляп в рот.

СТЮАРТ: Давай.

ВЭЛ: Вы жалкие людишки, вы знаете это? Вы двое. Ничтожества. Стюарт... Олли...

ОЛИВЕР: Уф-ф! Вот это была игра. Валда Поверженная. Ай да мы. Стюарт, послушай...

СТЮАРТ: НЕТ.

ОЛИВЕР: Было совсем как в прежние времена, правда? Совсем как раньше. Помнишь кино «Жюль и Джим»?

СТЮАРТ: Пошел ты...

ОЛИВЕР: Когда освободится твой шарф, прислать его тебе?

СТЮАРТ: Убирайся к черту, Оливер.
Еще раз разинешь рот, я тебе...
Давай, давай, проваливай.

ОЛИВЕР: Я недавно читал мемуары Шостаковича. Сцена, которую устроила Валда, напомнила мне первую страницу этой книги. Там композитор обещает говорить только правду. Он был свидетелем многих важных событий и знал многих выдающихся людей. И постарается рассказать о них честно, без прикрас и фальши, это будут свидетельские показания очевидца. Прекрасно. Правильно. Но дальше он с иронией, никем не оцененной, продолжает (я цитирую): «Хотя, конечно, у нас есть пословица: “Врет, как очевидец”».

Это как нельзя точнее подходит к Вэл. Она врет, как очевидец.

И еще одно замечание. О нем можно было бы потолковать со Стюартом, будь он склонен сейчас уделить мне несколько минут. Вот что пишет Шостакович о своей опере «Леди Макбет»: «Здесь также говорится о том, какой могла бы быть любовь, не будь мир так наполнен злом. Зло губит любовь. Законы, собственность, денежные заботы, полицейские власти. Если бы условия были другими, другой была бы и любовь». Разумеется, условия воздействуют на любовь. А экстремальные условия сталинского террора? Шостакович продолжает: «Все беспокоились о том, что станется с любовью. А по-моему, так будет всегда. Всегда кажется, что настали ее последние дни».

Вообразите: смерть любви. А что, может быть. Я хотел сказать Стюарту: «Знаешь, тот философский трактат про законы рынка и любовь, что я тебе тогда изложил, я ведь и сам не был уверен, не пустой ли это треп. А вот теперь понимаю, что тут что-то есть. «Если бы условия были другими, другой была бы и любовь». Как это верно. И как мало мы об этом задумываемся. Смерть любви. Это возможно. Это можно себе представить. Это невыносимо. «Курсант Рассел, почему вы хотите вступить в полк?» — «Я хочу, чтобы мир стал безопасен для любви. И я пойду воевать за это, сэр, без колебаний».

МИССИС ДАЙЕР: Мне нравилось, что у меня живет этот молодой человек. Он, конечно, наболтал мне невесть чего. И квартплату за последние две недели задолжал, обещал прислать.

По-моему, он немного со странностями, если хотите знать. Разговаривал сам с собой, я не раз слышала. А эти его выдумки! Мне кажется, он на самом деле не писал никаких сценариев. И никогда не оставлял машину за воротами. Как вы думаете, может, у него правда СПИД? От него, говорят, теряют рассудок. Возможно, этим все объясняется. Но все-таки он был приятный молодой человек.

Перед отъездом он попросил позволения отрезать веточку от этого дерева за окном. На память, он сказал. Так и уехал с чешуйчатой веточкой в руке.

ДЖИЛИАН: Стюарт уезжает. Это, конечно, правильно. Иногда мне думается, что и нам надо бы поступить так же. Оливер все время говорит, что собирается начать новую жизнь, но пока что мы живем в том же городе и делаем оба ту же работу, что и раньше. Может быть, надо сняться с места и уехать?

ОЛИВЕР: Проба, разумеется, была отрицательная. Я так и знал. А вы что, действительно беспокоились обо мне? Mes excuses.* Право, я тронут. Если бы я знал, сообщил бы вам сразу же, как получил результат.

МАДАМ УАЙЕТТ: Вы спрашиваете, что я думаю о них, о Стюарте и Оливере, кто мне больше нравится? Но я же не Джилиан, а это самое главное. Она мне сказала: «Я, кажется, знала, каково быть любимой. Но я не знала, каково быть обожаемой». А я ей ответила: «Почему же у тебя такая вытянутая физиономия?» Как говорится у вас, англичан: не строй гримасы, накличешь ветер.

И еще я думаю: никогда не бывает в точности как ожидаешь. У меня, как у всякой матери, есть свои предпочтения. Когда я познакомилась со Стюартом и позже, когда

* Мои извинения *(фр.)*.

они поженились, я думала: «Только посмей причинить зло моей дочери!» Стюарт всегда садился против меня, как будто перед врачом или экзаменатором. И помню, у него всегда были до блеска начищены ботинки. Когда он думал, что я не вижу, он бывало поглядывал: не поцарапались ли где? Ему очень хотелось понравиться, произвести на меня хорошее впечатление. Это было трогательно, но я все же немного сопротивлялась. Да, сейчас ты ее любишь, я вижу, да, ты очень со мной вежлив и чистишь ботинки, но подождем годик-другой, если ты не возражаешь. Когда Чжоу Энлая спросили, как, по его мнению, повлияла на мировую историю Французская революция, он ответил: «Сейчас еще рано судить». Вот и я думала так же про Стюарта. Я видела, что он честный молодой человек, хотя, может быть, не слишком яркий, и зарабатывает достаточно, чтобы обеспечить Джилиан, для начала это неплохо. Но если бы я, как он думал, выставляла ему оценку, я бы сказала так: сейчас еще рано судить, приходите через годик-другой. А пока я подожду и понаблюдаю. Но я никогда не задавалась вопросом: что, если моя дочь причинит зло Стюарту? Так что видите, я не такая уж мудрая женщина. Я как крепость, чьи пушки наведены в ту сторону, откуда ожидается наступление врага, а он объявляется с черного хода.

Но вот теперь мы имеем Оливера вместо Стюарта, и спрашивается, что я думаю об этом? Оливер не считает, что чистка обуви — самый верный способ завоевать мое расположение. Наоборот, Оливер держится так, будто о том, чтобы я плохо к нему относилась, не может быть и речи. Он держится так, будто мы с ним знакомы всю жизнь. Дает мне советы, какая английская рыба лучше всего годится в прованскую уху вместо средиземноморских сортов, которых здесь невозможно достать. (Поинтересоваться сначала, люблю ли я прованскую уху, ему в голову не приходит.) Он немного со мной кокетничает, мне кажется. И ни на минуту не допускает мысли, что я могу винить его за то, что он разрушил брак моей дочери. Он хочет — как бы это сказать? — уделить мне толику своего счастья. Это странно и довольно трогательно.

Знаете, что он мне на днях сказал? «Maman, — он всегда зовет меня так, с тех пор как разрушил брак моей дочери; своеобразно, правда? — Maman, давайте мы найдем вам мужа?»

Джилиан взглянула на него так, будто ничего более неуместного он сказать не мог, но как бы то ни было, я не обиделась. Он сказал это тоже немного кокетливо, словно вызвался бы на эту роль сам, если бы познакомился со мной раньше, чем с моей дочерью. Наглость, да? Но не могла же я его за это осуждать.

— Вряд ли я еще когда-нибудь выйду замуж, — все же ответила я.

— Одного разбитого яйца довольно? — отозвался он и засмеялся собственной шутке. А что тут смешного? Джилиан к нему присоединилась и хохотала так, что я от нее даже не ожидала. Они покатывались со смеху, забыв о моем присутствии, так оно и к лучшему.

Понимаете, я правда не думаю, что еще когда-нибудь выйду замуж. Я не говорю, что никогда больше не влюблюсь, но это другое. Любовь может поразить всякого и во всяком возрасте до самой смерти, спору нет. Но вот замуж... Объясню вам, к какому выводу я пришла после всех лет жизни с Гордоном, лет, которые, что бы вы ни думали, в основном были счастливыми, не хуже, чем у других, я бы так сказала. А вывод такой: когда долго живешь с человеком, то постепенно теряешь способность приносить ему радость, а вот способность причинять боль остается прежней. И наоборот, конечно.

Не очень-то оптимистическая точка зрения? Но оптимистами мы обязаны выглядеть только в глазах других людей, а не для себя. Да, согласитесь вы, Оливер непременно сказал бы, это только с Гордоном у вас так получилось, он вас просто растоптал, неудачная проба, попытайте удачу еще раз, дорогая. Но нет, к такому выводу меня привела не только жизнь с Гордоном, у меня перед глазами и другие браки. И я вот что вам скажу совершенно честно. Есть такие неприятные вещи, с которыми можно мириться, если сталкиваешься с ними только один раз. Они тогда не угнетают, можно вообще поставить при них вопросительный знак. Но если неприятная истина открывается тебе дважды, она начинает давить и душить. Дважды убедиться, что это так, дважды так, это уже непереносимо. Поэтому я держусь подальше от неприятных истин и от брака. Одного разбитого яйца довольно. Как это у вас говорится? Чтобы поджарить омлет, надо разбить яйца. Так что не надо мне омлета.

16. De consolatione pecuniae*

СТЮАРТ: Если вы спросите меня — а у меня было время поразмышлять об этом, — любовь, или то, что люди под этим подразумевают, есть некая система, когда тебя после секса называют «милый».

Я пережил тяжелое время после этой истории. Не расклеился и не сломался, потому что я не из той породы. По-видимому, я и дальше буду жить как жил — заниматься более или менее тем же, чем занимался, и останусь тем, кем был, и, безусловно, под тем же именем. (Я имен не меняю, помните?), и так до тех пор, пока не уйду с работы, и старость начнет разъедать мою личность, и смерть в конце концов сотрет мое имя. Но эта история изменила меня. Нет, не придала мне зрелости, не сделала меня взрослым. Но изменить изменила.

---

* Об утешении деньгами *(лат.)*.

Помните, я рассказывал, как у меня все время было такое чувство, что я не оправдал ожидания своих родителей? Я раньше считал, что так бывает только между детьми и родителями, а если повезет, то и между ними может не быть. А теперь думаю, что это всегда. Вопрос только в том, кто кого разочаровал. Например, когда история эта произошла и мы все проходили через испытание — как я теперь понимаю, не я один через него проходил, — я тогда думал, что не оправдал ожиданий Джилиан. Я думал: так и идет, я в чем-то обманул ожидания родителей (они мне толком не объяснили, в чем), а теперь я обманываю ожидания моей жены, уже в чем-то другом, но тоже совершенно непонятном. Но потом, вскоре, я сообразил, что не я подвел ее, а они подвели меня. Жена предала меня, лучший друг предал меня, и только мой характер, моя глупая манера во всем винить себя помешали мне понять это раньше. Это они меня разочаровали, а не я их. И я сформулировал принцип. Не знаю, смотрите ли вы регби, но несколько лет назад была в ходу такая шутка: надо опередить и первым нанести ответный удар. Я теперь живу по этому же принципу: надо успеть первым обмануть ожидания. Обмануть их надежды до того, как они обманут твои.

Подмогой мне послужила работа. Сначала просто как место, куда можно уйти, как что-то еще заслуживающее уважения. Это отдельная система, она и без меня будет существовать всегда. Но она позволяла мне сидеть перед монитором и принимать в ней участие. И за это я своей работе, деньгам был благодарен. Я бывал подавлен, я напивался, конечно, я приходил в бешенство; но стоило мне сесть и заняться деньгами, и я становился спокойнее. Я относился к работе с почтением. Никогда накануне не пил, если утром идти в офис. Приходил обязательно в свежей рубашке, напивался исключительно по пятницам и субботам. Одно время это были каждая пятница и суббота. Но наступал понедельник, и я в белой рубашке, с ясной головой, садился на свое место и занимался деньгами.

А поскольку это мне давалось лучше всего в жизни, я стал усовершенствоваться, стал больше узнавать. В птицы высокого полета я никогда не метил. Я летаю на средней высоте. Я не сторонник рискованных операций с оффшорными саудовскими мегабанками. Я всегда выступал против, говорил, что не надо торопиться, лучше еще раз проверить, все ли учтено, помните, что сталось со Вторым Городским банком в кукурузном поясе? Я большой мастер произносить такие речи. Не всем же быть хлыщами в модных костюмах, набивающими карманы в благоприятные времена и прогорающими к двадцати пяти годам. Словом, когда мой банк открыл отделение в Штатах, меня как рассудительного служащего среднего звена отправили в Вашингтон, где я в настоящее время и нахожусь.

И опять же помогли деньги. Я относился к ним с уважением, и они отплатили мне добром. Помню первый случай, когда они мне помогли. Это было незадолго до того, как моя бывшая жена и мой бывший лучший друг причинили мне последнее окончательное разочарование, вступив в брак между собой. Тяжелое было время, как вы можете себе представить. Я тогда никому не верил, даже в самых пустяковых делах. Откуда мне было знать, может быть, эти люди нарочно стараются, чтобы я к ним привязался, а потом вонзят мне нож в спину?

В один прекрасный день, вернее — вечер, если быть точным, я решил, что мне нужна женщина. Помимо всего прочего, что Джилиан надо мной учинила, она еще отвадила меня от секса. Я не испытывал потребности в сексе, когда я это надумал, понимаете? Просто я боролся против того, что они со мной сделали. И вот я стал думать, как бы это устроить? Потом сообразил, что ведь для внешнего мира я выгляжу бизнесменом в костюме, почему бы мне и не поступить так, как свойственно бизнесмену? Был субботний вечер. Я упаковал чемодан, доехал на такси до отеля на Бейсуотер-роуд, снял номер, потом вышел на улицу, купил журнал для бизнесменов и вернулся в отель.

Перелистал страницы объявлений и остановил выбор на учреждении, которое предлагало услуги: «образованные девушки, массаж и эскорт, в вашем отеле, кредитные карточки принимаются». Насчет кредитных карточек я задумался. Стоит ли? Такой возможности я не предусмотрел и прихватил с собой изрядную сумму наличными. Может быть, их интересует номер кредитной карточки, чтобы потом вас шантажировать? Но я теперь один из немногих людей в городе, кого никаким шантажом не возьмешь. Семьи у меня нет, не от кого таиться. А если в моем банке станет известно? Им может разве что не понравиться, если я соглашусь на такие проценты, которые бросят тень на мою профессиональную компетентность.

Потом, уже набрав номер, я вдруг испугался: что, если пришлют девушку, похожую на Джил? Это уже будет удар ниже пояса. Поэтому, когда там осведомились, нет ли у меня каких-либо особых пожеланий, я спросил, не найдется ли у них девушки восточного типа? И мне прислали Линду. Точнее, девушку, назвавшуюся Линдой. Она стоила сто фунтов. Это была ее цена. И это купили мне деньги. Я не намерен вдаваться в подробности, потому что я не из тех, кто вдается в подробности на такие темы, скажу только, что покупка того стоила, стоила каждого пенни. Девушка превосходно делала свое дело. Как я сказал, я не испытывал потребности в сексе, просто я решил, что так надо; но очень скоро я уже ощутил и потребность тоже и был рад, что я ее ощущаю. Когда она ушла, я посмотрел, что она записала на кредитном корешке в графе «Количество и название». Там стояло: «Товар». И больше ничего, просто — «товар».

Иногда пишут разные шуточные названия, например, «Оборудование для обслуживания». Или ничего. Или что их попросишь. Но я всегда буду помнить, что Линда написала просто — «Товар». Действительно, это была торговая сделка, бизнес, возразить нечего. С того времени было много таких девиц, как Линда, некоторые тоже Линды. Очевидно, они пользуются определенным набором имен. Я знал немало Линд, многих звали Ким, или Келли, или Лорэн, или Линзи. А вот Шарлотты и Эммы в этой профессии мне почти не попадались. И еще один плюс состоит в том, что при выборе имени никому из девиц не приходит в голову мысль назваться Джилиан в угоду бизнесмену в сером костюме с кредитной карточкой наготове. Во всяком случае, не в полной форме. Мне кажется, я бы этого не вынес. Была одна девушка — в Манчестере, по-моему, — которая сказала, что ее зовут Джил.

— Это полное имя? — спросил я, замерев. Я как раз доставал кредитную карточку.

— В каком смысле? — Она растерялась, словно я экзаменовал ее перед тем, как воспользоваться ее услугами.

— Как ты значишься в медицинских документах?

— Джил, конечно.

Конечно.

Мне нравится в Америке. Нравится быть в Америке иностранцем. Иностранцем, но англоязычным. Даже англичанином. Американцы очень дружелюбны, как нам твердили тысячу раз, и действительно, те, с кем я знаком, держатся по-дружески, но когда они подходят ко мне слишком близко и я делаю шаг назад, они относят это на счет моего англичанства. Они думают, что я немного чопорный, слегка неконтактный, — и пусть себе думают. Я делаю шаг назад — первым причиняю им разочарование.

И девицы у них хороши. Я имею в виду — профессионалки. Эти зовутся Шелли или Марлен. Эмм и Шарлотт по ту сторону океана в этом бизнесе тоже не встретишь. И ни одной Джилиан. По крайней мере в полной форме.

Я вам, наверно, теперь не особенно нравлюсь. А может, и раньше не нравился. Ну и ладно. Я больше никому не обязан нравиться. Конечно, у меня в планах нет сделаться кровожадным мультимагнатом, который надо всеми измывается, — я никогда нарочно не обижаю людей, это мне не свойственно. Просто мне теперь уже мало заботы, любят меня люди или нет. Раньше я очень старался нравиться, заслужить похвалу. А теперь, смотрю, мне уже это более или менее все равно. Вот маленький штрих: я снова стал носить очки. Я перешел на контактные линзы ради Джилиан, думал, что так ей больше нравится.

Первое, что говорят про деньги, это что они — иллюзия. Условность. Если вы даете кому-то бумажку в один доллар, эта бумажка доллара не стоит, это всего лишь обрезок бумаги и чуточку типографской краски, но все условились между собой и поддерживают иллюзию, будто она стоит доллар, и поэтому она его и стоит. Все деньги в мире означают то, что они означают, только потому что люди согласились приписывать им некую иллюзорную цену. Точно так же и золото, и платина. Почему они высоко ценятся? Потому что все условились, что они стоят именно столько. И так далее.

Вы, наверно, уже поняли, к чему я. Другая всемирная иллюзия, другая вещь, существующая просто потому, что все согласились приписывать ей некую цену, — это любовь. Вы можете считать, что у меня завистливый взгляд, но к такому заключению я пришел. А ведь я столкнулся с ней вплотную. И получил по носу так, что не дай Бог. Я сунулся носом в любовь, как сую нос к самому дисплею, когда беседую с деньгами. Я нахожу, что тут можно провести параллели. Любовь — это всего лишь то, что люди условились считать существующим, чему условились приписывать некую вымышленную ценность. В наше время почти всеми она оценивается как предмет потребления. Но я не согласен. Если спросите меня, то, на мой взгляд, она идет сейчас по искусственно завышенным ценам. И в ближайшие дни можно ожидать обвала.

Когда-то Оливер повсюду таскал с собой книгу под названием «Утешение философией». «Ах, это так утешает, так утешает!» — манерно вздыхал он и снисходительно постукивал по обложке. Я никогда не видел, чтобы он эту книгу читал. Возможно, ему просто нравилось название. Но я человек с другой книгой, с другим названием, современным: «Утешение деньгами». Они действительно утешают, уж поверьте мне.

Теперь, когда у меня больше денег, меня стали находить интересным человеком. Ну, не знаю. Но отношение ко мне переменилось. И это утешает. Мне нравится покупать разные предметы и владеть ими, и выкидывать, если разонравились. Недавно вот купил тостер, а через неделю мне перестал нравиться его внешний вид, и я взял да и выбросил его вон. Тоже утешительно. Мне приятно нанимать людей, чтобы делали за меня то, что неохота делать самому, — мыть машину, убирать в квартире, покупать продукты. И это утешительно. У меня, конечно, много меньше денег, чем у некоторых, с кем приходится иметь дело, но, с другой стороны, и много больше, чем у большинства, с кем я сотрудничаю. Тоже утешает. И если заработки мои будут и дальше так расти и если деньги вкладывать разумно, то я смогу жить припеваючи и после того, как перестану работать, вплоть до самой смерти. Что касается этого, заключительного периода жизни, тут деньги, мне кажется, вообще гораздо более действенное утешение, чем философия.

Я материалист. А кем еще можно быть, если, конечно, ты не буддийский монах? Две великие религии, правившие миром в этом столетии — капитализм и коммунизм, — обе материалистические; просто одна работает лучше, чем другая, как показали последние события. Человека привлекают потребительские товары, всегда привлекали и будут привлекать. С этим надо сжиться. И любовь к деньгам — вовсе не корень всех зол, а наоборот, исходное условие человеческого счастья, общее утешение. Они гораздо надежнее, чем любовь.

Что видишь — можешь получить. Получаешь то, за что платишь. Это общее правило в мире, где обитают Ким и Келли, Шелли и Марлен. Я не говорю, что всегда без обмана. Конечно, бывает, что и обманывают, как бывают девицы, у которых болезни, и девицы, которые оказываются мужчинами; как во всяком бизнесе, встречаются мошенники, иной раз случаются неудачные покупки. Но обращайся к верным людям, плати верную цену, и тебе продадут, что тебе нужно. Обслужат надежно, профессионально. Мне нравятся условные фразы, которые они произносят, когда приходят. Чем могу быть полезна? Чего бы вы желали? Нет ли у вас особых предпочтений? Наверняка с другими клиентами за этим следует длительная торговля, пока наконец не проскрежещет машинка для кредитных карточек, — их носят в сумочке вместе с противозачаточными средствами. Но со мной торговля простая. Когда меня спрашивают, нет ли у меня особых пожеланий, я не морочу им голову школьными платьицами, плетками и проч. Я прошу, чтобы после всего меня назвали «милый». Всего один раз, и только. Больше ничего.

Я не сыч какой-нибудь, не поймите меня неправильно. Я приезжаю на работу, на работе вкалываю по-черному и зарабатываю деньги. Живу в хорошей квартире вблизи Дюпон-серкл. У меня есть друзья, и мужчины, и женщины, я с ними общаюсь, схожусь с ними так близко, как хочу, но не ближе. Разочаровываю их первым. И приятельницы у меня здесь тоже имелись. С некоторыми я спал, некоторые называли меня «милый» — до, во время и после. Мне это, конечно, нравится, но веры я не придаю. Единственно в какого «милого» я верю, это «милый», за которого мною уплачено.

Понимаете, я не считаю себя завистливым, циничным, разочарованным и тому подобное. Я просто вижу теперь яснее, чем раньше. Любовь и деньги — это две большие голограммы, которые сверкают у нас перед глазами, гнутся и поворачиваются, словно настоящие трехмерные объекты. А протянешь руку, и она проходит насквозь. Я всегда сознавал, что деньги — иллюзия, но и будучи иллюзией, они обладают замечательным могуществом. Что любовь — тоже иллюзия, я не сознавал, не знал, что сквозь нее беспрепятственно проходит рука. Теперь знаю. Стал умнее.

Как видите, я в каком-то смысле перешел на точку зрения Оливера, которую он в оскорбительной форме пытался мне изложить, когда мы оба напились и я в конце концов нанес ему удар головой. Любовь функционирует по законам рынка, утверждал он в оправдание того, что увел у меня жену. Теперь, став чуть-чуть старше и чуть-чуть умнее, я склонен согласиться: любовь действительно имеет много общего с деньгами.

Из всего этого не следует, что я их обоих простил за то, что они мне сделали. И ничего еще не прошло. Ничего не кончено. Что делать, я не знаю. Как, когда... Я должен от этого освободиться... Но как?

По моим понятиям, существуют две системы: полная оплата на месте и рассрочка. Система оплаты на месте работает, как я выше описал, и работает надежно, при условии, что приняты нормальные экономические меры предосторожности. Система рассрочки именуется любовью. Меня не удивляет, что люди по большей части выбирают второй вариант. Нам всем нравится покупать в рассрочку. Но при оформлении покупки редко кто прочитывает мелкий шрифт внизу. О процентах мы не задумываемся... суммарную цену не подсчитываем... По мне лучше платить полную сумму на месте.

Иногда мне говорят, когда я выражаю свои взгляды на этот счет: «Да, я тебя понимаю. Это упрощает все дело. Но когда платишь за секс (мы, конечно, бываем уже пьяны ко времени такого братания), когда платишь за секс, — авторитетно говорят те, кто в жизни не платил за секс, — сложность в том, что шлюхи не целуют». Говорят это не без сожаления и тепло думают о своих женах, которые как раз целуют (но кого? кого еще? — подмывает меня спросить). Я киваю и не пытаюсь их разуверить. У людей такие сентиментальные представления о проститутках. Что будто бы они лишь изображают половой акт, а потом прячутся в скорлупу скромности и сберегают сердце и губы для возлюбленных. Возможно, что бывает и так. Но — шлюхи не целуют? Целуют за милую душу. Надо только заплатить за это. Подумайте, где еще вам могут дать губы в обмен на деньги?

Я не нуждаюсь в вашей жалости. Я теперь поумнел, и у вас нет основания относиться ко мне свысока. Возможно, я вам теперь не нравлюсь (а может, и никогда не нравился). Но, как я уже сказал, я больше никому не обязан нравиться.

Деньги не могут купить любовь? Очень даже могут. Любовь, как я уже говорил, это такая система, которая обеспечивает, чтобы после секса тебя называли «милый».

17. Sont fous, les Anglais*

ГОРДОН: Гордон меня зовут. Ну конечно, вы и не можете знать. Гордон Уайетт, теперь улавливаете?

Мне не положено с вами говорить, наверняка это против правил. Известно ведь, что вы обо мне думаете, верно? Грязный сладострастник, совратитель школьниц, бросил

* Дурные они, эти англичане *(фр.)*.

жену и ребенка... с такими ярлыками кто же захочет тебя выслушать?

Замечания по делу о Гордоне Уайетте, давным-давно осужденном военно-полевым судом и сосланном в соляные копи.

1. Когда мы познакомились с Мари-Кристин, она была такая забавная, веселая. Я женился, привез ее в Англию. И года не прошло, она завела роман. Думала, я не раскумекаю. Конечно, я раскумекал. Неприятное переживание, но я перетерпел. Было у меня подозрение, что, когда родилась Джилиан, у нее был еще один романчик, но точно утверждать не могу. Я бы и это перемог. С чем я не мог смириться, это что с ней перестало быть весело. Вроде как появились раньше времени старческие черты, какие-то понятия обо всем. Жуткое дело. Совсем на нее не похоже. Во всем-то она права, все-то она так и знала, в таком духе.

2. В доступе к дочери судом отказано по причине извращенного интереса заявителя к девочкам. (Они что, опасались, как бы я не стал совращать собственную дочь, черт бы их побрал?) Последующие личные просьбы категорически отвергались мадам. Приходилось выбирать: надо ли и дальше добиваться права видеться с ребенком, зная, что все против тебя (и суд, к которому ты проявил неуважение, и присяжные, и приставы, и прочие), и только рвать себе душу напрасными надеждами; или же подвести черту и начать с чистого листа? И то же самое — ребенок, что для нее лучше: думать, что, может быть, существует кто-то, или что определенно нет никого? Непростой вопрос.

3. Главное же, что я обязан заявить, это что я не могу мириться с клеветой на мою жену. На мою нынешнюю жену. Я ее не «совращал», и она не была мне Лолитой. Мы просто познакомились (и вовсе не в школе, между прочим) — и сразу готово дело. Сопротивление бесполезно. С тех пор живем в любви и согласии, худого слова не слышим, растут двое отличных ребятишек. Правда, трудно было

найти новое место преподавателя. Перебивался одно время переводами. И сейчас немного перевожу. Но кормилица семьи у нас Кристина. А я так называемый «домашний муж». Освоился с этим положением моментально, как рыба в воде, то-то мадам бы удивилась. Честно сказать, я вообще не понимаю, на что жалуются женщины. Мне лично очень даже нравится «сидеть дома на привязи», как они выражаются.

Ага, я слышу дверь. Видите ли, я обещал, что не буду с вами распространяться на эти темы. Кристина этого не любит. Что прошло, то прошло, было и быльем поросло, ну и так далее. Так что вы, уж пожалуйста, не проговоритесь, ладно? Вот и спасибо. Пока.

ОЛИВЕР: Я езжу на ветхом «пежо» четыреста третьем. Перекупил у крестьянина, который, наверно, спал и во сне видел «тойоту лэнд круизер». Мой «пежо» зеленовато-серого цвета — теперь автомобили в такие цвета не красят — и весь такой закругленный по углам. Радиаторная решетка крохотная, как щиток на лице у голкипера. Все очень ретро. Были случаи, когда мотор отказывал, притом весьма кстати.

Каждое утро я под скрип старой кожи втискиваюсь за баранку и еду в Тулузу. По деревне качу медленно — из-за собаки мсье Лажиске. Какой она марки, сказать не могу, а внешние характеристики такие: размеры средние, масть каштановая и восторженное дружелюбие. Остальные особенности, не столь бросающиеся в глаза, нам разъяснил сам мсье Лажиске в первый же день, когда мы с Джил вышли прогуляться по деревне и эта луженая глотка о четырех ногах на нас набросилась. «Il est sourd, — сказал владелец пса. — Il n'entend pas»*. Глухая собака. Как это грустно. Беспредельно грустно. Не может слышать мелодичный посвист хозяина.

* Он глухой. Он не слышит *(фр.)*.

Так что я качу осторожно, кивая встречным туземцам, точно третьестепенный член британской Королевской Семьи. Проезжаю пыльный ромбовидный пустырь, который служит отчасти деревенской центральной площадью, а отчасти — площадкой перед входом в кафе, где за вынесенными наружу столиками два-три местных долгожителя попивают утренние напитки из толстых кружек с надписью «Полицейское отделение». Вот стенды «Тотальгаз» у бензоколонки и выцветшая реклама BRILLIANTINE PARFUMÈE*, намалеванная на торцовой стене. Какие названия! Дальше — заброшенная lavoir** — «oú sont les blanchisseuses d'antan?»***— и наконец, у «Кооперативного погребка» сворачиваю на шоссе. Как почти во всех населенных пунктах в округе, в нашей деревне имеется два замка: старая крепость, чьи стены некогда обагряла пролитая кровь, и вот эта новая постройка из блестящей нержавеющей стали, где красный сок истекает из раздавленной виноградной кисти, а не из жил узника. Искусства войны и искусства мира! По-моему, архитекторы могли бы добиться более яркого контраста, украсив силосную башню Кооперативного питейного заведения сатирическими башенками в виде перечниц, а стальные стены прорезав узкими окнами наподобие бойниц.

Вот это жизнь, думаю я, проезжая через виноградники разных сортов: сэнсо, мурведр, мальбек, темпранилло — их надо только смешать в правильной пропорции, и готово дело. Сейчас мы состоим в винодельческом районе Третьего класса, но надеемся на повышение.

Видите вон ту круглую каменную башенку? Это всего лишь хранилище, но построено на века и способно выдержать как прибой времени, так и нахрап хлопковых долго-

---

* Ароматизированный бриллиантин *(фр.)*.

** мостки для полоскания белья *(фр.)*.

*** «Где прошлогодние прачки?» *(фр.)* — аллюзия на стих Фр. Вийона «Где прошлогодний снег?».

носиков. Впечатляет? Чистейший воздух, дышите носом, а в небе высоко-высоко подвешен ястреб. Это ли не жизнь? Минутку, я только помашу царственной рукой вон тому работяге в синем фартуке, вскармливающему грудью свою лопату. А ведь я был всегда такой мрачный. Любил повторять, что жизнь похожа на вторжение в Россию: начинается легко и быстро, потом постепенно все медленнее, все труднее, потом смертная схватка с генералом Январем, ну и кровь на снегу. Но теперь я смотрю на вещи иначе. Почему бы маршруту не пролегать между солнечными виноградниками, верно? Здесь вообще все гораздо жизнерадостнее. Может быть, просто больше солнца. Помните, как медики открыли зависимость психического состояния от освещения в квартире? Ввинтите лампочки поярче, и не придется платить психиатру. То же самое вполне может относиться и к открытым пространствам. Климат и Веселый Олли.

До Тулузы около часа езды по шоссе А 61. Утренний туман парит над лугами и колышется вокруг крестьянских домов, точно испаряющийся сухой лед. Сворачиваю на школьный двор и останавливаю мой 403-й. Рассыпаю в толпе ждущих учеников горсти bon mots*, словно семечки подсолнухов. Ученики все такие нарядные и... ну, да, хорошенькие. И мальчики, и девочки. И все хотят учить английский! Ну разве не удивительно? Я знаю, что педагогу полагается воодушевлять, разжигать жажду познания, и прочее, и прочее, но это правило было неприложимо в дождливые вторники на Эджуэр-роуд, когда перед тобой — унылый ряд прокисших кулей с зерном. Здесь же все наоборот: они пробуждают во мне желание учить!

И учишь, учишь целый Божий день. А после, быть может, пропустишь не спеша стаканчик красного в обществе ученицы, у которой трудности с прошедшим временем (у кого из нас их нет?), и ленивым ходом едешь через

* остроты *(фр.)*.

виноградники домой. За несколько километров видишь, как блестят в закатных лучах низкого солнца стальные конструкции ресторана «Кооперативный погребок». Вот промелькнул мой любимый дорожный знак: ROUT INONDABLE. Чисто галльская экономия. В Англии бы написали: ОСТОРОЖНО! ДОРОГУ ИНОГДА ЗАТОПЛЯЕТ. А здесь — ROUT INONDABLE, и все. Затем осторожно проезжаешь по деревне и попадаешь в любящие объятия жены и ребенка. Как она горячо обнимает меня, лучезарное дитя, малютка Сал. Льнет ко мне, как мокрая занавеска в душе. Ну, чем не жизнь?

ДЖИЛИАН: Теперь слушайте меня. Меня слушайте. Я думаю, начать надо с описания деревни, в которой мы поселились. Она расположена на юго-восток от Тулузы в департаменте Од, на краю виноградников Минервуа близи канала Дю Миди. Деревня со всех сторон окружена виноградниками, но это только теперь, а раньше было иначе. В наши дни, если поездить по окрестностям, можно подумать, будто тут спокон века все было так, как сейчас, виноградники почти все очень старые. Но на самом деле здесь произошли большие перемены с появлением железной дороги. До той поры здешние области были самодостаточными с сельскохозяйственной точки зрения. Тут разводили овец, чтобы получать шерсть, крупный рогатый скот — ради молока, наверно, еще и коз, выращивали овощи, фрукты и, ну, не знаю, подсолнечник, из которого давили масло, а еще турецкий горох и тому подобное. Но провели железные дороги, и экономический профиль региона, как и всюду, изменился, выровнялся. Местные жители перестали возиться с овцами, потому что шерсть, привозимая по железной дороге, оказывалась дешевле местной. Смешанные хозяйства вымерли. Можно, конечно, иногда увидеть козу где-нибудь на заднем дворе, но и только. В настоящее время весь регион занят виноделием. Что же будет, когда в другой какой-нибудь местности начнут производить вино лучше и дешевле нашего, когда из наших почв и виноградников выжмут все до конца и они станут неконкурентоспособны? С голоду мы, конечно, не помрем, экономисты посадят нас на европособие. Нам будут платить за то, что мы производим вино, которое никому не нужно, мы будем его делать, а потом ждать, чтобы оно превратилось в уксус, или просто выливать его на землю. Второе обнищание, понимаете? И будет очень жаль.

Вон те каменные башенки среди полей — памятники былого. Многие считают их зернохранилищами, но на самом деле раньше у них были крылья. Это бывшие ветряные мельницы, моловшие зерно с тех самых полей, среди которых они стоят. Теперь они остались без крыльев и перестали походить на бабочек. А заметили вы «замок», когда проезжали через деревню? Его все называют «замком», а Оливер сочиняет сказки про осадные машины и кипящую смолу. Спору нет, в этих местах происходило много сражений, главным образом во время Катарских войн, кажется, и англичане сюда заглядывали столетия два спустя. Но тут небольшая деревня посреди равнины, лишенная какого-либо стратегического значения. Зачем ей замок? Нет, это сооружение — всего лишь древнее зернохранилище и ничего больше.

Единственная здешняя достопримечательность, привлекающая туристов, — средневековый фриз на западной церковной стене. Он тянется от угла до угла, изгибаясь дугой над порталом. На фризе — тридцать шесть каменных голов, через одну то ангельская, то голый череп с аккуратно скрещенными костями снизу. Рай — ад, рай — ад, рай — ад. Или можно истолковать иначе: воскресение — смерть, воскресение — смерть, воскресение — смерть, словно вагоны проходящего железнодорожного состава. Да только мы уже не верим в ад и воскресение. И ангелы, по-моему, больше походят на обыкновенных маленьких детей. Вернее, на одно малое дитя — на мою дочь Софи-Анну-Луизу. Мы дали ей три имени, все три существующие и по-французски, и по-английски, достаточно переместить ударение, и меняешь национальность. Эти ангельские головки, слегка сглаженные временем, напоминают мне мою дочь. Они словно бы говорят мне: жизнь, смерть, жизнь, смерть, жизнь, смерть.

Какое-то здесь заколдованное место. В Лондоне я никогда столько не думала о времени и о смерти. Здесь такая тишь, красота, безмятежность, и жизнь моя худо-бедно устроилась, а я вот размышляю про время и смерть. Неужели это из-за Софи?

Вот, например, фонтан. Нормальное, с некоторой претензией на пышность, общественное сооружение, возведенное в царствование Карла X. Обелиск из розового мрамора, который и теперь добывают в карьере на противоположном склоне горы. На цоколе — четыре головы Пана держат во рту трубочки для стрельбы горохом. Из трубочек должна литься вода. Но давно уже не льется. А как, надо думать, радовались в 1825 году, когда установили фонтан и получили чистую воду с дальних холмов. Теперь жители деревни предпочитают покупную воду в бутылках, а фонтан пересох. Зато он теперь исполняет роль еще одного военного мемориала. На одной стороне обелиска — колонка из двадцати шести имен тех, кого эта маленькая деревня потеряла в Первой мировой войне. На противоположной стороне — трое павших во Второй Мировой войне, а под ними — один mort en Indochine*. А с третьей на розовом мраморе можно разобрать первоначальную надпись 1825 года:

MORTELS, SONGES BIEN
LE TEMS PROMPT A S'ENFUIR
PASSE COMME CETTE EAU
POUR NE PLUS REVENIRE**

---

* погиб в Индокитае *(фр.)*.

** «Мертвые, спите спокойно. Время течет быстро. Как эта вода. Чтобы никогда не вернуться» *(фр.)*.

Вода — как жизнь, говорится здесь. Но вода здесь больше не течет.

Я смотрю на старух. Для домашней работы они надевают цветастые халаты на пуговицах спереди, наряднее, чем просто рабочая спецодежда. Каждое утро они выходят на улицу и метут тротуар перед своим домом. А потом еще немного проезжую дорогу. Я не шучу, они сметают своими старыми швабрами пыль и сор с асфальта, сколько удается достать с тротуара. К вечеру, когда спадает жара, они снова выходят на улицу, но теперь сидят на плетеных стульчиках. И просиживают дотемна, вяжут, судачат, прохлаждаются. Становится понятно, для чего они подметали шоссе. Для них шоссе — это тот же двор, где можно посидеть на воздухе.

В конце недели из Монпелье едут новые богачи. Но не в нашу деревню, мы для них недостаточно живописны. Они гонят свои джипы дальше и на холмах, откуда открывается красивый вид, включают протекторы: «хибачи», чтобы производить съемки. А у нас плоско, скучно, нет даже видеозала. Есть только два бара, одна гостиница с рестораном, это прямо напротив нашего дома, и булочная, в которой теперь пекут pain noir и pain complet*, поскольку в бакалейный магазин стали завозить хлеб фабричный, а кроме того, еще скобяная лавка, где можно купить электрические лампочки и крысиный яд. В прошлом году вся страна праздновала двухсотлетие Французской революции. А у нас в деревне было только одно уличное украшение: хозяин скобяной лавки мсье Гаррюэ заказал шесть пластиковых швабр, две красные, две белые и две синие, и воткнул в горшок у порога своего заведения. И сами щетки, и длинные рукояти были одного цвета, так что получилось очень мило. Но потом кто-то купил обе красные — проезжий коммунист, как утверждала одна старуха, — и местное украшательство на том и кончилось. Больше про двухсотле-

* хлеб ржаной и хлеб с отрубями *(фр.)*.

тие не вспоминали, хотя в соседних деревнях устраивали фейерверки, нам было слышно.

По средам в девять часов утра приезжает рыбный фургон с побережья и стоит на рыночной площади. Мы покупаем рыбу-меч и еще какую-то под названием «пассар» (перевода не нашла). Рыночная площадь имеет форму кособокого овала, посредине — проход, обсаженный до мяса обстриженными липами: здесь деревенские старики играют в шары, а старухи иногда переносят сюда плетеные стульчики и сидят наблюдают за игрой, сами же в ней участия не принимают. Игра идет по вечерам, при прожекторе, и над головами игроков вырисовываются в небе черные верхушки дальних сосен. Что они означают во французской деревне, знает всякий: кладбище.

Местная мэрия и почтовое отделение находятся в одном здании. Первые несколько раз, желая купить марку, я по ошибке забредала в мэрию.

Вам ведь это все неинтересно, правда? Конечно, нет. Вижу, я на вас скуку нагнала. Вас интересует совсем другое. Ну и ладно.

СТЮАРТ: Рассказать вам про одну вещь, которая меня всегда слегка обижала? Вы, наверно, подумаете: какая чепуха. Тем не менее это правда.

В субботу она вставала попозже, ей хотелось немного понежиться в постели. Я поднимался первым. На завтрак в субботу или воскресенье мы обязательно ели грейпфрут. Выбор был за мной. Если меня тянуло съесть грейпфрут в субботу, я вынимал его из холодильника, разрезал пополам и клал на два блюдца. Или же это происходило в воскресенье. Вот я съем свою половину, смотрю на вторую, которая предназначена для Джилиан, и думаю: это — ее, она проснется и будет его есть. И я аккуратненько выковыривал все косточки, чтобы ей не пришлось с ними возиться. Иногда их бывало много.

И знаете, за все время, что мы жили вместе, она ни разу этого не заметила. Или замечала, но не говорила. Но нет, на нее не похоже. Просто не обращала внимания. А я все ждал в выходные утром, что она наконец увидит. И каждый раз испытывал маленькое разочарование. Помню, я думал: может, она считает, что вывели новый сорт грейпфрута, без косточек? Как бы они тогда размножались, по ее мнению?

Теперь она, наверно, убедилась, что косточки в грейпфруте есть. Кто у них его разрезает? Не представляю себе, чтобы Оливер... а, черт.

Ничего не прошло. Не знаю, как это может быть, но факт. Надо что-то с этим делать, как-то разобраться. Я уехал, они уехали, но ничего не прошло.

ОЛИВЕР: Понимаете, она сильнее меня. Уф-ф! Уф-ф! И мне это нравится. Свяжите меня шелковыми путами, будьте так добры. А, ну да, я уже это, кажется, говорил. Ну и что? Зачем так сурово смотреть? Суровый взгляд и горький вздох так понижают качество жизни. Джил иногда, случается, вздохнет, когда я очень уж разыграюсь. Это, знаете ли, большая нагрузка — чувствовать ожидание в притихшем партере. Люди делятся на актеров и публику, вы согласны со мной? Иногда я думаю: вот попробуйте сами разок, тогда узнаете.

Я сейчас скажу вам одну вещь, которую вы еще не слышали. Слово pravda по-русски означает: «правда». Ну, положим, это вы, наверно, знаете. А я хочу вам сказать вот что: для слова «правда» нет рифмы в русском языке. Подумайте и взвесьте. Не отзывается ли эта нехватка эхом в каньонах вашего сознания?

ДЖИЛИАН: Мы переехали сюда, потому что Оливер получил в Тулузе место преподавателя.

Мы переехали сюда, потому что, как я узнала, в «Музее Августинцев», возможно, найдется работа для реставратора.

Имеются также и частные клиенты, а я привезла парочку рекомендательных писем.

Мы переехали сюда, потому что Лондон теперь — неподходящее место, чтобы растить детей, и потом, мы хотим, чтобы Софи выросла двуязычной, как maman.

Мы переехали сюда из-за климата и из-за качества жизни.

Мы переехали сюда, потому что Стюарт стал слать мне цветы. Можете себе представить? Можете?

Мы все заранее обсудили. Все, кроме вот этого последнего осложнения. Ну, как он может? Просто не знаю, искренно ли он пишет, что ему очень жаль, или же это какая-то нездоровая месть. Но в любом случае мне с этим было не справиться.

ОЛИВЕР: Решение принимала Джил. Разумеется, мы поиграли в демократию, провели консультации за круглым столом, это — святое, но если говорить честно, в браке всегда один человек умеренного нрава, а другой — воинственного, вы согласны? И не выискивайте, пожалуйста, в этом утверждении дежурные стоны мужчины с пониженным гормональным профилем. Давайте лучше примем следующее обобщение: те, кто взял на себя тяготы брака, попеременно выступают то в той роли, то в этой. Когда я за ней ухаживал, я был настойчивым и целеустремленным, а она — трепетной и колеблющейся. Когда же речь зашла о смене тухлых исчадий лондонского автобуса на нежные ароматы «Трав Прованса», тогда ее кочевое сердце колотилось и гудело, как мощный гонг Дж. Артура Рэнка*. Что до меня, то у меня перспектива разлуки с отечеством если и вызывала сердцебиение, то уловимое разве стетоскопом.

Послушайте, она даже работу мне нашла. Откопала где-то старый заплесневелый французский справочник, содер-

---

* Артур Рэнк — глава британской кинокомпании, на фирменной заставке которой изображен полуобнаженный атлет, бьющий в гонг.

жащий сведения о том, где нанимают иностранцев. Я только-только разгулялся в Лондоне, поскольку стеатопигий друг увез свою пухлую задницу на другой континент. Но Джил уже нетерпеливо разворачивала крылья, готовясь к отлету; я чувствовал, как она в сумерках сидит на телефонных проводах и грезит о Юге. И если, как я некогда пытался внушить пузану Стю, деньги можно уподобить любви, в таком случае брак — это предъявленный счет. Шутка. Во всяком случае, наполовину.

ДЖИЛИАН: Разумеется, Оливер, прежде всего, ленив, как все мужчины. Они принимают важное решение и воображают, что теперь могут несколько лет мирно греться на солнышке, как лев на вершине горы. Мой отец сбежал со своей школьницей, и это было, я думаю, последнее важное решение в его жизни. Вот и Оливер приблизительно такой же. Производит много шуму, но с малым результатом. Не поймите меня неправильно: я люблю Оливера. Но я его изучила.

Продолжать прежнее существование, только заменив Стюарта Оливером, было просто невозможно. Даже когда я забеременела, Оливер все никак не мог взяться за ум. Я попробовала было образумить его, но он обиженным тоном возразил: «Но я счастлив, Джил, я так счастлив». Конечно, меня это очень растрогало, мы поцеловались, он погладил мой живот, тогда еще плоский, как доска, отпустил какую-то глупую шутку насчет головастика, и остаток вечера все было прекрасно. У Оливера такая особенность: он замечательно умеет делать так, чтобы остаток вечера все было прекрасно. Но потом наступает завтрашнее утро. И утром я подумала: я, конечно, очень рада, что он счастлив, и я тоже счастлива, казалось бы, разве этого мало? Но выходит, что мало. Надо быть счастливым и практичным. Вот в чем суть.

Мне не нужно, чтобы мой муж правил миром — иначе я бы не вышла замуж ни за того, ни за другого, — но я также не согласна, чтобы он топтался на месте, совершенно не заботясь о будущем. За все время, что я знаю Оливера, в его карьере — если это слово тут подходит — произошла только одна перемена, и та к худшему: он вылетел из школы имени Шекспира и поступил к мистеру Тиму. Хотя всякому ясно, что он достоин большего. Его надо было направлять, тем более — в виду моей беременности. Я не хотела, чтобы... — да, я знаю, я уже говорила это про Стюарта, но так и есть, и я не стыжусь — я не хотела, чтобы Оливер разочаровался.

Он, должно быть, рассказывал про собаку мсье Лажиске? Есть две вещи в нашей деревне, о которых он рассказывает каждому. Это замок, от повторения к повторению становящийся все более внушительной крепостью крестоносцев или катарской твердыней; и собака. Такой приветливый рыжий пес по кличке Пулидор, который от старости совершенно оглох. Мы с Оливером оба его ужасно жалеем, но по разным причинам. Оливеру грустно, что бедняжка Пулидор на прогулке через поля не слышит больше свист своего доброго хозяина и вообще от всего отрезан в мире безмолвия. А мне грустно оттого, что рано или поздно он, я знаю, погибнет под колесами. Он выскакивает из дома мсье Лажиске пулей, весь охваченный восторженным предвкушением, что вот сейчас, на воле, слух к нему вернется. А водители автомобилей не задумываются о том, что собака может быть глухой. Я представляю себе, как юноша за рулем на большой скорости проезжает по деревне, видит бегающую по улице собаку и нетерпеливо сигналит ей, сигналит, но она, глупая, не обращает внимания, он резко сворачивает, но увы — поздно. Я себе все это ясно представляю. Я говорила мсье Лажиске, что собаку надо привязать или держать на длинном поводке. Он объяснил, что пробовал один раз, но Пулидор захандрил, ничего не ел, и он его отвязал. Он хочет, чтобы его пес был счастлив. Я возразила, что быть счастливым хорошо, но надо быть и практичным. А иначе собака рано или поздно обязательно попадет под колеса. Это ясно.

Понимаете?

СТЮАРТ: Я придумывал разные планы. Сначала хотел подкупить какую-нибудь ученицу в этой жалкой школе, куда Оливер устроился. И пусть она пожалуется, что Оливер к ней пристает. Вообще это даже могло быть правдой — ну, не к этой девице, так к другой. И его бы за это выгнали. Могли бы на этот раз и в полицию обратиться. Джил по крайней мере поняла бы, ради какого человека меня оставила. И это сознание ее бы все время мучило, она уже никогда бы не чувствовала себя в безопасности. Хороший был план.

Потом, в Штатах, я придумал другой. Притвориться, будто я покончил с собой. Понимаете, мне хотелось причинить им сильную боль. Правда, я не решил как. Была мысль написать под чужой подписью в журнал старых выпускников нашей школы, чтобы там поместили некролог, и позаботиться, чтобы непременно послали номер Оливеру. Или можно, чтобы какой-нибудь общий знакомый, приехавший из Штатов, сообщил им эту новость как бы между прочим. «Грустно, что Стюарт застрелился, а? Да, не пережил разрыва. А вы что, разве не знали?» Кто бы это мог? Да все равно кто. Я бы заплатил.

С этой мыслью я не расставался, пожалуй, чересчур долго. Она наводила мрак. И уже становилась соблазнительной. Подмывала так и сделать, понимаете. То есть осуществить на самом деле, им в наказание... Ну и тогда я ее отбросил.

Но еще ничего не кончено. То есть мой брак-то кончен, это я понимаю. Но ничего не прошло. И не пройдет, пока я не почувствую, что прошло. Пока не перестанет болеть. Но до того еще ох как далеко. Я никак не могу избавиться от чувства, что по отношению ко мне это несправедливо. Но ведь должно же пройти, верно?

С мадам Уайетт мы переписываемся. И представляете? У нее роман. Ай да мадам Уайетт. Молодец.

ОЛИВЕР: Наверно, сейчас неподходящий момент для такого признания, но я вообще не специалист выбирать для своих выступлений подходящие моменты. Иногда я скучаю по Стюарту. Да, да, можете мне не говорить, сам знаю, что я ему сделал. Я постоянно жую и пережевываю свою вину, как старый переселенец-бур жевал, не глотая, полоску вяленого мяса. И что особенно грустно, иногда мне думается, что Стюарт понимал меня лучше всех. Надеюсь, что ему хорошо живется. Что он завел себе симпатичную, уютную даму сердца. Я представляю себе, как они вдвоем у себя на лужайке перед домом жарят мясо на мескитовом костре, а над лужайкой кружатся птицы-кардиналы, и оглушительно стрекочут цикады, точно струнная группа Чикагского симфонического оркестра. Я желаю ему всего, этому Стюарту: сил, семейного очага, счастья, ну и болячки в бок, как положено. Пожелал бы ему горячей ванны, да он стал бы держать в ней тропических рыбок, разве я не знаю? Бог ты мой, при одной мысли о нем хочется ухмыльнуться.

Есть у него девушка, вы не знаете? Я думаю, он завел какую-то темную тайну, что-нибудь эдакое, сексуальное. Может быть, порно? фотографии при моментальной вспышке? эротические телефонные разговоры? неприличные факсы? Нет, надеюсь, он уже пришел в себя. И больше не боится жизни. Я желаю ему... обратимости.

СТЮАРТ: Я хотел бы уточнить и зафиксировать одну деталь. Вы, наверно, не помните, но у нас с Оливером была одна шутка, вернее, не у нас с Оливером, а у него на мой счет. Будто бы я считаю, что «мантра» — это марка автомобиля. Я тогда не спорил, но вообще-то я хотел его поправить: не «мантра», Оливер, а «манта». Точнее — «манта рэй», классная машина, мощная, выпускает «Дженерал Моторс» на основе «корветта». Я даже подумывал купить такую, когда приехал сюда. Но все же она не в моем стиле. И это была бы слишком большая уступка прошлому, вы согласны?

Уж этот Оливер, обязательно напутает.

МАДАМ УАЙЕТТ: Стюарт мне пишет. И я сообщаю ему всякие новости, если они есть. Он все никак не может подвести черту. Уверяет, что строит себе новую жизнь, но я чувствую, что он не в силах подвести черту.

О том же, что действительно помогло бы ему подвести черту, я не могу себя заставить ему сообщить. О малютке. Ему неизвестно, что у них родился ребенок. Ужасно, когда знаешь то, что другому может причинить боль. И оттого, что тогда сразу не написала, теперь день ото дня становится все труднее поставить его в известность.

Понимаете, они как-то пришли ко мне в гости, и когда моей дочери не было в комнате, а Стюарт сидел готовый держать у меня экзамен, ботинки блестят, волосы зачесаны со лба, и он мне тогда сказал: «Знаете, у нас будут дети». И сразу спохватился, застеснялся: «То есть я не имею в виду — сейчас... не в том смысле, что она... — Тут с кухни донесся звон чашек, Стюарт совсем растерялся и стал уточнять: — Джил еще не знает, мы об этом не говорили, но я уверен, ну, то есть...» Ему не хватило слов. Я сказала: «Прекрасно, это будет наш с вами секрет». И он сразу успокоился, и по лицу было видно, с каким нетерпением он ждет, когда вернется Джилиан.

Я вспомнила этот разговор, когда Оливер мне сообщил, что Джилиан беременна.

Софи-Анна-Луиза. Немного претенциозно, вы не находите? Может быть, по-английски лучше: Софи-Энн-Луиза. Нет, все равно как-то похоже на внучку королевы Виктории.

ДЖИЛИАН: Не думайте, пожалуйста, Оливер — хороший преподаватель. В конце прошлой четверти был праздничный завтрак, и директор мне рассказал, как прекрасно Оливер умеет ладить с учениками и как они все его ценят. Оливер потом презрительно фыркнул, когда я это пересказала, он говорит, что его предмет, «английский разговорный и английская культура», — работа не бей лежачего, можешь ляпнуть что придет в голову, и ученики принимают это за бесценный образец британского юмора. Но такой уж он человек, Оливер, всегда будет умалять свои достоинства. Хорохорится, храбрится, но на самом деле очень неуверен в себе.

Слать цветы своей бывшей жене через два года после разрыва. Что это должно значить?

Когда я была школьницей — теперь это кажется таким далеким прошлым, — мы с подругами вели нормальные девчоночьи разговоры: каким должен быть мужчина, которого мы полюбим? Я всегда просто называла кого-нибудь из кинозвезд. Но про себя думала, что мне нужен человек, которого я смогу любить и уважать и который мне физически приятен. Вот к чему, я считала, надо стремиться, если хочешь постоянных отношений. Но когда у меня начались романы, выяснилось, что все три качества вместе — такая же редкость, как выиграть подряд три клубничины в игровом автомате. Одна выскочит, можешь выиграть и вторую, но первая к этому времени уже уйдет. Есть, правда, кнопка «задержать», но она почему плохо работает.

Любить, уважать и чувствовать влечение. Я думала, что мне достались все три условия в Стюарте. А потом — что в Оливере. Но, должно быть, все три — это недостижимо. Наверно, самое большее, на что можно надеяться, это два условия, а кнопка «задержать» мигает не переставая.

МАДАМ РИВ: Говорит, что он канадец. Но, во всяком случае, не из Квебека. Просил комнату с окном на улицу. Как долго тут проживет, он не знает. Еще раз повторил, что канадец. Ну и что? Деньги цвета не имеют.

ДЖИЛИАН: Надо, чтобы были правила. Строжайшие правила, это очевидно, вы согласны? Быть счастливым недостаточно, счастьем необходимо управлять. Теперь я это знаю. Мы поселились здесь, начали с чистого листа, на этот раз без ошибки. Новая страна, новая работа, ребенок. Оливер острил: Ньюфаундголденленд*. Как-то раз, когда Софи измотала меня больше обычного, я его оборвала:

— Имей в виду, Оливер. Одно из правил — никаких романов.

— Che?**

— Никаких романов, Оливер.

Не знаю, может быть, я взяла неверный тон, но он как с цепи сорвался. Можете себе представить поток красноречия. Всего я не запомнила, потому что, когда я устаю, у меня на Олли включается система фильтрации. Я выбираю только то, на что надо ответить.

— Оливер, я только говорю... учитывая обстоятельства нашего знакомства... ведь все думали, что у нас с тобой была интрижка и из-за этого мы со Стюартом разошлись... Я просто считаю, что для собственного нашего спокойствия нам следует вести себя осторожно.

Оливер, как вы, наверно, заметили, умеет быть чрезвычайно саркастичным. Сам он это отрицает, он считает сарказм вульгарным. Изящная ирония, как он говорит, это максимум, на что он способен. Так что возможно, его ответная реплика была всего лишь изящно-ироничной. Он заявил, что, насколько ему помнится, пока я была замужем

---

* Каламбур: Новооткрытая золотая земля *(англ.)*.

** Что? *(ит.)*

за Стюартом, у нас с ним не было интрижки исключительно потому, что он отклонил мое очень настоятельное предложение (дальше следовали анатомические подробности, которые я опускаю), и если кого и можно заподозрить в романах, то не его, а меня, и т.д. и т.п. И это, вообще говоря, справедливо, если не учитывать, что у женщины с грудным ребенком, да еще работающей, как правило, не хватит энергии, чтобы прыгать в постель к третьим лицам и все прочее.

Это было ужасно. Мы состязались, кто кого переорет. Хотя я-то старалась быть практичной, мною руководила любовь к Оливеру, так мне казалось, а вот он разнервничался и держался как настоящий враг.

Такие вещи сразу не проходят. Да еще стоит такая страшная жара. Всю следующую неделю мы переругивались. И представляете? Этот старый танк, на котором он ездит, потому что, видите ли, он эффектно выглядит, за одну неделю три раза ломался по дороге. Три раза! На третий раз, когда Оливер что-то такое пробурчал про карбюратор, у меня, наверно, сделалось скептическое выражение лица, потому что он взглянул на меня и произнес:

— Ну, что же ты молчишь? Скажи вслух.

— Что?

— Давай, давай. Говори.

— Ладно, — соглашаюсь, хоть и понимаю, что не надо бы. — Как ее зовут?

Он зарычал, словно торжествуя победу, я сидела, он стоял надо мной, и я чувствовала — мы оба чувствовали, — что он вполне может сейчас меня ударить, если я скажу еще хоть слово. Я молчала.

Он победил. И мы оба проиграли. Это даже не была настоящая ссора, не по какому-то конкретному поводу, а просто из бессознательной потребности поругаться. Я не сумела управлять счастьем.

Потом я плакала. И думала: БРЮКВЫ, СЛАДКИЕ КАРТОФЕЛИ, ЦВЕТНЫЕ КАПУСТЫ, СПАРЖИ. Никто не сказал тому зеленщику, что так писать нельзя, никто его не поправил. А может, поправляли, да он не послушал.

Нет, тут вам не Англия. Тут Франция, и я сейчас объясню иначе. На днях я разговаривала с мсье Лажиске. Ему принадлежит несколько акров виноградников за деревней, и он рассказал мне, что в старину в конце каждого ряда сажали розовый куст. Оказывается, на розе болезнь проявляется раньше всего, так что розовые кусты — это своего рода система раннего оповещения. Мсье Лажиске сказал, что теперь эта традиция здесь заглохла, но в других районах Франции она еще сохранилась.

Мне кажется, что и в жизни надо сажать розовые кусты. Людям тоже нужна система раннего оповещения.

Оливер здесь стал другим. Вернее, как раз наоборот: Оливер здесь такой, каким был всегда и всегда останется. Но здесь он иначе смотрится. Французы его, в сущности, не понимают. Я только здесь сообразила, что Оливер — из тех, кто яснее всего выявляется в контексте. Когда я с ним познакомилась, он показался мне ужасно экзотичным; теперь же краски потускнели. И не только от времени и от привычки. Просто здесь имеется еще лишь один английский персонаж, на фоне которого он мог бы выделяться, — я. А этого недостаточно. Ему нужно, чтобы вокруг были такие люди, как Стюарт. Это — как в теории цвета. Если поместить рядом два разноцветных пятна, то оба цвета видишь немного измененными. Принцип совершенно тот же.

СТЮАРТ: Я взял трехнедельный отпуск. Прилетел в Лондон. Но оказалось, что ничего хорошего у меня из этого не получается. Я не ездил по тем местам, где мы бывали с Джил, хватило ума. Но меня одолевали злость и печаль. Говорят, злость пополам с печалью все же лучше, чем одна печаль, но я сомневаюсь. Когда ты ходишь печальный-

печальный, люди к тебе внимательны и добры. Но когда к твоей грусти примешана злость, хочется просто стать посреди Трафальгарской площади и кричать: Я НЕ ВИНОВАТ. СМОТРИТЕ, ЧТО СО МНОЙ СДЕЛАЛИ. ПОЧЕМУ ТАК ВЫШЛО? ЭТО НЕСПРАВЕДЛИВО. Люди, испытывающие печаль, но еще и злость, не способны изжить свою боль; такие люди сходят с ума. Я стал как тот человек, что едет в метро и разговаривает вслух сам с собой. От таких стараются держаться подальше. Лучше ему под руку не попадаться, а то он еще спрыгнет или спихнет. Спрыгнет внезапно на рельсы перед поездом или спихнет туда вас.

Так что я поехал в гости к мадам Уайетт. Она дала мне их адрес. Я сказал, что хочу написать, потому что при последней встрече они старались держаться по-дружески, а я их оттолкнул. Не ручаюсь, что мадам Уайетт мне поверила. Она неплохо читает мысли. Поэтому я сменил тему и спросил, как ее новый любовник.

— Старый любовник, — поправила она.

— О, — сказал я, вообразив престарелого господина с пледом на коленях. — Вы не сообщили мне, какого он возраста.

— Да нет, я имею в виду, мой бывший любовник.

— Ой, простите.

— Ничего. Это был просто так... эпизод. Faut bien que le corps exulte.*

— Да.

Я бы так никогда не сказал. Это не мои слова. И вообще не знаю, можно ли по-английски сказать: «тело ликует». Телу приятно, это да, но вот чтобы оно ликовало, не уверен. Но может быть, это у меня так.

Когда подошло время прощаться, мадам Уайетт сказала:

— Стюарт, по-моему, еще рановато.

— Что рановато? — Я подумал, она сожалеет, что я уже собрался уходить.

---

* Хорошо, когда тело ликует *(фр.)*.

— Начинать переписку. Повремени еще немного.

— Но они сами просили...

— Нет, не для них. Для тебя.

Я обдумал это. И купил карту. Ближайший аэропорт оказался в Тулузе, но я в Тулузу не полетел. Я взял билет на Монпелье. Я ведь мог направляться еще куда-нибудь, верно? Я и поехал было. Сел в машину и поехал прямо в противоположную сторону. Но потом подумал: глупости. И снова поискал на карте.

Я дважды без остановки проехал через их деревню. Первый раз нервничал и ехал слишком быстро. Выскочила какая-то чертова собака и чуть не угодила под колеса, едва выкрутил баранку. Второй раз проехал медленнее, увидел гостиницу. Возвратился, когда уже стемнело, и спросил номер. Никаких проблем. Деревня довольно живописная, но не приманка для туристов.

Я не хотел, чтобы мне сказали: «А у нас тут тоже живут англичане», — поэтому представился канадцем, да еще для надежности записался под вымышленной фамилией.

Я спросил номер окнами на улицу. Стою у окна. И жду.

ДЖИЛИАН: У меня не бывает предчувствий, я не телепат и не принадлежу к тем людям, которые говорят: «Я это нутром чувствовала». Но когда мне сказали, я сразу поняла.

Честно признаться, я мало думала о Стюарте с тех пор, как мы перебрались сюда. Все мое время уходит на Софи. Она так быстро меняется, постоянно показывается с новой стороны, я дорожу каждым мгновением. Кроме того, есть еще Оливер, не говоря о моей работе.

О Стюарте я вспоминала только в тяжелые минуты. Звучит некрасиво, но это правда. Например, когда впервые убеждаешься, что не можешь или, во всяком случае, не будешь все рассказывать человеку, за которым ты замужем. Так было у меня со Стюартом и так же с Оливером. Это не то чтобы ложь, а просто как бы подгонка, экономное обращение с правдой. На второй раз это уже не так поражает, но напоминает, как было в первый.

Утром в среду я стояла возле рыбного фургона. В Англии выстроились бы в очередь, а здесь просто толпятся, но знают, кто за кем, и если следующая — ты, но тебе не к спеху, можешь пропустить кого-нибудь вперед себя. Suis pas pressèe.* Прошу вас. Я буду за вами. За мной была мадам Рив, и она спросила, любят ли англичане форель. Я ответила, что да, конечно.

— У меня сейчас остановился англичанин. Sont fous, les Anglaise. — Она посмеялась, показывая, что меня сюда не включает.

Упомянутый англичанин приехал три дня назад и все время сидит у себя в номере. Только раз или два поздно вечером выбирался украдкой на воздух. Говорит, что он канадец, но паспорт английский, и фамилия в нем не та, какой он назвался по приезде.

Когда я это услышала, я сразу поняла. Сразу.

— У него фамилия канадская? — спрашиваю как бы между делом.

— Что значит канадская фамилия? Я их не различаю. У него записано Юз или что-то в этом роде. Это канадская фамилия?

Юз. Да нет, не особенно канадская. Это фамилия моего первого мужа. Я раньше была мадам Стюарт Юз, то есть Хьюз, но только я не брала его фамилию. Он думал, что я поменяла фамилию, но я оставила свою. И фамилию Оливера я тоже не взяла.

ОЛИВЕР: Я веду себя паинькой. Изображаю столп семейственной добродетели. Если бы у нас родились близнецы, я бы назвал одну Лара, другую Пената. Я ли не звоню с дороги, когда грозят тулузские заторы? Я ли не встаю среди

* Я не спешу *(фр.)*.

ночи, дабы заняться запачканными свивальниками малютки Сал и затем протереть ее влажной ваткой? Я ли не ухаживаю за первыми ростками будущего огорода, и разве мои алые вьюнки уже теперь не тянут дрожащие усики вверх по бамбуковым подпоркам?

А все дело в том, что Джил в настоящее время мало расположена к сексу. Случается время от времени. Все равно как упихивать уличный счетчик в устричную раковину. Согласно замшелому мифу, который донесли до нас les blanchisseuses d'antan, кормящая мать якобы не способна забеременеть. Теперь наконец я могу объяснить, откуда берется этот миф. Дело в том, что кормящая мать очень часто отказывается воспринять генное вливание из источника, с которым состоит в законном браке: горизонтальный бег трусцой, в сущности, исключается. Понятно, почему она не беременеет.

Что довольно-таки нечестно, ведь с малюткой Сал это вообще была ее затея. Я был обеими руками за то, чтобы все оставалось как есть.

СТЮАРТ: Я говорил себе, что у меня не было предварительного плана, но это неверно, план у меня был. Это я только притворялся, будто еду в Лондон просто так, наобум. И что лечу в Монпелье исключительно от нечего делать. И вот, мол, проезжаю через деревню, и надо же, какое совпадение...

Я приехал, чтобы посмотреть им в глаза. Я приехал, чтобы встать посреди Трафальгарской площади и орать во всю глотку. Я бы знал, что делать, когда доберусь до места. Я бы знал, что им сказать. Я НЕ ВИНОВАТ. СМОТРИТЕ, ЧТО ВЫ СО МНОЙ СДЕЛАЛИ. ПОЧЕМУ ВЫ ТАК ПОСТУПИЛИ СО МНОЙ? А вернее, не им в глаза я приехал посмотреть, я бы посмотрел в глаза ей. Ведь это все она сделала. Окончательное решение было за ней.

Я собирался высмотреть, когда Оливер отбудет в Тулузу, в этот вонючий лицейчик, где он служит. По словам мадам Уайетт выходит, что это вполне пристойное заведение, но я думаю, она приукрашивает из лойяльности. А на самом деле это, конечно, дыра. Я бы выждал, пока Оливер уедет, и пришел к Джилиан. И нашел бы, что сказать ей, какие-нибудь слова нашел бы.

Но — не могу. Я видел ее в окно. Она осталась совершенно такая же, как раньше, в зеленой ковбойке, которую я хорошо помню. Только постриглась коротко, для меня это была неожиданность. Но еще гораздо неожиданнее было другое. Она держала на руках ребенка. Ее ребенок. Их ребенок. Ребенок проклятого Оливера.

Почему вы не предупредили меня, мадам Уайетт? Это сразу выбило у меня почву из-под ног. Напомнило мне о будущем, которого у меня никогда не будет. Обо всем, что у меня отняли. Боюсь, что не смогу с этим сладить.

Как вы думаете, у них все время была связь? Вы так и не сказали мне своего мнения. Сначала я думал, что да, потом немного успокоился и думал, что нет. А теперь опять думаю, что да. Да, все время. Отвратительная штука — память, вцепилась и не отпускает. Я даже не могу теперь, оглядываясь на тот короткий промежуток моей жизни, считать его счастливым. Они отравили единственный отрезок моего прошлого, когда мне было хорошо.

Повезло Оливеру. Такие люди, как я, не убивают. Я не смог бы перепилить ему тормоза. Один раз я напился и врезал ему головой, но вкуса к таким вещам так и не приобрел.

Жаль, я не смог бы переспорить Оливера. Доказать на словах, что он сволочь, что никакой моей вины тут нет, что Джил была бы счастлива со мной. Но бесполезно и пытаться. Ему ведь только того и надо. Весь разговор он свел бы к своей персоне, к тому, какая у него интересная и сложная натура. И кончилось бы тем, что я бы ему сказал: А ПОШЕЛ

ТЫ ЗНАЕШЬ КУДА ВСЕ ТЫ ВРЕШЬ ЗАТКНИСЬ, — это тоже не принесло бы утешения.

Иногда я утешаю себя мыслью, что Оливер — неудачник. Чего он добился за последние десять лет, кроме как увел чужую жену и бросил курить? Он умный, я этого никогда не отрицал, но не настолько умный, чтобы понимать, что мало быть умным. Мало знать разные разности и уметь забавно рассуждать. Его жизненная стратегия состоит в том, что он себе нравится и думает, что если он будет продолжать в таком же духе, рано или поздно найдется кто-нибудь, кто будет ему платить за то, чтобы он оставался какой есть. Как бывает у музыкантов-исполнителей. Да только никто что-то ему этого не предлагает, и откровенно говоря, в этой маленькой деревне шансов наткнуться на такого благодетеля почти нет. Что же мы имеем? Переселенец из Англии, на четвертом десятке, с женой и ребенком, едва сводящий концы с концами во французской провинции. В Лондоне у них жилья не осталось, а можете мне поверить, лишившись жилья в Лондоне, заново им не обзаведешься. (Вот почему я откупил у Джилиан ее долю в доме. Будет куда вернуться.) Я представляю себе Оливера в будущем эдаким хипповатым субъектом, который ошивается в питейных заведениях, вымогает выпивку у заезжих англичан и спрашивает, все ли еще в Лондоне ходят большие красные автобусы? — и кстати, вы уже прочитали этот номер «Дейли телеграф»?

И вот что я вам скажу. Джилиан этого терпеть не будет, если так пойдет год за годом. Она, по сути, очень практичный и четкий человек, любит ясность и ненавидит бестолковщину. А с Оливером каши не сваришь. Ей, наверно, лучше поступить на службу, а дома с детьми пусть сидит Оливер. Хотя он, пожалуй, все перепутает и засунет в коляску кастрюлю, а младенца — в духовку. Дело в том, что она гораздо больше подходит мне, чем Оливеру.

Вот черт. Черт! Говорил же, что никогда больше не буду об этом думать. Эх, надо же... Послушайте, отпустите меня на минутку, ладно? Да нет, ничего особенного, просто я должен чуть-чуть побыть один. Я точно знаю, когда это пройдет. Слава Богу, большой опыт.

Вдох — выдох. Вдох — выдох. Вдох.

Вот и все.

Порядок.

Что хорошо в Штатах, это что в любое время суток можно получить, что тебе надо. Частенько бывало, я выпью и затоскую. И тогда я заказывал цветы для Джил. «Международные цветы по телефону». Диктуешь номер своей кредитной карточки, и все дела, остальное они делают сами. И что особенно ценно, отменить заказ уже невозможно.

— Что-нибудь написать, сэр?

— Ничего не надо.

— А-а, таинственный сюрприз?

Да, таинственный сюрприз. Хотя она поймет. И может быть, ей станет совестно. Я бы не против. Самое меньшее, что она может для меня сделать.

Как я уже говорил, я больше никому не обязан нравиться.

ОЛИВЕР: Я возился в огороде, старался направить на верный путь две или три незадачливые плети алого вьюнка. Они растут и завиваются, но будучи слепыми, как котята, иногда тянутся не туда. И приходится, осторожно взявшись за нежный стебель, оборачивать его вокруг бамбуковой подпорки, пока не почувствуешь, что он крепко зацепился. Совсем как малютка Сал цепляется за мой средний палец.

Ну, чем не жизнь.

Джил последние несколько дней не в духе. Послеродовая, предменструальная или лактационная раздражительность — не разберешь. Тройка темпераментов, и Олли в проигрыше. Он опять не сумел развлечь публику. Серия пятнадцатая. Надо бы, наверно, сбегать в аптеку и купить валерьянки.

Но вы-то все-таки находите меня забавным? Хотя бы чуть-чуть? Ну, признайтесь. Выдайте улыбочку! Веселее!

Любовь и деньги, ошибочная аналогия. Как будто Джил — это зарегистрированная фирма, а я выдвинул предложение о покупке. Послушайте, всем этим делом заправляет Джил, с самого начала заправляла она. Всегда в таких делах заправляют женщины. Иногда поначалу это вроде бы не так, но в конечном итоге всегда выясняется, что именно так.

ДЖИЛИАН: Он остановился в гостинице, напротив нас. Ему виден наш дом, наш автомобиль, наша жизнь. Когда я утром выхожу со шваброй мести мостовую, мне кажется, я вижу тень в одном из окон гостиницы.

В прежние времена я бы, наверно, поступила так: перешла бы через улицу, спросила бы, где он тут у них, и предложила бы ему все толком обсудить. Но теперь это невозможно, после того, как я причинила ему такую боль.

Поэтому надо ждать, как поступит он. Если он, конечно, сам знает, что хочет сделать или сказать. Он пробыл здесь уже несколько дней. А если он не знает, чего хочет?

Если он не знает, тогда я должна подсказать ему, дать ему знак. Но какой? Что я могу ему подсказать?

МАДАМ РИВ: Поль приготовил форель с миндалем, это его коронное блюдо. Англичанин сказал, что ему понравилось. Это первый раз, что он отозвался о гостинице, о своем номере, о еде. Потом сказал еще что-то, я спервоначалу не поняла. Он не особенно хорошо говорит по-французски, с сильным акцентом, мне даже пришлось переспросить.

— Я это ел один раз с моей женой. На севере. На севере Франции.

— А она, стало быть, не с вами, ваша жена? Осталась в Канаде?

Он не ответил. Сказал только, что хочет крем-карамель и потом кофе.

ДЖИЛИАН: Придумала. Мне пришел в голову не то чтобы план, но вроде того. Самое главное, что ни в коем случае нельзя посвящать Оливера. По двум причинам. Во-первых, чтобы он вел себя как надо, все должно быть естественно. Иначе на него нельзя положиться. Если я просто попрошу его сделать то-то и то-то, он обязательно все испортит, превратит в спектакль, а нужно, чтобы вышло по-настоящему. А вторая причина — что сделать это, все устроить, должна именно я. С меня причитается. Вы понимаете?

СТЮАРТ: Я стою у окна. Я смотрю и жду. Смотрю и жду.

ОЛИВЕР: Маленькие тыковки так разрослись. Я выращиваю сорт под названием rond de Nice*. В Англии их, по-моему, нет. Там предпочитают толстые и непристойно продолговатые, они хороши только на приморских открытках. «У вас такой замечательный баклажан, мистер Бленкинсоп!» Ха-ха-ха. Rond de Nice, как следует из названия, имеют сферическую форму. Снимать их надо, когда они больше мяча для гольфа, но меньше теннисного, немного поварить на пару, разрезать пополам, добавить ложку сливочного масла, поперчить — и наслаждайся.

Вчера вечером Джилиан устроила мне допрос по поводу одной ученицы в нашей школе. Вот уж действительно пальцем в небо. Все равно как обвинять Пелеаса, что он спал с Мелисандой. (Хотя они-то как раз, я думаю, занимались этим делом, а как же?) Словом, Джилиан принялась меня

* шарики Ниццы *(фр.)*.

доводить. Нравится мне мадемуазель — Как-бишь-ее? — Симона? Вижусь ли я с ней? Не по этой ли причине у почтенного «пежо» опять случился родимчик на прошлой неделе? Наконец, чтобы разрядить атмосферу, я сострил: «Дорогая моя, она и вполовину не настолько хороша»... — неприкрытая цитата, как вы, очевидно, узнали, одной из реплик Оскара на суде. Ах как неразумно! Олли, как и Оскара, острословие до добра не довело. К исходу вечера Редингская тюрьма показалась бы мне пятизвездочным отелем. Что такое происходит с Джил? Вы не знаете?

Особенно бесит, что меня упрекают за похотливость, когда у меня даже ладони не вспотели.

ДЖИЛИАН: Несправедливо? А что справедливо? Какое отношение имеет справедливость к нашей жизни? Некогда сейчас об этом рассуждать. Я должна продолжить то, что начала. Устроить все как надо. Я в долгу перед Стюартом.

СТЮАРТ: Каждое утро, когда Оливер уезжает, она выходит и подметает улицу. Сначала тротуар, а потом еще немного мостовую. Так тут делают все хозяйки. Для чего? Чтобы сэкономить муниципальные затраты на уборку улиц? Ума не приложу. Младенца сажает в высокий стульчик и оставляет на пороге. Не знаю, мальчик это или девочка, и знать не хочу. Он у нее в тени, но так, чтобы видна была мать и чтобы не долетала пыль. Она метет и то и дело оглядывается, мне видно, как шевелятся ее губы, она что-то говорит ребенку. Подметет — и уходит обратно в дом со своим младенцем и со своей шваброй.

Не могу этого видеть. Когда-то это было мое будущее.

ДЖИЛИАН: Кажется, получается. Может быть, это как раз и нужно Стюарту. И во всяком случае, это все, что я могу. Жутко думать, как он сидит у себя в номере через дорогу и грустит.

Я начала вчера вечером и еще добавлю сегодня. А завтра утром испытаем. Стюарт смотрит, когда Оливер уезжает на работу, я заметила его в окне. А Оливер всегда поднимается раздраженный, если была его очередь вставать ночью и менять пеленки Софи. В такие дни я обычно стараюсь с утра держаться от него подальше — обычно, но не завтра.

У большинства людей бывает так: если сделали что-то дурное и их за это упрекают, они злятся. Это нормально. А у Оливера все задом наперед. Если его упрекаешь за что-то, в чем он действительно виноват, он хитро улыбается и чуть ли не готов похвалить тебя за догадливость. А по-настоящему бесит его, когда упрекают за то, чего он не совершил. Он словно бы думает: черт, ведь можно было это сделать, вот досада. Раз меня все равно подозревают, почему бы мне было не заслужить упрек или хотя бы сделать попытку? Словом, он злится отчасти из-за того, что упустил шанс.

Вот почему я выбрала Симону. Это такая серьезная французская девочка с постоянно чуть нахмуренными бровями. Для этих обаяние Оливера не существует. На празднике по случаю окончания четверти мне показали на нее как на ученицу, которая как-то попробовала при всем классе сделать ему замечание по английскому языку. Ему это, конечно, не могло понравиться.

На ней я и остановила выбор. И по-моему, удачно.

Кстати: как вы думаете, Оливер был мне верен все это время после женитьбы? Простите, это я так, между прочим.

Из моего замысла вытекают разные сложности. Во-первых, если все получится, нам, по-видимому, придется из этой деревни уехать. Ладно, это можно будет устроить. Во-вторых, надо ли Оливеру все рассказать потом или хоть когда-нибудь? Поймет ли он, или же проникнется ко мне еще большим недоверием? Если он узнает, что я сделала это нарочно, может быть, он навсегда перестанет мне доверять.

Есть и еще одна опасность. Но нет, я уверена, что смогу возвратить нашу жизнь в прежнее состояние. Я умею наводить порядок, в этом я специалистка. Зато мы освободимся от Стюарта, и Стюарт освободится от нас.

Я, конечно, всю сегодняшнюю ночь глаз не сомкну. Но сегодня очередь Оливера менять пеленки Софи.

Все это мне очень неприятно. Но если я буду и дальше об этом думать, мне может стать так противно, что я вообще все брошу и не доведу до конца.

СТЮАРТ: Я застрял. Не могу сдвинуться с места, как парализованный. Они гасят свет где-то между 11.45 и 11.58, и тогда я выхожу пройтись. А все остальное время стою у окна. Стою и смотрю. И думаю, что когда-то это было моим будущим.

ДЖИЛИАН: Меня охватывает страх. Или может быть, правильнее сказать: дурное предчувствие? Нет, именно страх. Я боюсь вот чего: как бы то, что я собираюсь показать Стюарту, не оказалось правдой.

ОЛИВЕР: А знаете, что я думаю? По-моему, на Дороге Жизни должны быть дорожные указатели: «Камнепад», «Земляные работы», «Опасность затопления». Да, дорогу может затопить. Такие знаки должны быть у каждого поворота.

СТЮАРТ:
Я выхожу пройтись. После полуночи.

> В ночной тишине
> Плакучая ива плачет по мне

ДЖИЛИАН: Когда я была маленькая, папа мне говорил: «Не надувай губы, не то ветер переменится». Что, если теперь переменится ветер?

ОЛИВЕР О Господи!

Да, конечно, я виноват. Я не должен был так поступать. Больше этого не случится. Я же не такой на самом деле.

С другой стороны, я бы с удовольствием, ей-богу, рванул, не сбавляя скорости, мимо Тулузы и никогда бы не вернулся назад. Все, что говорят про женщин, — правда. Рано или поздно все оказывается правдой.

Она доводила меня день за днем. Прямо как в... можете, если угодно, сами проставить название оперы по своему усмотрению. Мне осточертело за вас стараться.

Она устала. Ну и я устал, что дальше? Кто всю эту неделю как проклятый вставал по ночам на горшечное дежурство? Кто часами мается в автомобильных пробках? И меньше всего мне хочется, возвращаясь домой, попадать в лапы испанской инквизиции.

Дело было так. Вчера вечером, когда я вернулся, Ла Джилиан встретила меня, мягко выражаясь, без особого восторга. Тогда я удалился в огород и принялся сжигать опавшие листья. Зачем мне это? Она, конечно, сразу же заключает, что я это делаю, чтобы перебить разоблачительный запах духов «Шанель № 69», каковыми якобы пользуется моя якобы любовница. Ну, что вы на это скажете?

Ну и так далее. На это уходит почти весь вечер. Спать ложусь совершенно измочаленный. Ночные одежды, как обычно, на замке — не то чтобы я пытался его взломать. В три часа ночи приступаю к исполнению горшечных обязанностей. Фекальные запахи сильнее вышибают слезу после того, как дитя переходит на твердую пищу. Но это пустяки, согласно сведениям из надежных источников, гиацинты и розовая вода в сравнении с тем, что предстоит в дальнейшем.

В свой срок деликатно, как колом по голове, звенит будильник. И все — снова здорово. Прямо за завтраком. Никогда ее такой не видел, заводит меня сразу, будто всю жизнь упражнялась. Знает точно, куда уколоть. Словесная акупунктура. Я смотрел на ее лицо — лицо, которое я полюбил в день, когда она ошибочно вышла замуж. Теперь оно было умыто злобой. Эти волосы пренебрегли гребнем, как лицо — утренним лосьоном. Рот открывался и закрывался, а я старался не слышать, только думал: может быть, лучше все-таки не являться перед мужем с утра пораньше в виде патлатой фурии, если хочешь убедить его, чтобы не заводил на стороне романов — которых он так и так не заводит? Сюрреализм какой-то, ей-богу. Полный сюрреализм.

И после завтрака она не отстала, а таскалась за мной по всему дому, я уже и не понимал, то ли она больна на голову, то ли не больна, но хотя она вела себя как полоумная, не мог я поверить, что она не в себе. А раз так, значит, и сам в ответ орал на нее. Когда я собрался уезжать на работу, она стала орать, что я удираю, тороплюсь к своей хахальнице. Так, крича друг на друга, мы выскочили на крыльцо. Я — к автомобилю, она — за мной и верещит, как ворона. Прямо посреди улицы. Во всю глотку. Попреки, что называется, интимного и профессионального характера. И все вокруг глазеют. Визжит. Подбегает ко мне, почему-то с малышкой на руках, наскакивает, а я пытаюсь открыть дверцу «пежо», проклятый замок заел. Я весь киплю, топчусь на месте, а он ни в какую. Она набрасывается на меня, орет что-то кошмарное. И я ударил ее по лицу, а в руке у меня ключи от машины, поранил ей щеку. Я думал, сейчас упаду, оглянулся на нее, хотел сказать: ведь это все не на самом деле, верно? Надо остановить пленку, нажать перемотку, ведь это всего лишь видеофильм, правда? Но Джил не унималась, визжит как бешеная, лицо искажено ненавистью. Я глазам своим не верил. Я кричал: «Замолчи! Прекрати! Умолкни!», но она не умолкала, и я ударил ее еще раз. Потом взломал замок, прыгнул в машину и уехал.

Смотрю в заднее зеркало — она стоит посреди улицы с малюткой на одной руке, а другой прижимает к щеке окровавленный платок. Еду дальше, а она все стоит. Мчусь как сумасшедший — как сумасшедший, который забыл переключиться со второй скорости на третью. И только когда я на двух колесах вписался в поворот у «Кооперативного кафе», она пропала у меня из виду.

МАДАМ РИВ: Sont fous, les Anglais. Этот канадец, который снял шестой номер и выходил на улицу только ночью, он на самом деле был англичанин. Он дважды мне говорил, что он из Канады, канадец, но один раз он оставил паспорт на столе, а мы с девушкой зашли в номер прибраться, так он даже фамилию неверную назвал. Поменял фамилию. Молчаливый такой, всю неделю просидел взаперти, а когда прощался, то пожал мне руку, улыбнулся в первый раз и сказал, что он счастлив.

А та молодая пара, что купила дом старика Бертена, вроде бы симпатичные люди, она так гордилась своей крошкой, а он — своим дурацким старым «пежо», который у него постоянно ломался. Я раз сказала ему, мол, купили бы маленький «рено»-пятерку, как у всех людей. А он говорит: я отрекся от нового мира. Он часто говорил всякие такие глупости, но в самой обаятельной манере.

И что же вдруг случилось? Они прожили здесь полгода, соседи уже начали к ним хорошо относиться, и вдруг они устроили прямо посреди улицы скандал, орали, собрался народ. Под конец он дважды ударил ее по лицу, забрался в свое старое авто и укатил. А она еще минут пять простояла посреди улицы, лицо в крови, потом ушла в дом и больше не показывалась. С тех пор никто ее не видел. Через неделю они вывезли вещи и исчезли. Мой муж говорит, что англичане — народ дурной и драчливый, а чувство юмора у них своеобразное. Дом объявлен к продаже, вон он напротив, видите? Будем надеяться, что следующие жильцы окажутся в здравом уме. Если уж иностранцы, то лучше бы всего бельгийцы.

А больше с той поры у нас в деревне ничего интересного не происходило. Собаку Лажиске переехал автомобиль. Она у него была глухая, а он старый дурак. Говорили ему, чтобы держал собаку на привязи. Но он, видите ли, не желал лишать Пулидора счастья и свободы. Ну и где теперь это счастье и свобода? Он открыл входную дверь, собака вылетела из дому пулей и прямо под колеса. Некоторые сочувствовали Лажиске. А я нет. Я сказала: «Ты — старый дурень. В тебе, наверно, есть английская кровь».

Литературно-художественное издание

Барнс Джулиан
Как все было
Роман

Редактор Ю.И. Жукова
Художественный редактор О.Н. Адаскина
Компьютерный дизайн: П.В. Петухов
Компьютерная верстка: С.Б. Клещёв
Технический редактор О.В. Панкрашина
Младший редактор А.С. Рычкова

Общероссийский классификатор продукции
ОК-005-93, том 2; 953000 — книги, брошюры

Санитарно-эпидемиологическое заключение
№ 77.99.02.953.Д.000577.02.04 от 03.02.2004 г.

ООО «Издательство АСТ»
667000, Республика Тыва, г. Кызыл, ул. Кочетова, д. 28
Наши электронные адреса:
WWW.AST.RU E-mail: astpub@aha.ru

Отпечатано с готовых диапозитивов
в ОАО «Рыбинский Дом печати»
152901, г. Рыбинск, ул. Чкалова, 8.